Mammamia, in der Küche der Casaranos herrscht helle Aufregung. Espresso wird gekocht, Tanten und Onkel reisen an, Frisuren müssen sitzen, Kleider werden in letzter Minute noch umgenäht. Denn ein großes Fest steht an: Tochter Chiara soll Damiano heiraten, den Sohn des reichsten Unternehmers im Dorf. Doch nicht nur die Tischordnung und der Zeitplan geraten durcheinander, auch Chiaras Gefühle stehen plötzlich Kopf, als der Hochzeitsfotograf Vito ihr spontan den Hof macht. Ihre Mutter und ihre Schwester scheinen derweil mit ihren ganz eigenen Problemen beschäftigt zu sein. Wird es auf der Hochzeitsfeier zum Skandal kommen?

LUCA BIANCHINI, 1970 in Turin geboren, ist Radiomoderator und Autor mehrerer Bücher, darunter die autorisierte Biografie über Eros Ramazzotti. Er schreibt unter anderem für die »Repubblica« und die italienische »Vanity Fair«.

LUCA BIANCHINI

Heiraten auf Italienisch

ROMAN

Aus dem Italienischen
von Christine Heinzius

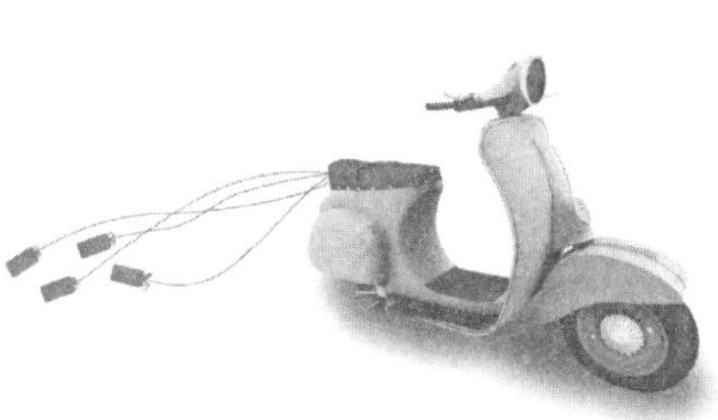

Berlin Verlag Taschenbuch

MIX
Papier aus verantwortungsvollen Quellen
FSC® C019821
www.fsc.org

August 2014

Umschlaggestaltung: ZERO Werbeagentur, München
unter Verwendung eines Motivs von FinePic®, München
Gesetzt aus der Albertina von psb, Berlin
Druck und Bindung: C. H. Beck, Nördlingen
Printed in Germany
ISBN 978-3-8333-0975-5

www.berlinverlag.de

Für meine apulischen Freunde,
danke für diese gemeinsame Reise

Die Zeit vergeht, aber du bleibst.
Negramaro, *Estate*

Freitag

Kapitel 1

Als Erster kam der Gast, der am wenigsten erwartet wurde. Der Mistral tauchte einen Tag zu früh auf, ohne Vorankündigung und ohne Geschenk. Ninella hatte ihn schon im Bett gehört und war erstarrt vor Schreck. Ein bisschen, wie wenn man aufwacht und merkt, dass man Fieber hat. Man dreht sich auf die andere Seite, bringt sich in Embryonalstellung und hofft, dass einen der Schüttelfrost in Ruhe lässt. Aber sie kannte das Geräusch, das ihre Fensterläden machten, wenn der Wind aufkam, nur zu gut. Nervig, beharrlich, wie eine Glocke, die nie aufhört zu läuten. Der große Tag rückte näher, mit all den Träumen und Verwandten im Gepäck.

Ninella dachte nicht an Chiaras weißes Kleid, sondern an ihr eigenes. Den unteren Teil würde der Wind wohl anheben, so dass ihre Beine entblößt wären und endlich alle sehen würden, dass sie keine Cellulitis hatte. Jedenfalls schien es ihr, als ob sie keine hatte, obwohl sie ein bisschen übergewichtig war. Auf jeden Fall hatte sie weniger als die Mutter des Bräutigams und das war mehr als ausreichend, um die Nervosität zu vertreiben.

Für sie war der Mistral das schlimmste Unglück, das einer Hochzeit widerfahren konnte. Fast so schlimm wie ein falsches Gastgeschenk, Cousinen, die an keinen Tisch passten, oder zwei Miesmuscheln, die einem schwer im Magen lagen. Denn in den darauffolgenden Wochen würden die Gäste jede Erzählung mit demselben Satz beginnen: »Wenn doch nur der Wind nicht gewesen wäre«, und weniger Worte über das Restaurant, die Rosen, die Braut und das Haus verlieren. Es blieb noch ein Tag und manchmal dauerte der Mistral nur vierundzwanzig Stunden, wenn er sich jedoch ausgerechnet am Tag vor der Hochzeit ihrer Tochter erhob, dann würde er sie wahrscheinlich nicht mehr in Frieden lassen, bis der letzte Verwandte das letzte Stück Zebratorte gegessen hatte.

Sie stand auf und bevor sie ans Fenster trat, um aufs Meer zu sehen – sie wollte diesen Augenblick noch etwas hinauszögern –, ging sie zum Spiegel. Das runde Gesicht, das üppige Dekolleté, der volle Mund, der darauf hindeutete, wie gut sie küssen konnte. Vor ihrem Spiegelbild fühlte sie sich fast schuldig für das Lächeln, das erschienen war, während sie ihren Kopf streichelte. Sie würde sich Strähnchen machen lassen.

Sie hatte schon seit Monaten Strähnchen gewollt, seit sie welche bei ihrer Schwägerin gesehen hatte, die sie jedes Mal spüren ließ, wie provinziell Ninella war. Da sie ja regelmäßig Wellness-Urlaub machte, ein Foto mit der Moderatorin Mara Venier hatte und Sätze sagte wie: »Du solltest es mal mit Yoga probieren« oder »Warum hast du noch keinen Thermomixer?«

»Ach, was soll's«, murmelte Ninella. Jetzt, da sie den Mut aufgebracht hatte, ihr einheitliches Kastanienbraun zu ändern, störte der Wind ihre Pläne. Zum Glück kam nichts gegen das Haarspray von Lucia Coiffeur an!

Sie betrachtete das Meer und stimmte versuchsweise: »Volare, oh-oh, cantare … oh-oh-oh-oh!« an. Nach einem Augenblick der Euphorie überkam sie Rührung. Sie kam sich leicht schizophren vor.

Wenn ihre Nachbarin sie gesehen hätte, wäre sie überrascht gewesen, sie, die selbstsichere Frau, so nervös zu erleben. Aber der Brautmutter sah man alles nach, besonders, wenn sie Witwe war. Sie öffnete die Fensterläden ganz, befestigte sie, ließ den Raum vom Licht erfüllen und fing wieder an zu singen.

Sie machte sich fertig und bemühte sich, leise zu sein, um ihre Töchter nicht zu wecken, dabei fluchte sie flüsternd auf alle und alles: »Scheiße!«, sagte sie immer. Sie regte sich sogar über die Wettervorhersage auf, die »ruhige oder leicht bewegte See« vorhergesagt hatte. Und das da ist für euch »leicht bewegt«?

Bevor sie ausging, entdeckte sie den Sündenbock, an dem sie die aufsteigende Wut auslassen konnte: der Teller von der Côte d'Azur, der an der Wand hing. Eines dieser Souvenirs, das seit Jahren da war und das ihr nie gefallen hatte und das sie auch nicht verschwinden lassen konnte, mit einem Goldrand und den stilisierten Bildern von Menton, Cannes, Nizza und Antibes. In der Mitte ein Quecksilberthermometer, das noch nie über zwölf Grad gestiegen war. Sie kannte jedes Detail auf diesem Teller, weil ihre Schwägerin – die alle Zia Dora nannten – jedes Mal darauf zeigte und sagte: »Wenn du an die Côte d'Azur fährst, musst du die wunderbare *Ratatouille* probieren.«

Ninella schloss alle Türen, verkroch sich in eine Ecke, nahm den Teller von der Wand und ließ ihn auf den Boden fallen. Dieses Geräusch zu hören verschaffte ihr sofortige Genugtuung und zwei neue Probleme: Was sollte sie Zia Dora sagen, wenn die merkte, dass der Teller weg war? War Quecksilber nicht giftig?

Sie erwischte den Tropfen nicht ohne Mühe und versuchte, ihn in die Spüle zu kippen, und hatte sofort ein schlechtes Gewissen. Sie räumte nicht einmal die Scherben von Menton und Antibes weg. Sie kämmte sich die Haare nach hinten, setzte einen Hut auf, von dem sie glaubte, dass er ihrem Gesicht schmeichelte, und betrat schnell die Straße. Der Wind schien gar nicht so stark und der Himmel war so blau, dass es sie beruhigte. Weniger beruhigte sie die Signora Labbate, die ihr hinter den Fensterläden nachspionierte und die sie sicher verwünscht hatte, weil sie nur eine Hochzeitsanzeige erhalten hatte. Es war ihr egal, und die Entschlossenheit, die sie nie im Stich gelassen hatte, half ihr. Immer, wenn sie kurz davor gewesen war, zusammenzubrechen, hatte sie sich an ihr Haus gehalten.

Das Haus war ihre einzige Sicherheit, es war aus Stein und stand hoch über dem Meer. Man konnte von da aus fliegen oder so tun als ob. Es genügte ein Sprung und niemand hätte mehr etwas von ihr gehört. Aber Ninella hatte sich immer dem Leben gefügt und jetzt, wo sie gerade fünfzig geworden war, hatte sie es fast geschafft, glücklich zu sein.

Sie beeilte sich, zur Piazza dell'Orologio zu kommen, und versuchte unterwegs, auf die Fugen im Kalksteinpflaster am Ende der Gassen zu treten. Dieses Spiel war ihre Art, dem Blick der Passanten auszuweichen.

Die Piazza war von einem strahlenden Weiß, unterbrochen nur von den Dächern und dem Himmel. Sie betrat die Kirche Matrice, die über die Jahre zu ihrem zweiten Zuhause geworden war. Sie saß immer ganz still da, ohne zu beten oder zu denken. Sie ließ einfach den Kopf leer werden und amüsierte sich über die Vorstellung, für einen frommen Menschen gehalten zu werden. Mit San Vito verband sie eine Vertrautheit, die man nur mit gewissen Fremden haben kann. Hin und wieder sprach sie mit ihm und wandte sich mit Bitten an ihn, ohne sonderlich davon überzeugt zu sein. Aber wenn man allein ist, ist es einfacher, mit Heiligen zu reden.

Sie setzte sich und fing an zu mosern, dass er ihr diesen Wind nicht hätte schicken dürfen. Sie hatte noch nie eine Prozession verpasst und war einmal sogar mit 37,5 Grad Fieber mitgegangen, was für viele noch nicht schlimm war, für sie aber schon. Daher erwartete sie schon irgendwie ein kleines Wunder und hatte nicht das Gefühl, etwas Unmögliches zu verlangen.

Als sie hinaustrat, traf sie vor dem Portal, vor dem man jedes Mal stehen blieb, weil es so schön war, Signora Labbate, die ihr vielleicht gefolgt war und die Chance nutzte, ihr zu sagen: »Ausgerechnet heute musste dieser Wind aufkommen, ausgerechnet heute. Ich habe gehört, er soll eine Woche anhalten.« Ninella formte mit ihren Fingern heimlich das Hörnerzeichen, um Unglück abzuwenden, und sagte nichts. Kurz darauf musste sie allerdings doch etwas erwidern, weil jeder, den sie traf, nichts anderes sagte als: »Welch ein Pech, ausgerechnet heute.« Nicht einmal im Roman *Die Malavoglia* geschah es, dass einem die Leute wegen so eines Tages kondolierten.

In ihrem Innersten wusste sie, dass der Mistral nicht nur der Wind war, der alles wegwehte und keine Vernunft annahm. Es war die letzte Prüfung, die zu bestehen war.

Die Tränen blitzten hervor, aber sie wischte sie mit den Händen und einem eisernen Willen weg, eine Geste, die sie inzwischen aus dem Effeff beherrschte. Sie ging durch die Gassen nach Hause, wie um ihre Spuren zu verwischen.

Sie schloss die Tür so leise wie möglich auf. Ihre Töchter schliefen noch, jede in ihrem Zimmer, in dieser kleinen Welt, die aus lauter Treppen und Zimmerchen bestand und einer Ausnahme: der Küche. Groß, voller Licht, Geschirr und Meer.

Von einem Schiff aus gesehen, wirkte sie wie ein Felsen, von dem aus man ins Meer springen kann. Mehr als einmal hatte Ninella neugierige Touristen ins Haus gelassen. »*Very beautiful*«, sagten sie immer zu ihr. *Beau-ti-ful.* »Ist doch gar kein Trullo!«, murmelte sie, wenn sie wieder fort waren.

Sie ging hoch in ihr Schlafzimmer und hatte das Gefühl,

ihren Ehemann zu sehen, in derselben Position, in der sie ihn über Jahre hatte schlafen sehen, mit einem Lächeln im Gesicht und den Händen unter dem Kopfkissen. An diesem Freitag gab es jedoch nichts zu lachen. Sie warf sich rückwärts aufs Bett wie ein Kind. Den Blick an die Decke geheftet, dachte sie, dass nur noch vierundzwanzig Stunden vor dem großen Tag lagen. Und in vierundzwanzig Stunden kann vieles geschehen.

Kapitel 2

Er war der Einzige, der ahnte, dass der Wind kommen würde.
Ein Fischer hatte es ihm ein paar Tage vorher angekündigt, und Don Mimì hatte ihm geglaubt. Normalerweise misstraute er den meisten Menschen, aber den Fischern schenkte er blindes Vertrauen. Er fand, wer das Meer kennt, sieht die Sachen klarer, und wurde wieder mal bestätigt. Für ihn war der Mistral mehr eine Belehrung als eine Bedrohung. Eine dieser Strafpredigten, die Väter einem nur deswegen halten, weil sie einen lieben.

Der Fischer hatte ihm gesagt, dass der Wind drei Tage anhalten und erst nach dem Fest nachlassen würde. Wenigstens würde die Sonne scheinen, das war schon mal ein Pluspunkt, wenn eins der Kinder heiratet. Die Fotos hätten ein schönes Licht und das ist es doch, was von einer Hochzeit bleibt, oder? Die Fotos. Sämtliche Launen werden irgendwann vergessen sein, aber das Fotoalbum voller Erinnerungen wird immer bleiben, schau mal, wie jung wir waren, schau mal hier, wie Tante soundso sich aufgedonnert hatte.

Don Mimì stand aus dem Bett auf, er wusste, dass seine Frau schon wach war, aber so tat, als schliefe sie noch. Für ihn war das gut so. Er hätte es nicht ertragen, um diese Uhrzeit eine heisere Stimme zu hören, die ständig Krieg gegen die ganze Welt führte. Er stellte sich unter die Dusche, trocknete sich eilig ab und betrachtete seinen Schnurrbart im Spiegel. Die weißen Zähne und die griechische Nase interessierten ihn herzlich wenig. Er konzentrierte sich ganz auf den Schnurrbart. Der war so perfekt, dass es wirkte, als würde er sich den ganzen Tag um nichts anderes kümmern, aber an diesem Morgen schenkte er ihm weniger Aufmerksamkeit als sonst. »Du bist wirklich ein hässlicher Mann«, sagte er sich.

Er strich den Bart glatt, bevor er einen halben Liter Eau de Cologne auflegte. Er verteilte es überall auf dem Körper, als wäre es Weihwasser. Vielleicht war er deswegen noch jenseits der fünfzig der erotische Traum vieler Signore, auch wenn es keine offen zugab. Breite Schultern, wenn auch schmaler als früher, eine behaarte Brust, ein immer noch beeindruckender Brustkasten, aufgewertet durch ein Goldkettchen, das ihn ein bisschen wie einen Schausteller und ein bisschen wie einen Zuhälter aussehen ließ.

Aber er hatte seine Verehrerinnen, außerdem war er reich. Ein Mann von alter Schule – in einer Welt, in der alle modern und technologisch sein wollten, weigerte er sich, SMS zu schicken, das Internet benutzte er nur, um Online-Poker zu spielen, und bei Tisch wischte er die Soße noch mit einem Stück Brot auf. Denn das bedeutete nicht Hunger, sondern Genuss.

Wenn er ausging, machte er sich vorher stets bereit, als hätte er ein Rendezvous. Signori sind immer Signori, hatte sein Vater immer gesagt, nicht nur, wenn sie eine Frau treffen. Aber während er sich Pomade in die Haare gab, wurde ihm bewusst, dass er noch nichts verstanden hatte.

Er verließ sein zweistöckiges Haus, eine Etage war schwarz gebaut worden und hatte erst nachträglich eine Genehmigung erhalten – es wurde das »Teatro Petruzzelli« von Polignano genannt, nach dem größten Privattheater Europas in Bari –, und stieg in seinen Mercedes, den er für das Ereignis gekauft hatte. Der »Kartoffelkönig« musste auch für wenige Schritte das Auto nehmen, selbst wenn er ein Mann alter Schule war, so hatte er es nicht geschafft, sich dagegen aufzulehnen. Sich bloß nicht zu Fuß erwischen lassen. Im Ort hatten sie dann gedacht, er sei geizig oder, schlimmer, dass die Geschäfte nicht mehr gut liefen. Dabei hatte er in den letzten Jahren sogar nach Schweden, Belgien und Russland Kartoffeln exportiert, und das machte ihn stolz. Er stellte sich vor, wie Ölmagnaten und Königinnen seine Kartoffeln auf ihren Yachten brieten. Er parkte in zweiter Reihe nahe dem Torbogen zur Altstadt und winkte den Polizisten zu, die den ersten Touristen des Tages einen Strafzettel verpassten.

Er hatte ein Kribbeln im Bauch, als müsse er zum ersten Mal auf eine Bühne. Er empfand eine merkwürdige Unruhe, die er zu vertreiben versuchte, indem er die Fäuste in den Taschen ballte. Vielleicht könnte er seinen Sohn jetzt nicht mehr retten, aber wenigstens sich selbst. Er seufzte. Er schaffte es nicht, diesen Gedanken loszuwerden.

Er ging weiter, grüßte ein paar Kunden und vermied es, das Spiegelbild des Schnurrbartes in den Schaufenstern zu betrachten. Nur der Duft seines Eau de Cologne gab ihm Trost. Er betrat die Kirche, die Ninella gerade erst verlassen hatte.

Wenn er aufmerksamer gewesen wäre, hätte er ihre Kerzen ganz am Rand erkannt – sie stellte sie immer an dieselbe Stelle, als wolle sie sich auch bei dieser Geste, die das Unheil abwehren sollte, so weit vom Gedränge fernhalten wie möglich. Aber von Schnurrbärten mal abgesehen, war Don Mimì nie ein guter Beobachter gewesen. Er war unschlagbar bei der Arbeit, beim Sex und beim Jammern. Und an diesem Morgen konnte er nicht aufhören, an seinen Sohn zu denken, der ihm, bevor er sich mit den Cousins beim Junggesellenabschied betrank, gesagt hatte: »Ich glaube an die Ehe, aber ich glaube nicht an die Liebe.«

»Und warum heiratest du dann?«, hatte er ihn eindringlich gefragt. Und Damiano hatte erwidert: »Weil du mir immer gesagt hast, dass das Wichtigste sei, sein Leben in Ordnung zu haben.«

Don Mimì konnte dem nichts entgegnen, außer »schönen Abend«, aber er hatte deswegen fast nicht geschlafen. Diese Worte hatten sich ihm eingeprägt. Er hatte einen Sohn großgezogen, der nicht an Gefühle glaubte, dabei war er erst siebenundzwanzig Jahre alt.

Was seinen eigenen emotionalen Reifeprozess anging, hatte Don Mimì sich immer an eine eher veraltete Ethik gehalten, er hatte nie den Mut aufgebracht, dagegen zu rebellieren. Er war ein junggebliebener alter Herr voller Frustrationen, die er hinter seiner Überheblichkeit verbarg. So hatte es seine Familie ihm auferlegt und so hatte er es wiederum seinen Söhnen vermitteln wollen, was nur teilweise gelungen war.

Morgen würde Damiano heiraten. Der Große, dem er den Namen des Großvaters und des Heiligen gegeben hatte, hatte beschlossen, vernünftig zu werden. Für Eltern sicher ein Ziel. Für Don Mimì bedeutete diese Hochzeit jedoch viel mehr. Vor allem, weil die Braut Ninellas Tochter war. Außerdem lenkte die Hochzeit das Dorf von den Gerüchten über Orlando ab, den Zweitgeborenen mit seinen vierundzwanzig Jahren, der zwar an die Liebe glaubte, aber an eine verbotene.

Um sich die Zeit zu vertreiben – er hoffte, Ninella würde auftauchen –, näherte er sich San Vito und zündete mit einer nervtötenden Langsamkeit Kerzen an. Die erste war für Orlando, damit er mit einem Mädchen zur Feier kam, die bereits einen Platz am Tisch hatte, die aber noch niemand kannte. Die zweite war für seine Frau, die zwar schwer zu ertragen war, ihm im Grunde aber nie Sorgen bereitet hatte. Die letzte war für Damiano. Den Liebling. Den Bräutigam.

Tatsächlich zündete er diese Kerzen vor allem an, um nicht mehr an die Worte vom Abend vorher denken zu müssen. Seinem Sohn hatte er eher kleine Rechnungen als große Träume beigebracht, und jetzt riskierte auch er, ein Leben zu leben, das ganz ähnlich ausgehen würde wie seines, nämlich immer nur potentiell glücklich. Denn wenn man die Frau, die man heiratet, nicht liebt, dann reichen die Kinder nicht aus, um diese Leere zu füllen.

Er drehte sich um, weil die Tür knirschte und ihn unversehens in Verlegenheit brachte. Der »Kartoffelkönig« durfte sich um die Uhrzeit morgens nicht in der Kirche sehen lassen wie irgendeine Witwe, schon gar nicht voller Eau de Cologne. Zum Glück waren es zwei Touristen mit kurzen Ärmeln, die ihn nicht einmal bemerkten. Er blieb noch ein paar Minuten betrachtend vor dem Altar stehen, als wäre er ein Antiquitätenhändler, aber schließlich gab er nach und ging hinaus.

Die Bar unter dem Palazzo dell'Orologio stellte gerade die ersten Tische heraus. Es war April und vor ein paar Tagen hatte man die ersten Fremden gesehen, die am Flüsschen Monachile gebadet hatten. Er setzte sich und bestellte einen Espresso macchiato. Während er wartete, betrachtete er die Kirche und stellte sich die morgige Szenerie vor. Der Himmel war klar, aber das Licht war seiner Meinung nach der Melancholie noch nie so nah gewesen.

Kapitel 3

Zwei Dinge hatte Nancy vor der Hochzeit noch zu erledigen: ein halbes Kilo verlieren und ihre Jungfräulichkeit. Für sie hatte das dieselbe Bedeutung. Ja, das halbe Kilo zu verlieren war sogar wichtiger. Wenn es möglich gewesen wäre, wäre sie auch aufs Amt gegangen und hätte Nancy als Vornamen eintragen lassen anstelle von Annunziata, weil Nancy Casarano ihrer Meinung nach viel besser klang. Annunziata Casarano war von vornherein ein alter Name, während Nancy die perfekte Personifizierung eines Songs von Alphaville war: *Forever Young*.

Siebzehn Jahre, 1,58 (1,70 mit Absätzen), 51,5 kg, eindeutig zu viel für sie: Schuld waren die Soßen, die Taralli und ihr Stoffwechsel. Nancy hasste ihre Mutter, weil sie überzeugt davon war, dass sie diese Kilo von ihr geerbt hatte. Und all das Öl, das sie beim Kochen benutzte, half auch nicht gerade dabei, schlankere Oberschenkel zu bekommen, und es nutzte auch nichts, sie daran zu erinnern, dass man auf »OK – Gesundheit geht vor« davon abriet.

Aber du bist doch noch ein Kind, sagten die anderen, du bist noch in der Entwicklungsphase. Und sie, anstatt erleichtert zu sein, dachte, dass die Situation sich nur verschlimmern könne.

Das Einzige, worauf sie stolz war, vom Busen, den Füßen und der Form der Augenbrauen mal abgesehen – eigentlich gefiel sie sich –, war der Hintern, wegen dem sie sich wie die Pippa Middleton von Polignano fühlte. Üppig, aber fest, fast so schön wie der ihrer Mutter. Nur wenn sie die Haut zusammendrückte, sah man ein bisschen Orangenhaut, aber warum sollte mir jemand am Oberschenkel herumdrücken, sagte sie sich. Und in der Situation, in der es doch geschicht, ist dann ch schon alles klar.

Sie versteckte ihren Po nicht, aber präsentierte ihn auch nicht. Nur wenn sie sich unbeachtet fühlte, suchte sie nach einer Ausrede, um sich zu bücken, vor allem in der Gegenwart von Jungs. Das war ihr Joker, den sie in kritischen Momenten ausspielte.

Seit sie durch den Krach des kaputten Tellers aufgewacht war, hatte sie das Bett nicht verlassen, um ihre körperlichen Fortschritte zu betasten – bevor sie sich betrachtete, berührte sie sich immer –, überzeugt, dass sie sich jetzt im Badeanzug auf Facebook zeigen könnte. Dann hatte sie einen Besen geholt, aber statt die Scherben zusammenzukehren, war sie in ihr Zimmer gegangen und hatte um ihn herumgetanzt wie beim Poledance.

Viereinhalb Kilo waren weg. Blieb noch ein halbes, das hartnäckigste.

Seit Februar hatte sie jeden Tag auf der Strandpromenade gejoggt – eigentlich wollte sie den Fußballern von Polimnia beim Training zusehen – und hatte ihre Mutter gebeten, ihr immer Vollkornnudeln, Fisch im Backofen und Tofu zu kochen. Ninella konnte sich auf alles einlassen, bis auf den Tofu natürlich.

»Aber was machst du denn nackt vor dem Spiegel, Schweinchen? Spielst du Pornostar?«

»Ach, lass mich in Ruhe. Ich will nur sehen, wie mir das Kleid steht.«

»Und warum probierst du es dann nicht an?«

»Weil das Rosa sofort schmutzig wird.«

»Ach, hör schon auf. Hast du gehört, ob deine Schwester schon weg ist?«

»Heute Morgen habe ich nur gehört, dass du den Teller von Zia Dora auf den Boden geworfen hast.«

»Er ist mir aus der Hand gerutscht … und mach hier keine Witzchen, dafür bist du noch zu jung.«

Nancy wusste, dass ihre Mutter nervös war, weil sie den Mund fast unmerklich verzog.

»Gehst du in die Kirche, Ma?«

»Ich war schon. Es wäre gut, wenn du als Schwester der Braut beichten gingst.«

»Aber ich habe in letzter Zeit nicht gesündigt. Und mit dem Chor haben wir schon alle Lieder geprobt, sogar das *Symbolum.*«

Ninella wollte etwas entgegnen, wusste aber nicht, was. Sie hielt Mutterreden, ohne davon überzeugt zu sein. In Wirklichkeit war sie stolz darauf, zu sehen, wie entschlossen ihre Tochter war, an ihrem Äußeren zu arbeiten, ein Ehrgeiz, den sie eigentlich nie gehabt hatte. Oder vielleicht hatte sie ihn gehabt, bis sie geheiratet hatte, und entdeckte ihn in den letzten Wochen wieder. Nach der Hochzeit hatten sie weder Komplimente noch Gerede interessiert. Sie war schön geblieben wie eine Pflanze, die in trockener Erde wuchs, ohne Wasser oder Pflege.

Tagsüber nähte sie. Wenn sie nicht nähte, kochte sie. Und wenn sie fertig war, dann ging sie so schnell wie möglich auf die kleine Terrasse und betrachtete das Meer. Dabei suchte sie weniger nach Inspiration, sondern flüchtete sich ans Wasser, um nicht verrückt zu werden. Manchmal stand sie da, rauchte und ließ den weit entfernten Horizont ihren Kopf leeren, sie dachte an Säume, an Knopflöcher, an Knöpfe, mit denen sie die bestellten Kleider fertig machen musste. Sie hatte keinen Platz für andere Gedanken. Nancy dagegen hatte eine fixe

Idee: dass die anderen sie häufiger ansehen sollten. Sie war ein bisschen rund, sicher, aber nicht so sehr, dass die Freundinnen sie ausschließen oder Jungs sie nicht mehr in Betracht ziehen würden. Sie wollte aber eine größere Rolle im Dorfleben spielen. Wenn sie ihr Zuhause verlassen würde, um nach Neapel zu ziehen – bei einem Ausflug hatte sie einen Jungen von dort kennengelernt und nicht mehr vergessen –, würde man ihr im Stadion eine Bandenwerbung widmen: »Polignano kann ohne Nancy Casarano nicht sein!«

Sie stellte den Besen zurück in die Abstellkammer und begann, das Bett zu machen. Kaum dass sie hörte, dass ihre Mutter zu tun hatte, wandte sie sich wieder dem Spiegel zu, um ihre Fortschritte zu begutachten: Sie sah schlechter aus, als sie dachte. Sie versuchte, das Licht an- und auszuschalten, um herauszufinden, mit welcher Beleuchtung sie am schlanksten aussah. Schließlich entschied sie enttäuscht, dass die beste Lösung war, sich anzuziehen.

Sie hatte noch nie Sex gehabt, im Gegensatz zu all ihren Freundinnen aus Conversano, auch wenn zwei im letzten Moment einen Rückzieher gemacht hatten. Daher hatte sie mit verzweifeltem Eifer beschlossen, den ersten Schritt auf einen Jungen zuzugehen. Liebe war ein großes Thema, sicher, aber man konnte sie sich auch einreden. Bei Sex ging das nicht: Der musste en détail dokumentiert werden, Größe, Gerüche und Ausdauer, und wenn man log, kam das sofort raus.

Sie hatte gehört, dass es da einen Fußballer gab, Tony, der auf Entjungferung spezialisiert war.

Keine gab es zu, aber alle tuschelten darüber. Er hatte die Schlüssel zum Trullo des Nonnos bei Vigne, wo auch ein Bett stand. Dort tat er angeblich unanständige Dinge, beschenkte Mädchen, die ab diesem Moment nicht mehr dieselben waren, mit einem neuen Lebenslauf. Er hatte eine Schwäche für Mädchen und sie für ihn. Die gute Nachricht für Nancy war, dass Tony nicht gerade wählerisch war, wie ließe sich sonst erklären, dass er sogar etwas mit Robusta – nur ihre Eltern nannten sie Roberta – gehabt hatte, die mehr als sie wog und immer nach Kohl roch. Bei gebratenem Kohl musste sie immer an das menschliche Gehirn denken, was ihr unheimlich war.

Wenn sie so darüber nachdachte, dann waren »Nancy & Tony« auch perfekte Namen, um auf Gastgeschenke gedruckt zu werden. Aber sie würde sowieso den Jungen aus Neapel heiraten, auf der Piazza del Plebiscito, auch wenn es dort keine Kirche gab, daher war es sinnlos, zu viel zu fantasieren. Nachdem sie ihm mehrere Tage beim Joggen am Meer begegnet war, hatte sie Tony mal ein Bier im No Vabbè trinken gesehen und sich ein Herz gefasst, um ihm zu sagen, dass es vielleicht an der Zeit war, sich richtig kennenzulernen.

Sie war zufrieden aus der Situation herausgegangen. Er war nicht sonderlich überrascht, und sein Blick war an Nancys Brüsten hängen geblieben, die sie mit der Kraft der Gedanken hoch halten wollte: »Ich bitte euch, bleibt oben, bleibt oben, oben, oben!« Dann hatte sie vor Eifer einen Stift fallen gelassen, nur um sich zu bücken und ihre beste Seite zu zeigen, aber dann war sie sich plötzlich wie eine Schlampe vorgekommen und sie hatte ihn mit einer unnatürlichen Bewegung aufgehoben, die ihr fast eine Zerrung eingebracht hätte.

»Wenn du willst, gebe ich dir meine Nummer«, hatte der Stürmer von Polimnia ihr in einem Tonfall gesagt, der wie ein Befehl klang, und sie hatte sie gespeichert. »Ruf mich an, dann habe ich deine Nummer«, hatte er abschließend gesagt und war gegangen. Und Nancy war ganz durcheinander. Addio Hochzeit in Neapel auf der Piazza del Plebiscito! Addio Hochzeitsreise nach Palermo! Sie würde mit Tony in Polignano bleiben, sie würden sich verlieben und dann würde sie ihm wie Victoria Beckham in die verschiedenen Städte folgen, in denen er spielen würde: Barletta, Foggia, Bari, Torino und Liverpool.

Er gefiel ihr, weil er die Art Mann zu sein schien, die noch in der Lage war, dich in die Ecke zu drängen, um dir zu sagen: »Wo willst du denn hin, Baby?«

Und der bloße Gedanke an diesen Satz machte sie wahnsinnig.

Diesem Treffen waren Anrufe ins Leere und SMS gefolgt, vor allem SMS. Zunächst schüchterne, dann süße, dann doppeldeutige, bis sie schließlich ganz explizit wurden. Sie schrieb und löschte, sie traute sich etwas und bereute es im nächsten Moment. Aber im Bett träumte sie immer von Tony. Mehr noch als Tony war es die Vorstellung von: »Wo willst du denn hin, Baby?«, die sie verrückt machte, und sie war praktisch die Geisel ihres Handys. Sie schaffte es nicht mehr, mehr als eine halbe Seite zu lesen, ohne ihre Nachrichten zu checken.

Als sie sich entschlossen hatte, ihm das Foto im BH vor der Schirmlampe zu schicken, hatte er als Antwort nur »Mmmh« geschrieben, und schon hatte sie begriffen, dass er der Mann ihrer Träume war. Daher hatte sie sich getraut, Carmelina anzurufen, die wie sie Jungfrau war, auch weil es ihre bewusste Entscheidung war. Und am Telefon hatte sie ihr haarklein zehn Tage voller erotischem Chat erzählt. »Sei vorsichtig, der kann dir wehtun«, hatte ihre Freundin ihr geantwortet. Aber sie war davon überzeugt, dass nach dem Jungen aus Neapel Tony der Zweitbeste war, um Sex und Liebe zu vereinen. Seit einer Woche konnte daher jeder Tag *der* Tag sein.

Der andere Mensch, dem sie sich gern anvertraut hätte, war ihre Schwester. Aber jetzt, kurz vor der Hochzeit, war sie unerträglich und redete nur von Vorbereitungen, Rechnungen und Tischordnungen.

Sie würde auch eines Tages ihr Eheversprechen ablegen, vielleicht vor Juventus, und danach ginge es nach Formentera oder Miami, je nach Saison. Dahin reisen die Fußballer doch, oder? Aber vorher musste sie noch ihre Jungfräulichkeit verlieren und vor allem das letzte halbe Kilo.

Kapitel 4

Es gibt Nächte, in denen ist dein einziger Wecker das Herz. Es schlägt Alarm, beruhigt dich, regt dich wieder auf, versucht, dich zu überzeugen, dass alles gut gehen wird – vergebens –, um dich dann, je nach Vorliebe, der Angst oder dem Beruhigungsmittel zu überlassen.

So war auch Chiaras Nacht verlaufen. Nach Albträumen und Seufzern hatte die Braut versucht, mithilfe von zwanzig Tropfen Baldrian einzuschlafen, die ihre Trauzeugin, Mariangela, eine Kollegin aus dem Maklerbüro, ihr empfohlen hatte. Sie hatte sie gebeten, anstelle ihrer eigentlich vorgesehenen Cousine ihre Trauzeugin zu sein, da die Cousine es nur wegen ihrer Verwandtschaft erwartete, nicht wegen ihrer engen Beziehung. Denn da war etwas in ihrem Verhalten, das sie überhaupt nicht überzeugte, auch wenn sie die Sommer ihrer Kindheit gemeinsam verbracht hatten. Wenn sie sich in letzter Zeit bei den Hochzeiten von Verwandten getroffen hatten, hatte sie immer wieder verkündet: »Ihr seid wirklich richtige Süditaliener«, als sei sie, nur weil sie in Varese wohnte und sich die Augenbrauen zupfte, etwas Besseres.

Im Moment der Entscheidung hatte sie ihrer Mutter Ninella das Problem geschildert, und die hatte sie gefragt: »Wem würdest du ein Geheimnis anvertrauen? Wenn die Antwort Mariangela lautet, nimm sie. Eine Trauzeugin ist die Person, der du vertraust, nicht die, die dir das teuerste Geschenk macht. Verstanden?«

So war es zur ersten rebellischen Geste in ihrem Leben gekommen.

Nachdem ihre Cousine erfahren hatte, dass sie nicht ausgewählt worden war, hatte sie erwidert, sie habe schon am selben Tag eine andere Feier, und sowohl Chiara als auch Ninella schlossen daraus, dass sie es ihr übel genommen hatte.

Die zukünftige Braut hatte immer noch gegrübelt – »es werden doch jetzt nicht alle beleidigt sein und keiner mehr kommen?« –, als eine SMS sie geweckt hatte: »Amore, ich gehe jetzt nach Hause … bis Morgen. Damiano.«

Es war fünf Uhr morgens.

Ihr Verlobter hatte zwei Tage vor der Hochzeit den Junggesellenabschied mit den Cousins organisiert. Anders als Chiara war er seinen Verwandten eng verbunden, besonders Cosimo. Cosimo und Damiano waren unzertrennlich und im Ort wurden sie »die Doktoren« genannt, so wie »die Heiligen«, auch wenn sie nur ein Diplom hatten.

Für den Bräutigam war Cosimo der Bruder, den er gern gehabt hätte. Beide mochten schöne Autos und schöne Frauen, sie waren beide Fans vom AS Bari und jeden Montag verletzten sie sich beim Kickerspielen. Sie interessierten sich nicht für Politik und hatten keine hohen Ansprüche. Sie lebten, ohne sich allzu viele Fragen zu stellen, genossen ihr Geld, zur Freude der Händler, der örtlichen Nachtclubs und des Casinos in Sanremo.

Für einen solchen Abend hatte Damiano einen besonderen Ort auswählen wollen, aber schließlich hatte er doch keine Lust, alle in den Nachtclub von Fasano zu bringen – zu riskant –, und hatte das elegantere Caffè del Mar in Bari vorgezogen, wo er ein Vermögen für Tische, Champagner und hübsche Mädchen ausgegeben hatte. Denn wenn Damiano Cosimo traf, begriff er gar nichts mehr. Er war sein mythisches Vorbild: frei, genießerisch und diskret.

Chiara konnte sich, trotz der Zweifel, nicht beschweren, weil sie nur einen einzigen Traum hatte: zu heiraten. Sie war mit ein paar Freundinnen Pizza essen gegangen und damit zufrieden: Bis Mitternacht wurde getanzt, es gab ein bisschen gewagte Unterwäsche als Geschenk, viel Musik und eine »wunderbare Atmosphäre«, wie Mariangela alle zehn Minuten wiederholte.

Als sie achtzehn geworden war, hatte ihre Mutter ihr eine Karte geschenkt, auf der Folgendes stand: »Wenn du im Leben keine Probleme haben willst, lass die Männer bestimmen oder lass sie es wenigstens glauben. Liebe bedeutet vor allem, nicht zu nerven. Mamma.«

Mit diesen Worten im Kopf wollte sie sich nicht mitten in der Nacht mit Damiano streiten, auch wenn sie sich einen Augenblick lang vorgestellt hatte, dass er mit dem Erotikstar Martina Gold eng tanzte. Aber für solche Sachen fuhren die Männer ins Ausland, nicht nach Fasano, sagte sie sich, um sich davon zu überzeugen. Und wenn er ein schlechtes Gewissen gehabt hätte, hätte er mir nicht so unschuldig um diese Uhrzeit eine SMS geschickt. Außerdem bin ich im Bett eine Bombe! Einmal hatte sie akzeptiert, sich Hände und Füße fesseln zu lassen, und er war abgegangen wie ein Irrer.

Seit sie jedoch den Mistral an die Fenster klopfen hörte, dachte sie nicht mehr an ihren Verlobten oder an Stripperinnen. Sie konzentrierte sich auf das Hochzeitsfest, dem sie ihre gesamte Freizeit der letzten zwei Jahre gewidmet hatte.

Sofort fiel ihr das Theater um die Tischnamen ein, diese blöde Idee, die ihre Schwiegermutter ihnen aufgezwungen hatte. Nachdem sie sowohl Städtenamen als auch Liedertitel abgelehnt hatte – das haben doch schon alle anderen gemacht! –, hatte sie sich auf Winde versteift. »Zum ersten Mal«, sagte sie, »werden sich die Hochzeitsgäste an Tische mit folgenden Namen setzen: Schirokko, Tramontana, Libeccio, Ponentino, Bora, Mistral …« Sie hatte ganze Tage damit verbracht, die merkwürdigsten Winde zu suchen, und an einem gewissen Punkt kam sie sogar mit Katrina an, was aber »nur ein Witz« war, hatte sie jedenfalls gesagt, als sie Chiaras und Ninellas Gesichtsausdruck gesehen hatte.

Die Tischnamen konnte man jetzt nicht mehr ändern, weil die Karten bereits gedruckt worden waren – die Druckerei befand sich in Altamura –, und das war das erste Drama, dem Chiara jetzt entgegensah: Darf ein Hochzeitsbankett damit beginnen, dass die Gäste sich kaputtlachen?

Das zweite war der Gedanke an ihre Mutter, die dieser ganzen Windgeschichte gegenüber besonders skeptisch eingestellt war. Würde sie jetzt endgültig depressiv werden?

Wie sehr sie sich auch bemühte, ihren Gesichtsausdruck zu ändern, dieser traurige Schleier ließ sie nie los. Denn Ninellas Traurigkeit lag nicht in den Augen, sondern in ihren Gesten. Wenn sie nähte: Das heißt immer. Wenn sie stickte: Das heißt oft. Am schlimmsten war es, wenn sie sonntags die Tomatensoße rührte, die mit Rolatini. Das war eine Qual und man hatte dann immer das Gefühl, sie umarmen zu müssen. Es fing mit dem Zwiebeldünsten an, aber die Zwiebeln waren eine zu banale Ausrede, um Tränen zu vergießen. Keine Hausfrau weint wirklich beim Zwiebelschneiden.

Im Innersten spürte Chiara, dass es nicht nur wegen des Todes ihres Vaters vor vielen Jahren war. Sie war davon überzeugt, dass auch der Onkel und diese Schmuggelgeschichte etwas damit zu tun hatten. Aber bei den wenigen Gelegenheiten, bei denen sie sich gezwungen hatte, nach der Wahrheit zu suchen – denn in Polignano kursierten viele Versionen davon –, hatte Ninella geantwortet, dass eine Mamma alles von ihren Kindern wissen muss, aber dass die Kinder nur wissen müssen, dass ihre Mamma sie liebt. Dann lächelte sie leicht, was nur eine Art war, das Gespräch zu beenden. Oder sie sagte: »Ach, ich bin gar nicht mehr auf dem neuesten Stand!«, und fing an, in »Mademoiselle« zu blättern, der französischen Zeitschrift, die sie abonniert hatte, um Inspiration für ihre Modelle zu finden.

Ein Funken Freude hatte ihre Augen jedoch zum Leuchten gebracht, als Chiara ihr erzählt hatte, dass sie mit Damiano Scagliusi zusammen war.

»Scagliusi Damiano?«, hatte sie sie gefragt, wie in der Schule.

»Ja, genau der, Ma. Der Sohn des Kartoffelkönigs.«

Chiara wusste, wie sehr dieser Spitzname die Leute im Ort beeindruckte, und sie war davon überzeugt, dass er auch bei ihrer Mutter diesen Effekt hätte. Doch Ninella ließ sich nicht schnell beeindrucken, auch wenn sie nach dieser Nachricht im Bad verschwunden und eine halbe Stunde später wieder herausgekommen war, mit frisierten Haaren und frischem Lippenstift. Dann, als wäre nichts gewesen, hatte sie an einem neuen Schnittmuster gearbeitet. Sie war eine Kriegerin, bereit, über Jahre scheinbar unbewegt zu verharren. In der Zwischenzeit hatte sie ihre Energie in die Arbeit und die Töchter gesteckt, deren Ausbildung dank der Pension ihres Mannes gesichert war. Chiara die Wirtschaftsschule in Castellana. Nancy die pädagogische Hochschule in Conversano. Aber nach dem Abschluss erschien es ihr nicht richtig, Chiara zum BWL-Studium zu schicken. Sie behauptete, dass sie es sich nicht leisten konnten, dass es in Bari Drogen gab, dass es im Dorf zu Gerüchten führen könnte. In Wirklichkeit brauchte sie ihre Tochter, weil sie Angst hatte, die Einsamkeit nicht ertragen zu können.

Chiara zog es vor, nicht zu diskutieren, weil sie im Grunde wusste, dass sie nicht gut genug für die Universität war. Aber sie liebte Bari. Und samstags, wenn sie nicht beim Immobilienmakler arbeitete, fuhr sie mit dem Zug in die Stadt: Als Erstes ging sie zur Buchhandlung Feltrinelli, dann spazierte sie über den Cavour, aß einen Panzerotto, wanderte durch die Altstadt bis zur Strandpromenade. Sie hoffte immer, von einem Jungen angesprochen zu werden, aber wenn es passierte, bekam sie ein schlechtes Gewissen, nahm den Zug und kehrte nach Hause zurück.

Um Arbeit zu finden, hatte sie an verschiedenen staatlichen Wettbewerben in der Region teilgenommen und ganz knapp hatte sie eine Stelle im Einwohnermeldeamt von Monopoli verpasst. Nach ein paar Monaten hatte sie beim Immobilienmakler Case di Puglia angefangen, wo sie ein bisher unbekanntes Verkaufstalent an den Tag legte. Es genügte, ein Haus zugewiesen zu bekommen, schon fing sie an, davon zu schwärmen.

Die magischen Worte, wenn sie einen Käufer fand, der bereit war, Geld auszugeben, waren: »schauen Sie nur, diese Lage«, »wenn Sie möchten, können Sie die Mauer entfernen«, »ruhige Nachbarn«, »Nachbarn, die nicht neugierig sind«, »Nachbarn, die wahrscheinlich keine Kinder bekommen können«, »Sie müssen sich beeilen, weil bald die Russen kommen, wie in Versilia«.

Die Russen machten den meisten Beine.

Häuser waren also sozusagen ihr täglich Brot, und sie wusste, dass sie früher oder später ein eigenes haben würde.

Für fünfundzwanzig war Chiara vielleicht ein wenig anachronistisch. Auch ihr Zimmer wirkte ein bisschen altmodisch: An den Wänden hing ein Bild von Ostuni, ein Kalender von der Bank, ein Foto ihrer Eltern in Otranto, das gerahmte Buchhaltungsdiplom und ein Foto mit Ridge aus *Reich und Schön*, den sie am Ausgang eines Restaurants getroffen hatte. Sie war furchtbar stolz, weil Ridge lächelte, während sie es vor Verlegenheit nicht geschafft hatte, so dass sie wie eine Diva aussah. Es gefiel ihr nur nicht, dass der Blusenkragen nicht richtig lag, worauf ihre Mutter sie sofort aufmerksam gemacht hatte.

Abgesehen von den Augen sah sie Ninella sehr ähnlich: der schmale Hals, die fast glatten Haare, die vollen Lippen, aber insgesamt war sie ein bisschen unscheinbarer. Als wäre sie nicht ganz von ihrer eigenen Schönheit überzeugt, und das Zimmer, in dem sie schlief, bestätigte das irgendwie. Vielleicht war sie auch deswegen beim ersten Jungen, der sich ernsthaft um sie bemüht hatte, geblieben, Damiano, dem sie alle ihre über die Jahre angesammelte Lust gegeben hatte. Da sie keinen Vergleich hatte, erschien er ihr im Bett unübertrefflich.

Auf eine gewisse Art war Nancy viel weiter, ihr Zimmer war fast komplett rosa: Wände zartrosa, Möbel dunkelrosa und die Accessoires hellrosa, vom Lampenschirm über die Gardinen bis zu den Stiften. Sogar in der Schule benutzte sie nur Textmarker dieser Farbe. Ihre Waage konnte natürlich nicht anders als rosa sein und am Abend vor der Hochzeit zeigte sie 51,5 kg.

Noch ein halbes Kilo und sie wäre perfekt vor den Augen von ganz Polignano, halb Bari und unterschiedlichen Delegationen aus: Castellana, Monopoli, Conversano, Mola, Locorotondo, Putignano, Rutigliano, Alberobello, Triggiano, Fasano, Noci, Gioia del Colle und Martina Franca. Ohne die Verwandten aus Brindisi, Foggia, Lucera, Maglie, Lecce, Parma, Varese und Castelfranco Veneto mitzuzählen. Insgesamt wären es 287, davon mindestens hundert Geschäftsfreunde der Familie Scagliusi.

Und während Chiara hörte, wie Nancy unter der Dusche *Yes Jesus Loves Me* grölte, fiel ihr wieder der Satz ein: »Liebe bedeutet vor allem, nicht zu nerven.« Ninella steckte den Kopf durch die Tür und riss sie wieder in die Wirklichkeit.

»Weht er denn so stark, Ma?«

»Ja, ich bin bis zu den Klippen Dell'Eremita gegangen, um mich ein bisschen zu entspannen ... ein Desaster. Und alle diese Deppen, die mir sagen: ›Wie schade, ausgerechnet heute ...‹, aber du wirst sehen, er legt sich noch.«

»Bestimmt hat meine Schwiegermutter ihn gerufen, weil sie den Tischen unbedingt die Namen von Winden geben wollte.«

Ein Vulkanausbruch hätte weniger Lärm gemacht als Ninellas Gebrüll innerhalb weniger Minuten. Aber sie schaffte es, schnell darüber hinwegzukommen, schließlich wusste sie, dass man Prioritäten setzen muss.

»Jetzt denk nicht mehr dran, Chiara, vielleicht hält er nur einen Tag an. Bald kommt Zia Dora, und ich will nicht, dass sie dich völlig panisch antrifft ... sie wird ihren Mann sicher dazu bringen, wie ein Irrer zu rasen, um dann, wenn sie an der Tür klingelt, anzugeben. Hoffentlich werden die Strähnchen gut! Sie kritisiert mich sonst bis nach Castelfranco ... außerdem wird sie nervös sein, weil wir auch die Facciolla eingeladen haben, ich weiß nicht, ob sie noch miteinander sprechen.«

»Sie wird sich Mühe geben. Zia Dora steht über diesen Dingen.«

Ein Fensterladen klappte plötzlich zu und die Dunkelheit teilte das Zimmer in zwei Teile. Das Meer übertönte jedes Geräusch und die Luft roch nach Salz.

»Wann musst du zum Filmdreh?«

»Vito Photographer kommt gegen elf und dann treffen wir Damiano. Wir machen ein paar Filmaufnahmen und die letzten Fotos.«

Um ihn von allen anderen zu unterscheiden, nannte man

Vito, den beliebtesten Fotografen der Region, so. Das Geschäftsschild war zu einer Art Nachname geworden.

»Wie ist es möglich, dass dieser Fotograf noch immer nicht alle Szenen gedreht hat? Ich weiß nicht, da haben wir uns so angestrengt und dann sucht ihr einen aus, der alles in letzter Minute macht.«

»Du hast ja recht, aber er ist der Beste.«

»Sagst du. Ich hätte Pino Cocozza vorgezogen, der auch Fotos mit Pferden macht.«

»Aber der konnte an dem Tag nicht! Außerdem sah ich schrecklich auf den Pferden aus, ehrlich. Du wirst sehen, Vito wird alle überraschen.«

»Hoffen wir's, Chiara. Jetzt mach dich fertig, auch wenn es ein Kurzfilm ist, musst du gut aussehen ... ich muss los, Lucia Coiffeur wartet nicht.«

»Als würde sie dich nicht sofort drannehmen, du bist die Brautmutter! Aber wenn du gewollt hättest, hätte Pascal dir die Haare morgen machen können, wenn er zu mir kommt, er hätte es sicher billiger gemacht.«

Ninella hielt einen Augenblick inne, um Luft zu holen.

»Bist du wahnsinnig, als ob ich ihm so viel Geld bezahlen würde! Zweihundert Euro für Strähnchen! Manche Friseure sind einfach verrückt! Sobald sie wissen, dass es für eine Hochzeit ist, heben sie die Preise an.«

»Mamma, es ist meine Hochzeit ... der Modedesigner hat ihn mir empfohlen und ich muss auf Nummer sicher gehen.«

»›Sicher‹ ist ein Wort, das du jetzt mal vergessen musst. Wie wär's, wenn du deiner Schwester Frühstück machst, denk dran, Vollkornzwieback. Und ruf Padre Gianni an, der ist so dusselig, dass er die Probe noch vergisst.«

Und wieder ging Ninella aus, mit dem Hut, um die Mähne zu verbergen, die bald ganz anders aussehen würde. Sie hüpfte durch die blitzsauberen Gassen, als wäre sie einer Gefangenschaft entflohen. Es war ihr jetzt egal, ob sie perfekt auf die Linien der Pflastersteine trat, und sie war glücklich, wenn die Nachbarn sie so unbeschwert sahen. Wer ihr begegnete, hatte den Beweis, dass sie nicht angespannt war, trotz der Eleganz, die sie allem verlieh, was sie trug. Auch die Kleider, die sie nähte, hatten immer etwas Besonderes. »Man sieht, dass Ninella das gemacht hat«, war für sie das höchste Kompliment. Einer der Gründe, vielleicht der einzige, warum sie noch nicht in die Depression gerutscht war.

Kapitel 5

Der Durst trieb Damiano an diesem Morgen aus dem Bett. Er war spät nach Hause gekommen, eine Stunde nachdem er Chiara betrunken aus dem Auto die SMS geschickt hatte, während Cosimo ihm zurief: »Nicht auf den Sitz kotzen, den habe ich gerade erst sauber gemacht!« Er hatte sich auf den Champagner und seine Kreditkarte gestürzt, aber bei all den Trinksprüchen war ihm bald ganz melancholisch zumute.

Das schöne Leben war vorbei.

Vorbei die Abende in Bari, die Kneipentouren mit den Cousins und diese Freiheit, die einem erlaubt, »fast immer« treu zu sein und sich doch ab und zu eine kleine Schwäche zuzugestehen. Eigentlich war Damiano nicht der risikofreudige Typ, er zog es zum Beispiel vor, für einen Fehltritt zu bezahlen, wie gestern im *Night*. Er hatte nur ein paar Mal eine Professionelle gehabt und wenn, dann fast immer im Ausland, mit Cosimo, der ihn gedeckt hätte, selbst wenn es Beweise gegeben hätte. Denn Gerüchte verbreiteten sich schnell und er und mit ihm alle Scagliusi hätten dann als neureiche Deppen dagestanden. Im Innersten war er jedoch davon überzeugt, dass die Männer im Ort alle gleich waren: Wenn sie konnten, amüsierten sie sich, aber sie unterstanden sich, es öffentlich zuzugeben.

Daher war es besser, spontanen Verführungen, die am gefährlichsten sind, auszuweichen. »Wenn man betrügt, darf man nicht in Eile sein«, hatte Cosimo ihm gesagt, der in den Augen aller der perfekte Verlobte war, aber tatsächlich zwei identische iPhones mit unterschiedlichen Nummern besaß, die er je nach Situation benutzte. Damiano bewunderte diese Unverfrorenheit, die er sich nie traute. Daher hatte er ihn gebeten, keine »Überraschung« zum Junggesellenabschied mitzubringen, wie er sie schon bei anderen gesehen hatte.

Vielleicht hatte er auch deswegen beim Bestellen von Champagner übertrieben: Er wollte sich entschuldigen. Geld auszugeben war für Damiano eine Chance, seine Eitelkeit auszuleben, die er allerdings nie ganz auskostete. Das beste Gefühl war, aus dem BMW zu steigen und vor irgendeinem Passanten das Auto klackend abzuschließen. Da konnte ihm fast einer abgehen. Trotz der Kavalierstarts und der Kartoffeln galt Damiano im Dorf als ein bisschen dumm. Einer, der alles hat, ohne sich dessen wirklich bewusst zu sein. Seine Unsicherheit wurde bloß in einem leichten Stottern deutlich.

Es passierte ihm nur, wenn er angespannt war oder müde und etwas Unerwartetes geschah. Die Wörter stolperten dann über seine Zunge und manchmal verließen sie sie gar nicht mehr. Das Gegenüber, wenn es sensibel genug war, wartete mit angehaltenem Atem, feuerte ihn schweigend an, in der Hoffnung, dass der Satz früher oder später beendet würde.

Sicher, der Reichtum ließ in seinem Fall alle mehr Geduld aufbringen, deswegen beendete kaum jemand den Satz für ihn. Viele taten sogar so, als wäre es völlig normal: »Wem passiert das nicht ab und zu?«, sagten die Bekannten, um sich mit ihm gut zu stellen, dabei dachten sie in Wirklichkeit an sein Erbe von Obstgärten, Ländereien und Häusern. Neben dem »Petruzzelli« in Polignano besaßen die Scagliusi ein Haus in San Vito, einen Trullo im Valle d'Itria, einen Bauernhof in Ostuni, einen im Salento und ein halbes Dutzend Wohnungen im Dorf.

Für Damiano war zu Hause jedoch nur in Polignano a Mare.

Dort fühlte er sich akzeptiert und respektiert, dort wollte er leben und seine Kinder großziehen. Das war auch ein Punkt, der ihn für Chiara eingenommen hatte, neben der Tatsache, dass sie ihm im Bett noch nie etwas abgeschlagen hatte: Obwohl sie die schönsten Häuser der Gegend vermittelte, war sie davon überzeugt, dass es nur in Polignano dieses gewisse Licht zwischen Felsen und Blau gab.

Die wenigen Stunden, die er geschlafen hatte, waren nicht einfach für ihn gewesen. Er hatte geträumt, dass sein Bruder während der Zeremonie beschimpft wurde: »Schwuchtel! Schwuchtel! Hau ab, Schwuchtel!« Doch trotz der Albträume und der pochenden Kopfschmerzen brachte ihm das Erwachen eine kurzfristige Erleichterung.

Es war immer noch möglich, dass Orlando zur Hochzeit das Mädchen mitbrachte, von dem er behauptete, dass er mit ihr ausging, und das ließ ihn gut gelaunt aufstehen. Er ging nach unten in die Küche, öffnete den doppeltürigen Kühlschrank und nahm sich eine Cola.

Er setzte sich auf einen Hightechhocker, der eher schön als bequem war, aber seine Mutter hatte die teuersten gewählt, ohne sie auch nur auszuprobieren. Von seinen Eltern war nichts zu sehen, nicht mal im Partykeller im Alpenstil mit Kamin und ausgestopftem Hirsch, wo sie immer Weihnachten feierten.

Er schaltete das Fernsehen an und blieb bei einer Kochsendung hängen, in der Thunfischpaté ohne Thunfisch gemacht wurde. Kochsendungen hatten einen fast hypnotischen Effekt auf ihn, denn sie gaukelten ihm vor, das Leben wäre einfach: Eine Prise Pfeffer genügt, ein leichtes Anbraten, ein bisschen Butter, und alles war geklärt. Er hatte noch nie etwas gekocht, abgesehen von ein paar Spaghetti um Mitternacht, aber er wusste, dass Kochen sehr viel komplexer war, als es auf dem

Bildschirm aussah. Er stellte das Fernsehen noch lauter, weil er Angst vor der Stille hatte und die Stille ihn an die Wahrheit erinnerte: seinen letzten Tag als Junggesellen.

Das Telefon holte ihn zurück in die Gegenwart.

»Hallo, Chiara?«

»Wo bist du?«

»Ich bin zu Hause ... ich bin noch nicht lange auf. Und wo bist du?«

»Wie, du bist gerade erst aufgestanden? Bald kommt Vito Photographer, zusammen mit einem von Telenorba, um den Film zu Ende zu drehen.«

»Wie viel Uhr ist es denn?«

»Halb elf. Er kommt gegen elf zu mir und macht sich Sorgen, weil durch den Mistral alles schwieriger ist.«

»Wieso? Soll der Mistral kommen?«

Chiara atmete ein und aus, Liebe bedeutet vor allem, nicht zu nerven. Sie erklärte ihm ruhig die Lage, fragte nicht nach dem vergangenen Abend, bemühte sich, ihn nicht zu drängen, ermutigte ihn aber, sich etwas zu beeilen. »Weißes Hemd und Jeans«, wiederholte sie mindestens drei Mal, weil das »elegant, aber nicht zu festlich« war. So hatte es Vito im *Briefing*, ein Wort, das sie gern wiederholte, auch wenn sie es nicht ganz verstand, erklärt. Nur so würde der Film perfekt werden.

Aber »perfekt« war das Wort, das Damiano am meisten Panik einjagte, direkt nach »Logopädie« und »Ägypten«, dem Albtraum aller Kartoffelproduzenten der Region. In diesem fernen Land wurden Kartoffeln in großer Menge und zu niedrigeren Preisen angebaut, Don Mimì fragte ihn deswegen immer wieder nach Ideen und Lösungen.

Er wollte alles, außer einer neuen Verantwortung. Es wäre alles leichter gewesen, wenn bei »Scagliusi & Figli Import Export« auch sein Bruder dabei wäre, der hatte es allerdings vorgezogen, zu studieren und nach Bari zu fliehen. Die beiden hatten nur sehr wenig Kontakt: Beim Kartenspielturnier an Weihnachten, und manchmal kommentierten sie zusammen die Kochsendungen im Fernsehen. Ansonsten sprachen sie weder über Frauen, noch über Autos oder Geschäfte. Aber bei ihm stotterte Damiano fast nie.

Als Don Mimì zurückkam, versuchte er gerade mit der Dose in der Hand die Höhe des Hockers zu regulieren.

»Es lebe der Bräutigam!«

»Nicht schreien, Papa, mir platzt der Kopf. Wir haben's gestern leicht übertrieben.«

»Gut gemacht. Das heißt, dass du zufrieden bist, oder?«

Don Mimì sehnte sich verzweifelt nach Bestätigung.

»Ja, gestern haben wir uns echt amüsiert. Du hättest sehen sollen, wie Cosimo mich imitiert hat, wir haben uns kaputtgelacht ...«

»Jetzt, wo du heiratest, musst du vernünftig werden.«

»Ja ... leider ...«

»...«

»...«

»War Orlando eigentlich nicht bei euch?«

»Nein, er hat mir gesagt, dass er bei seiner Freundin in Bari bleibt.«

»Er kommt also heute Vormittag?«

»Ich weiß es nicht.«

»Bringt er denn morgen dieses Mädchen mit oder nicht?«

»Er hat es behauptet, aber du weißt doch, wie Orlando ist.«

»Orlando ist ein Scagliusi und die Scagliusi halten ihr Wort. Wenn er gesagt hat, dass er mit seiner Freundin kommt, dann heißt es, dass sie da sein wird.«

Don Mimì sprach lauter, aber nicht wegen Orlando. Mehr

für sich selbst. Ihm war klar, dass sein Sohn mehr aus Pflichtgefühl als aus Überzeugung heiratete.

»Du hast recht, Papa. Jetzt entschuldige mich, ich muss mich für den Kurzfilm umziehen.«

»Seid ihr damit denn immer noch nicht fertig?«

»Nein, es fehlen noch Aufnahmen von uns beiden zusammen … und noch ein paar auf den Klippen. Ich hatte Chiara gesagt, dass der aus Gioia besser ist, der macht das wenigstens alles in zwei Tagen. Aber sie wollte unbedingt diesen Vito aus C…«

»Castellana?«

»C…«

»Cerignola?«

»C… Conversano. Und Mamma hat schließlich zugestimmt. Als sie das Fotobuch aus Leder gesehen hat, hat sie nachgegeben. Er ist jedenfalls gut. Angeblich buchen ihn sogar Leute aus Taranto.«

»Wichtig ist, dass die Fotos gut werden.«

»Du wirst sehen, du wirst sehr stolz auf mich sein, Papa.«

Das war Don Mimì jedoch ganz und gar nicht. Es war das Verantwortungsgefühl, er hatte es auch selbst, er hatte ihn so erzogen. Dabei war Don Mimì ein großer Romantiker. Wenn er konnte, sah er sich *Die Brücken am Fluss* an. Am liebsten ganz allein im Spiegelsaal, die Fernbedienung in der Hand, um den Film notfalls zu unterbrechen, wenn seine Frau eintrat, als wäre es ein Pornofilm. Er hatte ihn einmal auf DVD gesehen und seitdem bekam er wie ein Kind nie genug davon. Er weinte immer an derselben Stelle, wenn Clint Eastwood sagt: »Die alten Träume waren gute Träume. Sie gingen nicht in Erfüllung, aber ich war froh sie zu haben.«

Es war die einzige Möglichkeit für ihn, zu weinen, und manchmal hatte er das Bedürfnis danach. Aber wenn das Leben ihn mit einer echten Emotion konfrontierte, dachte er schnell an die Arbeit, an die Angestellten, an die ägyptischen Produzenten und hatte sich dann gleich wieder unter Kontrolle. Plötzlich war Don Mimì wieder da.

»Beim Kartoffelkönig gibt's keine Tränen, sondern nur Schecks«, sagte er sich.

Kapitel 6

Vito Photographer kannte diese Ecke von Polignano wie seine Westentasche, weil es kein Hochzeitspaar gab, das sich nicht an genau dieser Stelle küssend fotografieren lassen wollte. Er trat an die Loggia am Meer nahe Chiaras Haus, um zu sehen, ob er sie am Fenster entdecken würde. Damit er nicht klingeln musste, rief er sie an.

»Ciao Vito, wo bist du?«

»Praktisch direkt neben eurem Haus. Wenn du aus dem Fenster schaust, siehst du mich mitten in einer Gruppe Engländer.«

Mit dem Telefon in der Hand lehnte sich Chiara aus dem Fenster und sah Vitos Objektiv, bereit sie zu verewigen. Diese Falle ließ sie erstarren, sie erschreckte sich fast. Sie machte ein Zeichen, dass er warten solle, und ging zurück ins Haus.

Ninella war beim Friseur, um sich Strähnen färben zu lassen, während Nancy Vollkornzwieback aß und dabei ins Leere sah. Sie stellte sich vor, wie sie vor der Kirche stand, im geschlitzten Rock, bauchfrei und mit Profi-Make-up, ihre Schulfreundinnen beneideten sie, Carmelina hält ihre Hand und die Jungs legen eine Vollbremsung hin, wenn sie vorbeigeht, um auf den schönsten Hintern von ganz Apulien zu sehen. Abgesehen von Bauernhöfen, Antipasti vom Meer, vom Salento und der Tarantel, kämen die Fremden wegen ihr her.

Ein Zweifel kam aber in ihr auf.

»Ist dir eigentlich keine Veränderung bei mir aufgefallen?«

»Hast du dir selbst den Pony geschnitten?«

»Nein, Chiara. Ich erklär's dir später.«

»Los, sag's mir jetzt.«

»Ich sag's dir nach deiner Hochzeit.«

Nancy war tödlich beleidigt, vor allem, weil das der Beweis dafür war, dass viereinhalb Kilo immer noch zu wenig waren. Chiara gab ihr rasch einen Kuss und ging hinaus: Zuerst der Film für die Hochzeit, dann alles andere. In Wirklichkeit hatte sie das Gefühl, dass ihre Schwester mehr Zärtlichkeiten verdiente, als ihre Mutter ihr gab, daher übernahm sie das immer mal wieder. Aber auch sie, wenn man vom Sex mit Damiano absieht, war eher unemotional, und das zeigte sich jedes Mal, wenn sie einen Verwandten begrüßen musste mit diesem Wange-an-Wange, ohne jemals ein Küsschen zu versuchen. Für Chiara hatten solche Begrüßungen immer etwas von einer Beerdigung.

Vito wartete derweil auf sie und fotografierte das gekräuselte Meer. Er wirkte zwar ruhig, aber eigentlich war er recht angespannt, und als er sie kommen sah, den Zeigefinger auf die Wellen gerichtet, wusste er für einen Augenblick nicht, was er sagen sollte, und ließ sie reden.

»Ausgerechnet heute musste der Mistral aufkommen, verdammt. Ausgerechnet heute. Meinst du, er legt sich wieder?«

»Ich glaube nicht, aber das ist uns egal. In solchen schwierigen Situationen wird die Fotografie besonders kunstvoll! Warte mal ab, was für ein Album ich dir mache … und dann der Film …«

»Die Fotos werden also trotzdem gut?«

»Der Wind hier kann mir nichts anhaben.«

Sie wollte ihm vertrauen, aber irgendetwas irritierte sie.

»Hör mal, während wir auf den Kameramann warten, könnte ich dich auf einen Kaffee einladen und dir dabei erklären, was ich nachher noch vorhabe.«

»In Ordnung, Damiano kommt sowieso immer zu spät.«

Vito fasste sie am Arm, er berührte sie kaum, trotzdem fühlte sie sich unbehaglich. Sie hob den Blick zu den Fensterläden der Signora Labbate – im Dorf wurde sie »die Klatschzeitung von Polignano« genannt –, als repräsentiere die Alte eine letzte Gefahr vor dem großen Schritt. Vito durchschaute sie, weil er Bräute besser kannte als ein Priester, und entfernte sich ein paar Schritte von ihr.

Sie setzten sich in eine Bar nahe dem Flüsschen Monachile, und um das Thema zu wechseln, fragte Chiara nach einer Vorschau des Films, der beim Hochzeitsempfang gezeigt werden sollte: die Liebesgeschichte von ihr und Damiano. Vito hing aber beim Schnitt hinterher, daher überging er ihre Frage und deutete große Überraschungen an.

Die anderen Gäste betrachteten Chiara mit einem aufmerksamen Blick, aber grüßten sie dennoch, als ob nichts wäre. Sie versuchte in diesen Begrüßungen verborgene Nachrichten zu entziffern: Habe ich jemanden vergessen? Werden die Ausgeschlossenen in der Kirche auftauchen, nur um mir ein schlechtes Gewissen zu machen? Habe ich es richtig gemacht, die Hochzeitsliste bei Euronics in Auftrag zu geben?

Um sich zu beruhigen, rief sie ihren zukünftigen Ehemann an, aber die Leitung war besetzt. Vito wartete, bis sie das Handy hingelegt hatte, um das Gespräch wieder aufzunehmen, das noch gar nicht richtig begonnen hatte.

»Du hattest übrigens bei der Wohnung recht, Chiara. Sie ist ein Schnäppchen. Wir haben die Nachbarn schon kennengelernt, und es scheinen alles nette Leute zu sein. Und vor allem zurückhaltend.«

»Ich hab's dir doch gesagt! Aber hast du deine Freundin davon überzeugen können, die Mauer einzureißen, um das Wohnzimmer nach deinen Vorstellungen auszubauen?«

»Deine Freundin«, sagte sie nur, um sich aus dieser Situation herauszuwinden.

»Ja, wir haben uns schließlich für das Wohnzimmer entschlossen. Ich muss dir irgendwann mal zeigen, wie's geworden ist, du erkennst es nicht wieder.«

»Vielleicht zeigst du sie uns mal an einem Nachmittag, wenn wir aus den Flitterwochen zurück sind.«

Sie schloss Damiano in das Gespräch mit ein, da sie davon überzeugt war, dass die Kellner in der Bar waren, um zu lauschen und dann Gerüchte zu verbreiten. Ohne den Wind wäre es ein strahlend schöner Frühlingsmorgen gewesen.

Die zukünftige Braut nippte noch am Kaffee, als Damiano und der Kameramann auftauchten, auf Letzteren war sie sehr stolz: Er arbeitete für Telenorba, er würde also etwas Ähnliches machen wie die Sendungen, die man immer im Fernsehen sah.

»Du hast doch getrunken«, dachte Chiara, während sie ihren Verlobten küsste, aber sie dachte an ihre Mutter und sagte nichts. Die Männer setzten sich und bestellten Espresso macchiato. Vito, der sich für einen Mann von Welt hielt – sobald er konnte, zückte er sein iPad –, nahm ein Storyboard, wie er es nannte, heraus, eine Art von Comicgeschichte des Films, den sie zu Ende drehen mussten.

»Ihr werdet sehen, zuerst die Bilder von Damianos Zuhause … dann schwenken wir in Slow Motion auf Chiaras Haus … Überblendung auf das Treffen in Capitolo … aber der Höhepunkt ist genau hier, auf den Klippen von Polignano. Und dieser Wind ist ein Segen, um den Bildern noch ein bisschen mehr Pathos zu verleihen.«

Chiara verstand bei »Slow Motion« und »Überblendung« gar nichts mehr. Damiano hörte zu, ohne allzu viel zu kapieren, er war durcheinander, aber zuversichtlich. Er fasste sich in seine Locken und nickte. »Bei der Summe, die wir bezahlen, sollte es auf jeden Fall gut werden.«

Die Erklärungsversuche des Fotografen wirkten auf Chiara eindeutig nicht wie die Charmeoffensive, die sie einsetzte, wenn eine Wohnung zu teuer war oder Fehler hatte, so dass man viel reden musste, um sie zu verkaufen. Schönheit braucht eben nur wenige Worte.

»Und jetzt fangen wir mit der ersten Klappe an, los geht's«, sagte er, »der Kameramann muss dann nämlich wieder zurück nach Conversano, wegen einer Nachrichtensendung.«

Sie gingen zur Treppe, die hinunter auf die Klippe führte. Der Wind war so stark, dass sogar die Statue von Modugno sich ein bisschen im Blau bewegte. Die Bastion Santo Stefano, schöner als eine Postkarte, klammerte sich an den Felsen, auf dem sie gewachsen war, in einer Komposition, die sich je nach Licht zu verändern schien. Während Vito sich mit dem Kameramann entfernte, um die Aufnahme zu planen, waren Damiano und Chiara endlich allein.

»Hast du gestern viel getrunken?«

»Aber nein, meine Cousins haben mich mitgezogen, du weißt ja, wie Cosimo ist … er ist verrückt … aber es ging vor allem darum, noch mal zusammen zu sein. Heute Morgen habe ich einen Liter Cola getrunken … morgen werde ich topfit sein.«

Nachdem er es ausgesprochen hatte, sah er sie mit einem Hauch Panik an: Das Wort »morgen« brachte ihn auf den Boden der Tatsachen. Auch sie hatte einen Anflug von Panik: Was wäre bei diesem Wetter besser – hochgesteckte oder offene Haare?

»Wie hat Ninella den Wind aufgenommen?«

»Du kennst doch meine Mutter … sie ist wie eine Sphinx. Auch wenn ich glaube, dass sie sich mehr Sorgen wegen Zia

Dora macht, wenn die Strähnchen nicht gut werden, wird sie ein Drama daraus machen. Und wie geht's deinen Eltern?«

Eigentlich war ihr das ziemlich egal, sie schüchterten sie sogar etwas ein, aber sie wollte nicht unhöflich erscheinen.

»Meine Mutter habe ich nicht gesehen, aber sie wird hypernervös sein. Mein Vater war heute Morgen komisch, er hat mir etwas merkwürdige Fragen gestellt …«

»Was denn für welche?«

»Ich kann's dir jetzt gar nicht sagen, es waren nicht gerade typische Fragen für meinen Vater … weißt du, solche Sachen über die Zukunft … aber ich bin der erste Sohn, der heiratet, da ist das wohl normal?«

Chiara schwieg. So gelassen sie auch war, sosehr sie sich auch bemühte, mit dem Stress umzugehen, so wusste sie doch, dass der Tag nah war und dass noch alles Mögliche geschehen könnte. Sie hatte Angst, dass etwas das Fest ruinieren würde und die Worte von Mariangela Lügen strafte: »Wenn sie dich nicht in ihrer Familie haben wollten, hätten sie dir nie den Brillanten zu Weihnachten geschenkt.«

Sie empfand sich als ein bisschen privilegiert, weil sie einen der begehrtesten Männer des Ortes heiraten würde, ganz egal, dass er kein Adonis war. Ihre Trauzeugin hatte ihr sofort gesagt: »Wenn er hübscher wäre, würden sie dich für *Pretty Woman* 2 engagieren.« Sie fand ihn trotzdem sexy: Sein Stottern kam ihr sogar fast attraktiv vor. So wie die Lücke zwischen seinen Schneidezähnen. Und das Wichtige war sowieso, dass er sie vor den Altar führte. Aber nicht, weil er reich war, sondern weil er ein Mann war.

»Hör mal, Damiano, wegen der Tische …«

»Immer noch diese Scheißtische? Seit zwei Monaten machst du und meine Mutter mich mit diesen Tischen wahnsinnig!«

»Ich weiß, aber wenn du mir bestätigst, dass dein Bruder mit Freundin kommt, müssen wir es sofort dem Restaurant melden, wir setzen sie dann von Tramontana an Schirokko.«

»Tramontana??? Woher hattest du eigentlich diese Idee mit den Winden?«

»Das hat uns deine Mutter eingebrockt. Ich hatte es dir erzählt und du hast nichts dagegen gesagt, also musst du jetzt mit den Tischen leben, die wie Winde heißen, auch weil die Karten schon gedruckt wurden … Und sag mir wegen deines Bruders Bescheid, ich muss sie anrufen …«

»Ich sag's dir ja. Ich glaube, er wird am Ende allein kommen. Ich rufe ihn aber sowieso an, weil er mir sagen muss, ob er in der Kirche lesen möchte. Oder musst du es s…«

»…«

»S…«

»…«

»S…«

»…«

»Sofort wissen?«

Der Fotograf brüllte, sie sollten sich bewegen, und sie unterbrachen die Diskussion.

Vereinzelte Grasbüschel verliehen der Mondlandschaft ein bisschen Leben. Felsen, auf denen es schwierig war zu gehen und unvorstellbar zu laufen, es sei denn, man war dort geboren. Der Horizont schien weiter entfernt als üblich und die Erde wirkte dadurch flach.

Ein bisschen weiter unten ließ sich ein Paar gerade dabei aufnehmen, wie sie die Szene aus *Titanic* nachspielten, während in der Ferne die Abtei San Vito und ein paar Kräne zu sehen waren.

Damiano nahm Chiara an der Hand und packte sie so fest, als wolle er sie entführen, woraufhin sie sich etwas entspannte.

Sie wollten sich unbedingt gegenseitig davon überzeugen, dass sie Ehefrau und Ehemann würden.

»Küss sie! Küss sie!«, schrie ihnen der Fotograf jetzt zu und forderte sie auf, ein paar Schritte zu gehen. Und dann, während er sie wie Soldaten herumkommandierte: »Der Schritt gefällt mir so nicht, Damiano ... geh ein bisschen männlicher! Jetzt lauf mit offenen Armen, Chiara, so ... so ... keine Angst! Umarme sie von hinten, Damiano, als wäre sie die Canalis! Und jetzt tanzt einen Walzer auf den Klippen ... aber bewegt euch nicht zu sehr ... sonst kann ich es nicht mit Weichzeichner schneiden ... aber bei dir wünsche ich mir mehr Schwung, Chiara, mehr Schwung! Du bist mit dem Kopf woanders ... denk daran, dass du ihn liebst. DU LIEBST IHN! So, endlich, ja genau ... jetzt lauft aufeinander zu, als hättet ihr euch ein Jahr lang nicht gesehen ...«

Es war wie ein Konzert von Renato Zero.

Überwältigt vom Wind und dem Salz darin und vor allem von der Stimme von Vito Photographer aus dem Megafon, gehorchten die beiden blind und dachten daran, wie glücklich ihre Eltern und alle Hochzeitsgäste im Moment der Filmvorführung wären. Ein Kurzfilm, der in der Endfassung erst in einem Jahr geliefert würde zusammen mit: dem Originalfilm von zwei Stunden, einem Fotoalbum mit mindestens hundert Aufnahmen unterschiedlicher Art und Größe, zwei kleinen Fotoalben für die Eltern, allen Probeaufnahmen, einem Fotoposter für das Hochzeitspaar, Poster mit einem gerahmten Foto für die Eltern des Paares, Album oder Fotobuch, Fotos, die man den Verwandten schenken konnte. Ausschlaggebend für die Entscheidung war das »Poster mit einem gerahmten Foto für die Eltern des Paares« gewesen.

Irgendwann sagte Damiano dann aber: »Jetzt reicht's.« Und das ganz ohne zu zögern.

Er ging auf Vito zu, sagte ihm, dass sie müde seien und noch viel zu erledigen hätten. Das Material müsste seiner Meinung nach für den Film, der im Saal gezeigt werden sollte, mehr als ausreichen. Sein Gegenüber hatte nicht die Zeit, beleidigt zu sein, auch weil er 2700 Euro ohne Rechnung verlangte. Außerdem hatte er eine Schwäche für Chiara, was letztendlich seinen Stolz besiegte. Er fragte sie, ob sie noch eine halbe Stunde Zeit für ein paar zusätzliche Aufnahmen habe, weil man bei einer Hochzeit vor allem die Braut sehen wolle.

Diesem Vorschlag konnte sie nicht widerstehen. Es war schließlich ein Mann, der sie fragte. Und Männern schlägt man nichts ab, wie es ihre Mutter ihr beigebracht hatte.

Kapitel 7

Hallo, Mamma?«

»Wo bist du, Orlando?«

»Zu Hause. Aber es ist niemand hier.«

»Nicht mal Mimì?«

»Nein, nicht mal Papa. Ich bin auch in den Partykeller, aber da ist er nicht.«

»Er wird wohl aufs Land gefahren sein, warte ab. Ich muss noch ein paar Dinge erledigen, aber sag mal: Kommt deine Verlobte nun mit oder nicht?«

»Es ist noch nicht meine Verlobte, Ma ... wir gehen nur zusammen aus ... aber sie kommt sehr gern.«

Matilde verschlug es die Sprache, wie es oft passiert, wenn man einen unerwarteten Sieg feiern kann.

»Hallo, Ma?«

»Ich bin dran, ich bin noch dran.«

»Was ist, hast du Angst, dass ich euch blamiere?«

»Nein, es genügt, dass du nicht im letzten Moment sagst, dass sie doch nicht kommt, dann wäre ich superenttäuscht.«

»Nur die Ruhe, Daniela ist eine verlässliche Frau.«

»Kommt sie eigentlich aus Bari?«

»Aus Lecce.«

»Im Salento hast du sie gefunden. Das sind nette Leute dort.«

»Mamma, wir sind noch nicht fest zusammen.«

»Das ist egal, Orlando, es genügt, wenn ihr morgen zusammen kommt, es wird schließlich halb Apulien da sein. Soll ich für euch auch ein Zimmer im Giovì buchen?«

»Nein, ich frage Papa, ob wir in die Villa am Meer können.«

»Wie du willst, ich muss jetzt jedenfalls dorthin, weil mich das Dekolleté des Brautkleides nicht überzeugt.«

»Wie, Ma, einen Tag vorher bekommst du Zweifel?«

»Kümmere du dich um deine Sachen. Wir sehen uns später.«

Orlando kannte seine Mutter zu gut, um ihren Verdacht nicht zu bemerken. Im Grunde wusste er, dass eigentlich niemand an die Geschichte mit der Last-Minute-Freundin glaubte. Aber eine Hochzeit ist im Grunde ein großes Schauspiel und diese Statistin würde alle glücklicher machen, zuallererst den Bräutigam selbst.

Damiano Scagliusi konnte sich keinen schwulen Bruder erlauben. Zum Glück wusste er nicht, dass man Orlando *»die Blondine«* getauft hatte. Er war bei Torre Incina nachts im Auto gesehen worden, und das reichte als Beweis.

Seine Mutter erreichten heimtückischere Stimmen, getarnt als neugierige Fragen: »Wann hat er denn endlich eine Freundin?« Sie verteidigte ihn, so gut es ging, und sagte, dass er »erst« vierundzwanzig sei, dass er sich in Bari amüsierte, dass sich die Zeiten geändert hatten, dass er noch nicht unbedingt eine Familie gründen müsste, weil er momentan ein Stadtmensch war und dort funktionierte alles anders.

Noch ganz euphorisch nach dem Anruf von Orlando, ging Matilde im schnellen Schritt zum Haus der Braut, sie nahm die leersten Gassen, um nicht von Bekannten angesprochen zu werden. Es war ein Labyrinth, das sie stets mit Gönnermiene durchschritt und sich fragte, wie alle hier so eng aufeinander wohnen konnten. Sie hatte noch nicht akzeptiert, dass ihr Sohn sich eine aus »dem alten Dorf« ausgewählt hatte, eine, die in einer Besenkammer in der Altstadt wohnte, in diesen Häusern voller Treppen und Feuchtigkeit. Sie dagegen wohnte in ihrem »Petruzzelli« auf zwei Etagen, nahe der Kreuzung, zwischen Marmor, Lampen aus Muranoglas und vergoldeten Spiegelschränken.

Da Mamma und Schwester nicht da waren, ließ Nancy sie hereinkommen und setzte ihr Lächeln für besondere Anlässe auf, auch wenn sie immer noch einen Milcheckzahn hatte. Wenn die Schwiegermutter unangemeldet im Haus auftauchte, musste man ihr sofort einen Stuhl anbieten und dazu: Einen Kaffee, einen Orzatasirup, zwei Biscotti? Sie dachte, wenn sie ihr sympathisch würde, wer weiß, dann könnte sie sie eines Tages zu ihrer Alleinerbin machen!

Matilde lächelte und ließ sich zu einer Orzata überreden. Sie wollte die Braut oder deren Mutter sprechen. Das Opfer oder die Feindin. Aber Chiara drehte immer noch den Film – das hatte sie ihr gesagt – und ihre Mamma war beim Friseur, um sich Strähnchen färben zu lassen. Matilde sah sich um und inspizierte die Nippesfiguren, als wäre sie beim Pfandleiher. Es gab keine einzige von Thun. Aber die Wohnung war blitzsauber und die Küche war schöner als ihre eigene, weil sie Meerblick hatte.

»Nancy, ich weiß, dass ich dich störe, aber ich würde gern noch einmal das Kleid meiner Schwiegertochter sehen.«

»Welches Kleid?«

Nancy tat so, als verstünde sie nicht.

»Wie – welches Kleid? Das Brautkleid, das wir gestern in Brindisi abgeholt haben und das ich aus meiner Tasche bezahlt habe.«

In jeder anderen Situation hätte sie ihre Mutter informiert, aber vor der First Lady – so wurde sie in Polignano genannt – hatte die arme Nancy nicht die Kraft, Kontra zu geben. Sie begleitete sie in Chiaras Zimmer. In der Mitte, unter den Augen von Ridge, trug eine von Ninellas Schneiderpuppen, die sie bei ihrer Arbeit benutzte, das Kleid. Dieses Kleid war das Ergebnis langer Verhandlungen zwischen Braut, Schwiegermutter und dem Designer Alessandro D'Amico, einem neuen Talent aus der Region, der Kunden aus der ganzen Welt hatte. Bei Bräuten galt für ihn eine Regel: Du erzählst ihm, wer du bist, wovon du träumst, welches deine Lieblingsfilme und -lieder waren, und dann setzt er es in seinem Kopf um, auch wenn er dich in viele Entscheidungen miteinbezieht. Chiara war glücklich, weil sie durch diese Wahl nicht so viel zweifelte, Alessandro D'Amico war eine sichere Bank. Wichtig war jedoch, wie er meinte, dass sie sich für das Make-up und die Frisur seinem Freund Pascal anvertraute, der in Bari arbeitete und der seine Vision teilte. Obwohl Chiara allem zustimmte, so war es ihre zukünftige Schwiegermutter, die die Verhandlungen kompliziert machte.

Es wurde eine Seifenoper, die sich über Wochen hinzog, mit viel Hin und Her wegen des Stoffs, der Stickerei und vor allem des Dekolletés. Und als jedes Detail geklärt war und Chiara nur noch im Atelier vor dem Spiegel stand und träumte, hatte Matilde einen wahren Krieg über den Preis vom Zaun gebrochen, der den Kauf fast hätte platzen lassen. Am Schluss hatte sie den Preis auf 5200 Euro heruntergehandelt vor den erstaunten Augen von Chiara. »Ich bezahle schließlich, dann verhandle ich auch«, sagte sie leise. Und Chiara schwieg.

Matilde musterte das Kleid noch einmal, da war die kleine Schleppe, sie berührte die Perlchen am Ärmel und für einen Moment beruhigte sie sich. Aber dieses Dekolleté überzeugte sie überhaupt nicht. Sie hatte schon zwei Mal darauf hingewiesen, aber Chiara hatte ihre Verteidigung dem Designer überlassen.

Und jetzt, da das Ziel nah war, wollte Matilde nichts mehr riskieren. »Ein zu gewagtes Dekolleté setzt dem Bräutigam

Hörner auf«, hieß es in ihrem Dorf. Nancy beobachtete sie und versuchte, ihre Gedanken zu erraten, schließlich begriff sie, dass irgendetwas verkehrt war.

»Wenn sie wieder da sind, sag ihnen sofort, dass sie mich anrufen sollen.«

»In Ordnung, Signora.«

»Dieses Dekolleté geht nicht ... und das wussten die beiden schon längst! Ich würde sagen, dass man da noch etwas Spitze annähen muss, und ich nehme an, dass Ninella das in null Komma nichts erledigen kann.«

»Aber können Sie sie nicht anrufen und es ihnen selbst sagen?«

»Jetzt kann ich nicht, vielleicht später. Aber, irre ich mich oder hast du abgenommen, Signorina?«

Nancys Hass verwandelte sich auf der Stelle in Liebe. Sie verabschiedete sie mit zwei Küsschen und einer zu warmherzigen Umarmung, was etwas verlegen akzeptiert wurde. Als sie die Tür schloss, rief sie nicht ihre Mutter an, sondern sang weiter *Yes Jesus Loves Me*. Sie wollte dieses Kompliment ganz allein genießen, die anderen Frauen des Hauses kämen sowieso jeden Moment nach Hause.

Ninella verspätete sich jedoch ein wenig.

Nach all den Jahren ohne Kontakt war sie davon überzeugt, dass sie diese eine gewisse Erinnerung längst vergessen oder zumindest verdrängt hatte, und nun erlebte sie den schwierigsten Augenblick ihres Lebens noch einmal. Das, was sie gezwungen hatte, schnell erwachsen zu werden, sich zu opfern, sich vor der Welt in ihr Schneckenhaus zurückzuziehen und niemanden mehr hineinzulassen, nicht einmal ihre Töchter. Das, was aus ihr eine Frau gemacht hatte, über die man gern herzieht, gerade weil sie nie eine Angriffsfläche für Lästereien bot. Nur Haushalt und Arbeit und manchmal die Kirche, aber immer nur, wenn niemand da war. Wenige Freunde. Wenige Verwandtenbesuche. Ein bisschen Fernsehen. Ein paar heimlich gerauchte Zigaretten.

An die Vitrine gelehnt, neben dem Aushang mit den Preisen von Lucia Coiffeur, hatte Ninella plötzlich ihren Bruder Franco Torres wiedergesehen.

Den Verbrecher.

Den Schmuggler.

Einer der wenigen Deppen, die sich in Cala Paura hatten erwischen lassen.

Und der Mann, der ihr Schicksal ruiniert hatte, bat sie mit nervöser, gebrochener Stimme, ihm zuzuhören. Und sie sagte zum x-ten Mal ja.

Kapitel 8

Schweigend sog Chiara den Duft des Meeres ein.

Ihr Blick suchte Trost zwischen den Felsen, die sie liebte und so gut kannte. Sie schaute nach San Vito in der Ferne und wäre gern auf ein Schiff gestiegen und weggefahren. Vielleicht Richtung Norden. Sie hatte gehört, Vasto solle sehr hübsch sein oder Termoli. Wenn sie den Mut gehabt hätte, wäre sie nach Spanien gefahren, an die Costa Brava, wo sie noch nie gewesen war. Die Häuser wurden dort momentan verramscht und sie würde mit ihrer Berufserfahrung eine Agentur eröffnen, um allen zu beweisen, dass sie Talent hatte. Oder sie würde Hochzeitsplanerin: Sie würde Hochzeiten organisieren, vielleicht für gleichgeschlechtliche Paare, das kam jetzt stark auf und man konnte da richtig gut verdienen. Mit ihrer Erfahrung würde sie rasenden Erfolg haben, wenn Mariangela ihr nur helfen würde, denn Überzeugungskraft war ihre Stärke, sie sah sich schon, wie sie den Bräuten gelbe Kleider empfahl und den Bräutigamen stahlblaue. Für sie waren Homosexuelle immer bunt.

Sie würde reich werden und weiter in dieser Welt aus Konfekt und Kleidern leben. Dann würde sie ihrer Mutter ein Penthouse kaufen und Nancy für eine Gospelausbildung nach New York schicken. Nancy Casarano würde ein Star.

In Wirklichkeit fantasierte Chiara, weil sie Angst bekam, dass ihre Hochzeit nicht so würde, wie sie es sich erträumte. Wenn man ein Perfektionist ist, kann man nur reinfallen, hatte sie auf matrimonio.it gelesen, und die Namen der Tische waren schon ein kleiner Flop. Und als wäre das nicht genug, hatte Damiano noch einen Kater und Vito Photographer machte irgendwas mit ihr.

Sie versuchte, sich auf die letzten Aufnahmen zu konzentrieren, während ihr zukünftiger Ehemann vor den Proben in der Kirche ein Nickerchen halten wollte.

»Jetzt, wo du allein bist, Chiara, musst du mir sagen, was los ist. Bist du von den Szenen, die wir gerade gedreht haben, nicht überzeugt?«

»Doch, doch, von den Szenen bin ich überzeugt.«

»Wenn du willst, bau ich ein paar Special Effects ein …«

»Nein, lass nur, Vito. Es ist bloß so, dass ich an morgen denke, und ich habe das Gefühl, dass wir bei so vielen Sachen in Verzug sind. Ich bereite mich seit fast zwei Jahren vor und riskiere jetzt, mit allem zu spät zu sein.«

»Ich habe viele Bräute getroffen. Und ich kann dir sagen: die beste Voraussetzung dafür, das Fest zu genießen, ist, sich am Tag vorher vor Angst in die Hose zu machen.«

»Meinst du?«

»Kennst du dieses fiese Gefühl im Bauch?«

»O Gott, diesen Miesmuschelvirus?«

»Nein, ich rede von Gefühlen … hör auf deine Angst, darauf, was sie zu sagen hat. Und erinnere dich daran, eines Tages wird sie dir fehlen.«

»Es ist also normal, dass ich im Moment glaube, einen Fehler zu machen?«

Sie bereute sofort, das gesagt zu haben, weil ihr der Effekt ihrer Worte bewusst wurde. Sie hatte sich so sehr auf das Fest konzentriert, dass sie die wahre Bedeutung des Ereignisses gar nicht mehr bedacht hatte: ein neues Leben zu zweit.

Mit diesem Satz hatte sie die letzte Grenze zwischen ihr und Vito eingerissen: Das wahre Motiv, warum Chiara sich für diesen Fotografen entschieden hatte, kam aus einem Bauchgefühl: neben dem »Poster mit gerahmtem Foto für die Eltern der Brautleute« war es die reine, unbewusste Anziehung gewesen. Nur die Tatsache, dass er auch bald heiraten würde, beruhigte sie, und die Wohnung, die sie ihnen zwischen Noci und Gioia del Colle verkauft hatte, war ein perfektes Nest.

Bei diesem Gedanken wurde ihr leichter ums Herz, doch sein Blick verunsicherte sie wieder.

»Alle haben vor ihrer Hochzeit Angst, einen Fehler zu machen. Wer das nicht denkt, ist nicht verliebt oder heiratet aus Kalkül. Aber das ist bei dir nicht der Fall, keine Sorge. Ich kenne mich mit Bräuten aus.«

Zum ersten Mal stellte Chiara sich nicht mit Schleppe, sondern nackt vor, ihren Zweifeln ausgeliefert. Der Kameramann von Telenorba brachte sie in die Realität zurück. Sie sollte in die Kamera schauen und sagen, was sie gedacht hatte, als sie Damiano zum ersten Mal gesehen hatte, ein bisschen wie bei der Beichte von »Big Brother«. Sie hätte gern zugegeben: »Der klassische Pechvogel, genau mein Typ«, stattdessen antwortete sie: »Was für tolle Haare …«

Vito Photographer wurde eifersüchtig. Mit seiner Glatze fühlte er sich beleidigt und schmollte eine Weile. Sie verabschiedeten sich ohne viele Umstände, sie wussten ja, dass sie bald wieder voneinander hören würden.

Der Einzige, der die beiden erstaunt ansah, war der Kameramann, aber da er sich beeilen musste, um nach Conversano zurückzufahren, hatte er nicht mal die Zeit, sich irgendwelche Fragen zu stellen.

Der Bräutigam dachte dagegen an etwas völlig anderes. Kaum nach Hause zurückgekehrt, hatte er seinen Bruder vor dem Fernseher im »Spiegelsaal« vorgefunden.

Es stimmte.

Er hatte es ihnen versprochen.

Er käme mit einer Frau zur Hochzeit. Eine Freundin, die er noch nicht lange kannte, sicher, aber trotzdem eine Frau. Daniela. Eine echte Frau. Geboren in Copertino, aufgewachsen in Lecce, kennengelernt in Bari. Aus dem Salento, anständige Leute.

Dieses Mal waren die Details nicht wichtig: Sie würde an Orlandos Seite stehen und das genügte. *Daniela*, wie das Lied von Julio Iglesias, das seiner Mutter so gefiel.

Der Bräutigam wäre am liebsten durch das Haus gesprungen, aber er beschränkte sich auf eine WhatsApp-Nachricht an seinen Cousin: »Orlando kommt morgen mit einer Frau … ein Wunder!!!«

Er stellte sich vor, wie sich seine Eltern fühlen würden, besonders sein Vater, und so umarmte er seinen Bruder, wenn auch ein bisschen unbeholfen.

Sie sahen sehr unterschiedlich aus, denn während Damiano eher der mediterrane Typ war, wirkte Orlando fast normannisch: türkise Augen, blonde Haare, der straffe Körper von jemandem, der Bauchmuskelübungen machte, so oft es ging. Während dieser Umarmung – sie kam Orlando übertrieben und unendlich lang vor – schaute er auf den Fußboden. »Ich muss ja. Es wird alles klappen, Daniela kommt noch, sie hat es mir versprochen.« Wer weiß, ob er es vorher noch schaffen würde, den Namenlosen wiederzusehen. Der Mann, von dem er den Namen nicht wusste, nicht wissen durfte. Der Mann aus Monopoli, den er nur nachmittags anrufen durfte und auch nur, wenn er sich in der Region Polignano befand. SMS waren verboten. Anrufe von einer anonymen Nummer auch. Ebenso Anrufe, um zu fragen, wie es ihm geht.

Und als er sich seinem Bruder zum ersten Mal nahe fühlte –

was benutzte er bloß für ein seltsames Aftershave? –, dachte Orlando daran, wie schön es wäre, mit dem Namenlosen Sex in einem richtigen Bett zu haben.

»Ist das Haus am Meer schon frei?«

»Ich glaube, ja.«

»Kann ich Papa fragen, ob er es mir überlässt?«

»Natürlich. Alle Auswärtigen haben wir im Hotel untergebracht, wenn wir sie dort einquartiert hätten, kannst du dir vorstellen, wie viele sich beschweren würden?«

»Wie viele?«

»Komm, veräppel mich nicht, das sagt man doch nur so. Wieso interessiert dich die Villa?«

»Vielleicht könnte ich morgen mit Daniela dort übernachten.«

»Wenn ihr wollt, könnt ihr auf dem Hof bleiben, wo wir feiern. Wir haben die Suite im Türmchen gebucht, aber auch ein paar Zimmer für Cosimo und die anderen Cousins reserviert.«

»Ich wäre lieber in unserem Haus, weißt du, wir kennen uns noch nicht so lange.«

»Dann mach nur … ich bin schon neugierig auf diese Daniela.«

Sie wussten beide, dass es nicht stimmen konnte, aber beide taten so, als würden sie daran glauben. Auch wenn Damiano in seiner Naivität tatsächlich ein bisschen darauf hoffte.

»Sie ist ein einfaches Mädchen, so wie wir. An der Universität ist sie eine Streberin. Sie macht sich aber Sorgen, morgen nicht allem gerecht zu werden, vor dreihundert Personen.«

»Das brauchst du mir nicht zu sagen, und wegen dieses Windes hat Chiara auch schon eine Krise. Hast du denn kein Foto?«

Orlando hatte die Frage erwartet und voilà: er und Daniela

Arm in Arm. Er schwul, sie lesbisch, sie hatten gerade beschlossen, für öffentliche Gelegenheiten »zusammen« zu sein, um der jeweiligen Familie Peinlichkeiten zu ersparen. Schade, dass das hier das erste Mal war, mit all den Unbekannten in der Gleichung. Sie hatten in Bari ein paar Mal geprobt – sie hatten sich in einer Pizzeria Küsschen gegeben, aber am Ende nur noch herumgealbert.

Damiano sah sich das Bild auf dem iPhone an, als wäre es das Phantombild eines gesuchten Verbrechers: Die Haare waren zu strubbelig und der Pullover etwas zu weit, aber mit einem hübschen Kleid ginge es. »Ich erinnere dich noch mal: Eleganz ist gefragt«, diesen Hinweis konnte er sich nicht verkneifen. Orlando beruhigte ihn mit einer weiteren Umarmung, die noch gezwungener wirkte. Halb tat er ihm leid, halb konnte er ihn nicht ausstehen. Er fand ihn in jeder Hinsicht beschränkt, fantasielos und zu sehr Opfer des Cousins. Er fragte ihn, wo die Schlüssel für die Villa waren, ohne ihm in die Augen zu schauen.

Damiano ging eine Etage höher, durch den »Thun-Korridor« – ihre Mutter hatte eine Sammlung von Tierfiguren und änderte immer wieder deren Anordnung –, er betrat das Büro, suchte ehrfürchtig in den Schubladen und reichte Orlando, der ihm gefolgt war, schließlich den Schlüsselbund zusammen mit einer Broschüre voller Anweisungen für jedes ihrer Häuser: Licht, Gas, Warmwasser und was im Fall eines Heizungsausfalls zu tun war.

Don Mimì war ein leidenschaftlicher Mann, aber organisiert. Auf dem perfekt aufgeräumten Schreibtisch stand ein Foto von ihnen beiden als Kinder an seiner Hand, das auf den Klippen von Ripagnola gemacht worden war. Sie blieben stehen, um es anzuschauen, aber kommentierten es nicht einmal.

Orlando steckte die Schlüssel in die Tasche, als wäre es die Nummer des Namenlosen. Sein Bruder sah, dass seine Augen leuchteten, was ihn beruhigte. Wie merkwürdig, dass Orlando so blond war. Es fiel ihm zum ersten Mal richtig auf.

Kapitel 9

Das Haarefärben lag schon hinter ihr, wie auch der Moment der Panik, wenn man sich im Spiegel ansieht und feststellt, ob man sich gefällt oder nicht. Es ist ja immer so: Je länger man dafür braucht, umso weniger gefällt man sich. Sie wusste sehr gut, dass es ein Risiko gewesen war, die Strähnchen erst im letzten Moment machen zu lassen, aber sie wollte vor allem überraschen, dafür ging sie auch ein Risiko ein. Doch sie war diejenige, die überrascht wurde, und das nicht zu knapp, als sie direkt nach den Haaren im Spiegel das Gesicht ihres Bruders, draußen vor dem Fenster, gesehen hatte. Er schaute sie an und wartete nur darauf, dass sie ihn wiedererkannte. Sie hatte sich bemüht, ruhig zu bleiben, hatte Lucia gesagt, dass die Frisur wunderbar sei, sie hatte sich die Haare toupieren lassen und auch noch um etwas Haarspray gebeten, um Zeit zu gewinnen.

Es waren wirklich zu viele Jahre vergangen und sie wusste nicht, wie sie reagieren sollte.

Als sie hinaustrat, war ihr erster Gedanke: Wie alt er geworden ist. Er sah aus wie jemand, der immer zu früh aufgestanden war, ohne sich je einen langen Abend zu gönnen. Dabei lebte ihr Bruder vor seiner Verhaftung praktisch nur nachts. Tagsüber trieb er sich im Dorf herum oder in Monopoli. Abends, wenn eine Ladung Zigaretten aus Montenegro ankam, hatte er immer zu tun: Entladen, fahren, Schmiere stehen, das Geld kassieren, dabei nur das Nötigste riskieren, und danach ging er feiern. Er verdiente leichtes Geld, das er dann für unsinnige Dinge ausgab, so dass er schließlich Handschellen trug und sich keinen Anwalt leisten konnte. Jetzt stand er vor Ninella, er, der ihr Bruder gewesen war, jahrelang hatte sie davon geträumt, ihn zu erniedrigen, und nun brachte sie nur: »Was machst du denn hier?«, heraus.

»Ich hatte Lust, dich zu umarmen. Ich weiß, dass meine Nichte morgen heiratet. Und ich hatte das Gefühl, dass es meine Pflicht ist, herzukommen.«

»Und da kommst du jetzt?«

»Ich weiß, Ninella.«

»Verschwinde.«

Sie ging weiter und ihr Bruder folgte ihr wie ein Rosenverkäufer.

»Was machst du? Verfolgst du mich? Lass das. Vor zwanzig Jahren bist du doch auch einfach von hier verschwunden ...«

»Komm schon, Ninè, bleib stehen.«

So hatte sie seit Jahren niemand mehr genannt. Verwirrt und durcheinander und vor allem besorgt, dass jemand ihnen zuhören könnte, bat sie ihn also, ihr zum Platz Ardito zu folgen.

Sie setzten sich auf eine Bank nahe der Strandpromenade, nur wenige Schritte von der Stelle entfernt, an der sich damals die Schmuggler ins Meer warfen, gefolgt von der Polizei. Ninella vergaß vorübergehend die Strähnchen, die übrigens perfekt hielten, dank des Haarsprays von Lucia Coiffeur, und willigte ein, ihre schmerzhafte Vergangenheit neu zu öffnen. Franco wirkte außergewöhnlich ruhig, ein Mann, der Vergebung nicht mehr nötig hatte, sondern nur noch mit sich selbst in Frieden leben möchte.

»Ich weiß, dass ich dir das Leben ruiniert habe, Ninè. Aber ich war ein Taugenichts, anders kann man es nicht nennen. Ich wollte das schöne Leben wie die anderen, die mit einem

Minimum an Arbeit richtig viel Geld machten, ich dachte, die Carabinieri würden sich nie um uns scheren.«

»Wie schade, dass der Staat an einem bestimmten Punkt beschlossen hat, einzuschreiten …«

»… und der Erste, den sie geschnappt haben, war ich. Aber ich war einen Scheißdreck wert, Ninè! Ich musste für viele Leute bezahlen.«

Sie sprachen zwar leise, aber ein kleines Grüppchen hatte ihn wiedererkannt und begann von weitem zu tuscheln.

»Wegen dir musste Mimì mich verlassen.«

»Wenn er die Eier gehabt hätte, wärt ihr in ein anderes Dorf gezogen.«

Das traf sie ins Herz. Sie hatte nie den Mut gehabt, sich das zu sagen, aber im Grunde wusste Ninella, dass es so war.

»Er war zu jung.«

»Ja, aber denk daran, dass seine Familie euch nicht etwa deswegen die Heirat verboten hatte, weil sie ehrlich war, sondern nur, um ihren eigenen Arsch zu retten.«

»Was meinst du damit?«

»Auch sie haben auf die Lieferungen gesetzt und haben risikolos Geld gemacht, uns Deppen haben sie auffliegen lassen … auch wenn ich nie etwas damit zu tun hatte. Und als dann der ganze Mist rauskam, haben sie beschlossen, dass Mimì dich fallen lassen muss, um ihren Ruf zu retten. Verstanden?«

»Warum hast du mir das nicht schon früher erzählt?«

»Das hat mir der andere Pechvogel, den sie zusammen mit mir geschnappt haben, alles erst im Gefängnis erzählt. Aber du hast mir ja nie geantwortet, wenn ich dir geschrieben habe. Hast mich nie besucht. Und seit ich entlassen wurde, hast du bei Anrufen immer sofort aufgelegt.«

»Ich war stinkwütend.«

»Es tut mir leid, Ninè. Es tut mir sehr leid.«

»Wie ist es dir in all den Jahren ergangen?«

»Ich habe nie eins von den großen Tieren verpfiffen, aber nur, weil ich Angst hatte ... und als ich entlassen wurde, haben sie es mir gedankt. Ein Typ mit einer Tasche voller Geld kam auf mich zu und sagte: ›Danke für alles.‹ Ich weiß, dass es schmutziges Geld war, aber was sollte ich denn machen? Ich hatte das Gefühl, schon genug bezahlt zu haben ...«

Manchmal lässt uns nur die Zeit klar und objektiv sehen.

»Und jetzt, womit verdienst du deinen Lebensunterhalt?«

»Ich wohne in Locorotondo und arbeite bei einem landwirtschaftlichen Betrieb. Mir geht's gut. Ich hatte hier und da mal eine Freundin, habe aber nie geheiratet ...«

»Warum?«

»Tja, wenn man darauf immer eine Antwort hätte ...«

Die beiden saßen etwas voneinander entfernt und redeten, ohne den Mut zu haben, einander anzusehen. Je mehr Zeit verging, umso kleiner machte Ninella sich. Seine Worte hatten sie erschüttert.

Auch die Scagliusi waren in den Schmuggel verwickelt gewesen und ihr Veto gegen ihre Verlobung mit Mimì war reine Augenwischerei. Wieso war ihr das all die Jahre nicht klar geworden? Sie hatte sich auf ihren eigenen Schmerz konzentriert und es nicht sehen wollen. Endlich hatte sie das letzte Teil eines Puzzles gefunden, das sie nie hatte vollenden können, und plötzlich verflog ihre ganze Verbitterung, denn Ninella machte nie halbe Sachen.

Im Grunde traf ihren Bruder nicht mehr Schuld als andere. Sie brachte den Mut auf, ihn anzusehen, und biss sich auf die Lippen. Eigentlich war sie eine Frau, die Wärme brauchte.

»Ich habe gehört, dass du schließlich einen Eisenbahner geheiratet und zwei Töchter bekommen hast ... du hattest immer von einem Mädchen geträumt und hast sogar zwei bekommen.«

»Woher weißt du das?«

»Ein Kollege von mir ist aus Polignano und manchmal, wenn er was erfahren hat, kommt er zu mir, um es mir zu erzählen ...«

»Er wird dir dann auch gesagt haben, dass ich Witwe bin.«

»Ich weiß, aber du hast deine Töchter. Im Leben bleiben einem nur die Kinder.«

Nach diesem Satz rückte Ninella etwas näher an ihn heran.

»Hat dir dein Kollege erzählt, dass Chiara heiratet?«

»Ja, das kam auch von ihm ... vor kurzem hat er zu mir gesagt: ›Weißt du, dass deine Nichte endlich heiratet?‹ Und da habe ich begriffen, dass es keinen Sinn mehr macht, weiter zu warten. Er hat mir auch erzählt, dass der Bräutigam Mimìs Sohn ist ... das war offensichtlich Schicksal.«

»Was willst du von mir?«

»Ich wollte dich um Entschuldigung bitten. Es dir aber direkt ins Gesicht sagen. Und wenn es dir keine Umstände macht, würde ich morgen gern kommen, um die Braut zu sehen, wenigstens in der Kirche ...«

»Wenigstens in der Kirche« war eine Erpressung, und das wusste sie.

Sie wollte nicht zusagen, aber jetzt war es spät und sie war müde. Außerdem braucht Wut körperlichen Widerstand, ein starker Wille allein genügt nicht. Und schließlich hatte ihr Bruder ihr, trotz der Schuld, eine Wahrheit enthüllt, die sie sich nie hatte vorstellen können. Sie dagegen hatte so schwer arbeiten müssen, um sich des Spitznamens »Schmugglerin« zu entledigen. Und was hatte all diese Mühe genutzt?

»Ich bitte dich, lass mich nur in die Kirche kommen ...«

Franco überwand seine Schüchternheit und strich ihr über die Haare.

»Vorsichtig! Ich habe mir gerade Strähnchen färben lassen ...«

Sie wurde schon wieder zur üblichen Ninella.

»Wie ich sehe, hast du dich nicht verändert.«

»Du warst der Einzige, der sich verändern musste, ich bin immer vernünftig gewesen.«

»Das stimmt, Ninè.«

»Du brauchst doch nicht etwa Geld?«

»Ich würde mich nie trauen, dich darum zu bitten.«

Nachdem sie ihm einen vernichtenden Blick zugeworfen hatte, bat Ninella ihn, mit ihr nach Hause zu kommen. Es blieb nicht viel Zeit und die Entscheidungen mussten rasch gefällt werden: Und sie hatte ihm praktisch schon vergeben. Was vor allem als Racheakt gegenüber den Scagliusi gemeint war. Inzwischen hatten alle ihn gesehen, viele hatten ihn wiedererkannt, aber gesprochen wurde nur über die Strähnchen anstatt über den Bruder aus dem Gefängnis.

Wirklich beneidet wurde Ninella um ihren angeborenen Charme. Schöne Frauen, die so tun, als wüssten sie es nicht, bleiben bis zum Schluss schön. Und Ninella hätte mit ihren fünfzig Jahren, trotz ein paar Falten und einigen Kilo zu viel, einen Verführungskurs für Anfänger leiten können. Dabei schmierte sie sich nur ab und zu abends *Cera di Cupra* ins Gesicht.

Bevor sie nach Hause kamen, gab sie ihm eine knappe Zusammenfassung ihrer letzten Jahre, auch wenn Franco – über die verschlungenen Pfade des Valle d'Itria – bereits viel mitbekommen hatte. Ninella dagegen hatte sich absichtlich jegliche Möglichkeit, etwas über ihn zu erfahren, verbaut, und wenn jemand eine Frage hatte andeuten wollen, hatte sie »Ich habe keine Verwandten« erwidert und sich abgewandt.

Nach und nach erzählte sie ihm alles: Nach seiner Verhaftung waren sie einige Monate ganz zu Hause geblieben, im Jahr darauf hatte sie auf einer Hochzeit Giuliano kennengelernt, einen Eisenbahner aus Lecce mit großem Herz, sie hatten geheiratet, weil sie mit Chiara schwanger war, acht Jahre später bekam sie Nancy, aber schon kurz danach war sie Witwe geworden.

Sie verschwieg ihm sorgsam, dass sie eine Affäre mit einem verheirateten Mann hatte: dem Bofrost-Fahrer. Wenn er einmal pro Monat kam, dann blieb er nach der Lieferung von Desserts, Cordon bleu und Chicken Nuggets immer noch auf einen »Kaffee«, wie sie es am Telefon nannten, und schaffte es, jeglichen Verdacht bei Signora Labbate zu vermeiden.

Vor allem erzählte Ninella ihm, dass ihr Liebesleid mit Mimì nach seiner Verhaftung zu Ende war: »Ninella Torres ist nichts für dich«, hatte man ihm gesagt. Und der Zauber war gebrochen.

Von diesem Augenblick an hatte sie nicht mehr gestrahlt vor Schönheit und auch die Hochzeit hatte sie nicht trösten können. Nicht einmal ihre Kinder halfen ihr, die große Ungerechtigkeit zu vergessen, die sie nicht zu verdienen glaubte, stattdessen idealisierte sie ihre unerfüllte Liebe und ließ sich immer weiter in die Einsamkeit treiben. Langsam schaltete sie ihr Leben auf Stand-by. Sie zog sich ins Haus zurück, um zu stillen und zu arbeiten, in den Pausen starrte sie an die Wand oder aufs Meer, in ihrem Kopf hatte beides dieselbe Farbe.

Als sie fertig war, fragte Franco, ob er sie umarmen dürfe. Sie dachte einen Moment darüber nach, verzog den Mund und nickte. Dann fügte sie noch hinzu: »Pass bloß auf, dass du meine Haare nicht berührst.«

Sie steckte den Schlüssel ins Schlüsselloch und trat ein, ohne anzuklopfen. Nancy trug Pantoffeln, machte gerade Bauchmuskeltraining und sang *Figli delle Stelle*. Als sie Franco sah, dachte sie, dass ihre Mutter endlich einen Mann gefunden hätte.

Es war ein gut aussehender Mann, wenn auch schon ziemlich alt, und irgendwie sah er ihr ähnlich.

»Nancy, das ist Zio Franco, erinnerst du dich? Von dem ich dir erzählt habe.«

Nancy gab ihm die Hand und dachte dabei: »Er muss denken, ich war immer schon dünn!«

Sie brachte aber nur »Hübsches Hemd …« über die Lippen.

Ninella betrachtete sie und dachte: »Sie schlägt nicht nach mir«, und stellte den Kaffee auf. Dann bot sie ihm Platz auf dem Sofa an und versuchte, sich zu entspannen. Die Stille wurde nur von Höflichkeiten unterbrochen, die noch schlimmer sind als Stille, wenn man verlegen ist.

Franco beruhigte sich erst, als Ninella ihm zweieinhalb Teelöffel Zucker in den Kaffee tat. Zweieinhalb Löffel. Sie hatte seine Vorlieben nicht vergessen und das war ja, als ob sie ihm schon vergeben hätte.

»Sag mal: Hast du einen guten Anzug?«

»Sogar zwei.«

»Dann komm doch morgen mit uns zur Feier, wir bringen dich schon an einem Tisch unter. Du gehörst wieder zu uns.«

»Bist du dir da sicher?«

»Natürlich bin ich mir sicher. Entweder man vergibt oder man vergibt nicht. Ich muss nur der Mutter des Bräutigams Bescheid geben, die ist eine Nervensäge und hat uns mit der Tischordnung ganz verrückt gemacht.«

»Aber es reicht mir völlig, wenn ich mit in die Kirche kann.«

»Wenn du in die Kirche kommst, musst du auch zur Feier kommen. Und überhaupt, wenn Chiara einverstanden ist, dann führst du sie an den Altar. Das muss ich dann nur meinem Schwager aus Castelfranco sagen.«

Nancy mischte sich in das Gespräch ein, indem sie Tonfall und Lied änderte. Ninella wusste, dass ihre Tochter ihr etwas gestehen musste, wenn sie anfing zu trällern.

»Stimmt was nicht, Nancy? Ich bin ganz Ohr.«

»Ich weiß nicht, wie ich es dir sagen soll …«

»Wie wär's mit Italienisch, du bist doch gut im Aufsatzschreiben.«

»Die First Lady war hier, sie wollte das Kleid noch einmal sehen …«

»Und hast du es ihr gezeigt?«

»Ja, was hätte ich denn machen sollen?«

»Das war gut. Und was hat sie gesagt?«

»Sie sagt, es sei vorn zu tief ausgeschnitten und dass sie das schon immer gesagt habe. Sie bittet dich, etwas Spitze anzunähen.«

Etwas Spitze am Dekolleté im Tausch gegen ihren Bruder bei der Hochzeit.

Nachdem sie eine Weile darüber nachgedacht hatte, war der Tausch im Kopf schon perfekt arrangiert, und sie fühlte sich fast erleichtert. Es wäre viel einfacher, die Schwiegermutter von einem ungebetenen Gast zu überzeugen, wenn sie dafür die Korrektur des Brautkleids anbieten konnte. Vor allem, weil der Charmebolzen von Matilde vier Mal mit Chiara zu den Anproben nach Brindisi gefahren und allen auf die Nerven gegangen war, um dann auch noch den Preis herunterzuhandeln.

Ninella empfand diese Anwandlungen als Gesten von Neid, Frustration und Machtmissbrauch und regte sich schon wieder darüber auf. Aber sie hatte gelernt, dass es nur eine Frau auf der Welt gibt, zu der man nie nein sagen kann. Die Mutter des Bräutigams. Die Schwiegermutter.

Kapitel 10

Zia Dora rief Ninella an, als sie schon in Foggia waren, nur um sie ein bisschen nervös zu machen.
Die Reise von Castelfranco war offensichtlich schneller gegangen als vorhergesehen, kaum Verkehr, in der Raststätte gab es Frühstück zum halben Preis, und sie war überhaupt nicht müde.

Ninella sagte ihr, dass sie nicht reden konnte. In Wirklichkeit verlor sie die Nerven, wenn ihre Schwägerin sich so aufspielte. Sie kündigte ihr jedoch noch an, dass sie nach Jahren ihren Bruder wiedergesehen hatte und ihn jetzt gerade Chiara vorstellen wollte, die vor ihr stand und sie ungläubig ansah. Sie legte auf, bevor Zia Dora sie mit Fragen bombardierte: »Ist er alt geworden?«, »Klaut er immer noch?«, »Du willst ihn doch nicht auf die Hochzeit einladen?«.

Chiara betrachtete Zio Franco und erkannte in seinem Gesicht die Augen ihrer Mutter wieder. Ihr fielen all die Geschichten ein, die sie über ihn, den Zigarettenschmuggler, und den Familienskandal gehört hatte.

Zuallererst dachte sie jedoch an die Gefahr. Einen solchen Onkel sollte man vielleicht nicht vor ganz Apulien präsentieren. Aber wenn Ninella ihn in der Wohnung empfing, dann konnte sie es nur zur Kenntnis nehmen und akzeptieren. Sosehr sie sie fürchtete, so wenig sie sie verstand, sie vertraute ihrer Mutter blind und die wirkte zufrieden. Und sie war lustig mit diesen von Haarspray verkrusteten Strähnchen, mit denen sie ein bisschen ältlich wirkte.

Zio Franco schaute seine Nichte verstohlen an wie ein Hund, der sich neugierig neben den Esstisch setzt, aber sie dachte nur an die möglichen Konsequenzen: An welchen Tisch sollten sie ihn setzen? Was würden die Leute aus Polignano sagen? Wie würden es die Scagliusi aufnehmen? Genau aus diesen Gründen konnten Hochzeiten traumatisch sein: Im letzten Moment tauchte immer noch jemand auf, den man einladen musste.

Die Glücklichste war Nancy, sie war im siebten Himmel, weil Tony ihr eine SMS geschickt hatte mit einem Termin nach dem Training. Und sie hatte schon mit dem Countdown begonnen, wann sie im Trullo »Bye bye Jungfräulichkeit« sagen könnte. Natürlich wäre er dann vom Training erschöpft, aber sie würde ihn mit einer umwerfenden Performance wieder in Schwung bringen. Denn auch wenn sie noch keine echten Erfahrungen hatte, so wusste sie genau, was sie tun und lieber lassen sollte, angefangen beim Knoblauch. Um zu entscheiden, was sie anziehen sollte, rief sie Carmelina an, die in der Schule war und sich zum Telefonieren zehn Minuten auf der Toilette einschließen musste, um schließlich für Leggings und ein schwarzes, tief ausgeschnittenes T-Shirt zu stimmen, was sie schlank und sexy erscheinen ließe.

Ninella war inzwischen wieder Herrin der Lage und tat so, als arrangierte sie die Stühle. Sie hatte am Telefon lauter gesprochen, weil sie wollte, dass Chiara alles hörte und sie so der peinlichen Szene aus dem Weg ging, ihr ihren Onkel persönlich vorzustellen, denn diese Situationen rührten sie immer zu Tränen. Sie setzte ein Lächeln auf, das etwas gezwungen wirkte, richtete ihre Bluse und improvisierte eine Art Rede: »Das ist mein Bruder Franco und es ist gut, dass du ihn kennenlernst. Er hat viele Fehler gemacht, aber es wäre falsch, weiterhin so zu tun, als gäbe es ihn nicht. Auch weil er sich heute ein Herz gefasst hat und gekommen ist, um sich bei mir zu entschuldigen … nach vielen Jahren … und er hat mich gefragt, ob er dich morgen in der Kirche sehen darf … was sagst du dazu, Chiara?«

»…«

»Was ist, hat's dir die Sprache verschlagen?«

»Nein, ich bin ein bisschen überrascht …«

»Wenn du es nicht willst, wird es dein Onkel verstehen.«

»Nein, Mamma, machst du Witze? Wenn es dir gefällt, mir ist es … das ist kein Problem.«

»Ich würde mich freuen.«

Chiara fühlte sich wie auf der *Titanic*, nachdem sie den Eisberg erwischt hatten.

»Und wenn er dich zum Altar führt? Was hältst du davon? So zeigen wir allen, dass wir stolz auf ihn sind.«

Chiara fühlte sich wie auf der *Titanic*, nachdem sie den Eisberg erwischt hatten, und DiCaprio war nicht mehr in Sicht.

»Vielleicht sollten wir erst einmal Zio Modesto fragen und mit meiner Schwiegermutter sprechen, du weißt ja, wie sie ist …«

»Mach dir keine Gedanken, um die kümmere ich mich.«

Einen Augenblick lang stellte sich die Braut vor, wie sie auf der Piazza dell'Orologio stand, am Arm ihrer Schwester, während die Scagliusi ihrem Onkel zubrüllten: »Ins Gefängnis mit ihm! Zurück nach Turi ins Gefängnis!« In dem Gefängnis hatten sogar Gramsci und Pertini gesessen, aber das beruhigte sie nicht. Warum hatte Zio Franco denn bis zum letzten Tag damit gewartet, um Entschuldigung zu bitten? Die Zeitplanung von Verwandten ist immer unvorhersehbar: Immer dann, wenn man es am wenigsten erwartet, kommen sie zurück, verschwinden oder sind beleidigt.

Aber Chiara war eine zu ehrliche Person, um zu heucheln, und die Situation ging ihr nahe. Sie hätte gern Mariangelas Meinung gehört, die war heute Morgen mit dem Verkauf eines Bauernhofs beschäftigt. Daher fasste sie sich ein Herz und sagte die ersten Worte, die ihr einfielen:

»Man sieht, dass du Mammas Bruder bist.«

Franco und Ninella sahen sich an und nahmen es als Kompliment. Es war sicher nicht der passende Tag für neue Entscheidungen, aber Chiara hatte auch nicht die Absicht, ausgerechnet im letzten Moment ihrer Mutter das Vertrauen zu entziehen. Sie umarmte ihren Onkel, ohne es ganz ernst zu meinen – so machte sie es auch auf Beerdigungen –, eher besorgt als beglückt. Ninella kannte sie zu gut, um ihren Blick nicht richtig zu interpretieren.

»Wir müssen noch mit den Scagliusi darüber reden, ich weiß, du brauchst nicht so ein Gesicht zu ziehen.«

»Ich ziehe gar kein Gesicht … ich bin einfach überrascht.«

Zio Franco schämte sich zutiefst. Es ging alles viel zu schnell. Daher hielt er jetzt ganz still und hielt seinen Kaffeerest umklammert, als würde dort seine Zukunft stehen. Aber Ninella hatte inzwischen entschieden: »Du wirst meine Tochter zum Altar führen.«

Chiara spürte eine seltsame Gefahr in der Luft und versuchte verzweifelt zu lächeln. Lächeln war ihr Rettungsschirm, wenn sie sich in Schwierigkeiten befand. Eine SMS brachte sie in neue Verlegenheit: »Es war ein Vergnügen, dich zu fotografieren. Ich werde dich wie eine Königin behandeln. Wir hören uns später, wenn du willst. Vito.«

Sie legte das Handy auf ein Möbelstück weit von allen entfernt und ließ es eine Weile dort liegen. In diesem Moment erzählte ihre Mutter ihr von der Änderung am Dekolleté, die ihre Schwiegermutter verlangte, und sie bekam eine Krise.

»Aber als wir es abgeholt haben, hat sie mir doch gesagt, dass es wunderschön sei!«

»Jetzt hat sie eben ihre Meinung geändert, das ist typisch … aber eigentlich geht es ihr nur darum, das letzte Wort zu haben.«

»Sie will mir das Fest ruinieren, diese Ziege!«

»Chiara, hör auf. Hier ist dein Onkel, hier ist deine Schwester, morgen heiratest du. Ich werde mit der First Lady reden. Du wirst sehen, dein Kleid wird noch schöner sein als vorher. Ich habe ein Stück Organza, das wie für dich gemacht ist.«

Ninella überraschte sich selbst mit einer ungewohnten Zärtlichkeit in ihrer Stimme.

»Wenn du es sagst.«

»Dann erzähle ich ihnen, dass Zio Franco dich an den Altar führen wird, und höre nach, ob das für sie in Ordnung ist. Du deckst inzwischen schon mal den Tisch, weil bald Dora und Modesto kommen, und er will sicher einen Teller Pasta, da er ja die ganze Nacht durch gefahren ist.«

Chiara bat ihre Schwester, ihr zu helfen, während Zio Franco sich unter einem Vorwand zurückzog und sagte, sie hätten ihm ein Geschenk gemacht, das er gar nicht verdiente.

Als sie allein waren, versuchten Ninella und ihre Töchter, wieder etwas Zuversicht zu finden. Sie standen sich näher, als sie dachten. Die Mamma hatte noch eine weitere Frage an sie, auch um sich aus einer Situation zu befreien, die sie ein bisschen in Verlegenheit gebracht hatte.

»Wie stehen mir die Strähnchen?«

»…«

»Was ist, seid ihr stumm?«

»Sie stehen dir sehr gut, aber mit all dem Haarspray siehst du aus wie Adele.«

»Wer ist Adele?«

»Die Sängerin, diese Dicke.«

»Na, danke.«

»Hör mal, du bist sehr schön … du wirst sehen, dass dieses Mal auch Zia Dora nichts zu kritisieren hat.«

Nancy antwortete, weil Chiara mit den Gedanken woanders war. Sie grübelte noch über dieses »Wir hören uns später, wenn du willst« nach, das Vito Photographer ihr geschickt hatte.

Eigentlich kannten sie sich gar nicht, auch wenn der Fotograf schon viel von ihr verstanden hatte. Sein rasierter Kopf reizte sie, aber sie wollte es nicht zugeben. Also hatte sie sich eingeredet, dass sie von dem Haus auf dem Land angetan war, das er gekauft hatte. Es war ihren Träumen auf jeden Fall viel ähnlicher als das, in dem sie und Damiano wohnen würden: eine Wohnung knapp außerhalb von Polignano, in Richtung Monopoli, hübsch, aber ohne Charme. Zu elegant, zu viel Marmor, zu viel Design. Weit weg von den Klippen, an denen sie aufgewachsen war. Das x-te Haus im Besitz der Scagliusi, ein Hochzeitsgeschenk.

Sie hatte jedoch keine Zeit, ihren Gedanken nachzuhängen, weil Ninella ihre Töchter an den Tisch rief, wo sie gerade die Tomatensoße vorbereitete, sie schenkte sich ein Glas Tavernellowein ein, den sie zum Kochen benutzte, und begann eine zweite Rede.

»Hört mir jetzt gut zu. Niemand kann uns dieses Fest ruinieren. Ich weiß, dass ich nicht hätte Frieden mit meinem Bruder schließen müssen, da er den Namen unserer Familie beschmutzt hat, denn auch wenn ich es euch nie direkt gesagt habe, so hat er ihn beschmutzt. Ich habe über Jahre wie ein Tier arbeiten müssen, um im Ort wieder akzeptiert zu werden, auch wenn es hier viele Schmuggler gegeben hat. Aber er ist verhaftet worden und deswegen hatten sie etwas gegen uns.

Ich habe aber nie lockergelassen. Auch als euer Vater wollte, dass wir ins Salento umziehen, habe ich mich dagegen gewehrt. Ein Torres verlässt Polignano nur dann, wenn er es selbst will. Und ich glaube, dass es richtig ist, das Fest mit meinem Bruder zu teilen. Auch wenn er Fehler gemacht hat. Wenn ich ihm heute nicht vergebe, werde ich morgen nicht glücklich sein. Und morgen müssen wir alle glücklich sein.«

Als sie »glücklich« sagte, kamen ihr Tränen, und sie legte sofort die Zwiebeln weg. Währenddessen lenkte Chiara sich lieber ab, indem sie an die Tischaufteilung dachte – Libeccio oder Bora – und ein bisschen an Vito, ein bisschen an den Onkel, ein bisschen an die Schwiegermutter, die ihr das Kleid ruinieren wollte.

»Du wirst sehen, dass das Kleid trotzdem wunderschön sein wird. Ich bin die beste Schneiderin von ganz Polignano, glaubst du, ich könnte meiner Tochter nicht gerecht werden?«

»Aber der Designer hatte doch beschlossen, dass der Ausschnitt so …«

»Hör auf, diesen Designer zu idealisieren, er ist doch nicht Jesus! Matilde will beweisen, dass sie stärker ist als wir, und wir lassen sie in dem Glauben. Dann kann sie zu deinem Onkel nicht nein sagen.«

»Und denk daran, dass du auch Zia Dora und Zio Modesto sagen musst, dass er mich nicht zum Altar führt. Wann kommen sie denn?«

»Bald … aber wir reden nach dem Kaffee mit ihnen. Macht euch bis dahin mal ein bisschen nützlich, holt Oliven, Mozzarella … und du, Nancy, geh Focaccia kaufen, davon träumen die in Castelfranco doch!«

Nancy starrte ihre Mutter an und fragte sich, ob sie noch mehr Tavernello getrunken hatte.

»Was kuckst du so? Willst du auch ein Glas?«

»Bist du wahnsinnig, Ma? Zu viele Kalorien!«

Nancy deckte den Tisch zu Ende und bemühte sich, nicht nach den Kohlenhydraten zu schielen, während Chiara in ihr Zimmer gegangen war, um sich ihr Kleid mit dem noch intakten Ausschnitt anzusehen. Sie streichelte es wie ein Kind, das sie nicht gehen lassen wollte. Sie hielt es an sich und betrachtete sich im Spiegel, drehte sich ein paar Mal, um zu sehen, wie es sich bewegte. Das Telefonklingeln riss sie aus ihrem Traum. Es war Damiano, der wissen wollte, wann sie zur Probe in der Kirche sein mussten. Als sie auflegte, atmete sie erleichtert auf.

Kapitel 11

Wenn er sich zu glücklich oder zu traurig fühlte, ging Mimì seine Felder inspizieren.

Kaum dass er erfahren hatte, dass Orlando mit einer Frau zur Hochzeit kam, war er sofort wieder rausgegangen, sogar ohne die Alarmanlage im »Petruzzelli« einzuschalten.

Das Glück ist so unfassbar, da kann man keine Zeugen gebrauchen, fand er. Man erkennt es nur, wenn man sich mittendrin befindet. Derweil drückte er aufs Gaspedal, übermannt von einer seltsamen Erregung. Das Bild schien jetzt perfekt und die Scagliusi würden zu den wahren Protagonisten von Polignano. Darüber hinaus war es, als würde die Hochzeit von Damiano und Chiara die beiden Familien im Nachhinein erneut verbinden und so einen Schlussstrich unter die hässliche Geschichte von damals setzen.

Er nahm die Straße nach Conversano, fuhr auf einen kleinen Feldweg und nach ein paar Kilometern hielt er an. Es war alles so poetisch, dass er sich nach Stille sehnte. Es gab keinen Makel in der Landschaft, die nur hier und dort von einer kleinen Trockenmauer unterbrochen wurde. Das einzige unfriedliche Element war der Wind. Plötzlich, durch diese unberührte Natur über die Welt erhaben, fühlte er sich lebendig. Seine Kartoffeln waren noch da, behütet von grünen Büscheln. Auf der einen Seite standen die krummen Olivenbäume mit ihren jahrhundertealten Geschichten.

Hier war sie, seine Erde. Er schloss die Augen und atmete ihren Geruch ein, selbst wenn der auch etwas von seiner

Weihnachtsbaumplantage hatte. Wie schön wäre es doch, wäre das Leben immer so wie die Luft in diesem Augenblick: aufrichtig.

Doch er dachte wieder an seinen Sohn Damiano und an dessen kühle Worte über die Hochzeit.

Warum hatte er ihm nie beigebracht, zu lieben? Vielleicht ist das ein Verb, das sich nicht erklären, sondern nur erleben lässt. Und er hatte immer im Verborgenen gelebt. Nicht einmal Ninella war davon überzeugt, dass er sie liebte, egal wie viel er empfand, wenn sie sich trafen.

Don Mimì war immer gezwungen gewesen, alles zu unterdrücken, so dass er schließlich missverstanden wurde. Auch deswegen gefiel er den Frauen: Am liebsten hätten sie ihn von dieser Härte geheilt.

Don Mimì nahm etwas Erde in die Hand. Er betrachtete sie, als könne sie ihm die Mysterien des Universums enthüllen. Dann drückte er sie fest und ließ sie los, um zu sehen, wie viel zwischen den Fingern hängen blieb. Es gefiel ihm, sie auf der Haut zu zerdrücken, dadurch fühlte er sich wie der Teil von etwas Großem. Er war vierundfünfzig Jahre alt: Das Alter, in dem man zu jung ist, um alt zu sein, und zu alt, um jung zu sein.

Er setzte sich auf ein Mäuerchen und betrachtete weiter dieses Fresco, das jeden Tag die Farbe wechselte, umgeben von Hügeln, die die Zeit rund geschliffen hatte. In der Ferne am Horizont, das Meer. Zu wissen, dass es da war und seine Kartoffeln so einmalig und lecker machte, beruhigte ihn. In Ägypten träumten sie von solchen Kartoffeln, hieß es, aber er war davon überhaupt nicht überzeugt.

Er dachte zurück an den Weg, den er gegangen war, um all das zu erreichen, an die Angestellten von »Scagliusi & Figli Import Export«. Orlando will nicht im Familienunternehmen arbeiten? Und wenn schon. Er dachte an den Schock, als Matilde ihm sagte, dass sie zum ersten Mal schwanger war. Aber nach neun Monaten wurde ein Junge geboren, er hatte ihm den Namen seines Vaters gegeben und etwas Druck war von ihm genommen. Auch wenn es viel Arbeit gewesen war, Damiano zum Sprechen zu bringen.

Sie hatten ihn einer Logopädin aus Barletta anvertraut, aber abgesehen von ein paar Fortschritten hatte es nicht funktioniert. Auch die Geburt von Orlando hatte Don Mimì nicht beruhigt. Zu sensibel, zu schweigsam, zu anders als die anderen. Es hatte sofort viele Gerüchte über ihn gegeben, und Gerüchte sind in einem Dorf die schlimmste Epidemie.

Noch einen Tag und diese Gerüchte würden zum Schweigen gebracht. Er stellte sich das Gruppenfoto vor der Kirche vor: Chiara und Damiano in der Mitte, Orlando und Daniela auf der einen Seite, er und Matilde auf der anderen. Und dann irgendwo Ninella mit Nancy. Es war das Bild dieser Frau, durch das ihm mit einem Mal das Braun der Felder zu dunkel erschien. Und der Wind war zum Mistral geworden.

Ninella war die Frau seines Lebens, weil sie seine Jugendliebe war. Und kein Gefühl gleicht der Jugend so sehr wie die Liebe. Aber ohne Mut gelangt man nirgendwohin, auch wenn man eine mächtige Familie hinter sich hat. Und er hatte es nicht geschafft, gegen eine Entscheidung zu rebellieren, die er niemals hatte treffen wollen. Es war für das Wohl der Familie, wiederholte ihm sein Vater, »sonst riskieren wir, alle im Unglück zu enden«. Und er hatte die Pflicht vor die Neigung gestellt, genau wie sein Sohn es nun tat.

Don Mimì nahm noch eine Handvoll Erde, zerrieb sie und spürte, wie sie unter seine Nägel drang.

»Ninella«, sagte er nur, »meine Ninella.«

Er sah noch einmal die Szene vor sich, wie er sie zum ersten

Mal in die Felsen der großen Grotte geführt hatte. Es war Anfang Juni, das Wasser war eiskalt, aber sie hatten trotzdem gebadet, ohne zu schreien, damit sie niemand bemerkte. Sie hatten sich auf den Klippen geküsst, auch wenn Ninella alles Stürmische abgelehnt hatte. Dann hatten sie ein Stück Focaccia gegessen, ohne zu reden, hatten sich ab und zu berührt und das Meer sprechen lassen.

Sie waren kaum älter als zwanzig. Sie hatten alle Zeit gehabt, um einander zu vergessen. Aber jeder hatte für sich eine Krankheit daraus gemacht, von der er nicht geheilt werden wollte.

Seitdem sahen sie sich nur in der Kirche, während der Kommunion an. Auch deswegen gingen sie immer zur Messe: Es war ein Moment, in dem es erlaubt war, am selben Ort zu sein. Jedes Mal, wenn er nach der Kommunion zu seiner Bank zurückging – einen Schritt hinter Matilde –, blickte er zu Ninella. Sie wartete auf seinen Blick, schaute selbst jedoch nicht auf.

Don Mimì ließ all diese Blicke noch mal Revue passieren. Fast dreißig Jahre lang, jeden Sonntag, wie ein Gelübde. Und schließlich hatten sie, vielleicht unbewusst, diese Besessenheit auf ihre Kinder übertragen. Aber bei den wenigen Treffen der Familien Scagliusi-Casarano – sie ließ sich nicht Torres nennen – hatte Ninella sich, trotz der anfänglichen Verlegenheit, immer diskret verhalten und nie mehr als das Nötigste mit Don Mimì gesprochen. Sie behandelte ihn mit respektvoller Distanz und ließ sich keinerlei Liebeskummer anmerken. Deswegen hatte Matilde ihr vertraut und hatte nie das Bedürfnis gehabt, das Thema gegenüber ihrem Ehemann anzusprechen.

Der Mistral warf Don Mimì fast um, also stellte er sich in den Gegenwind und streckte die Fäuste aus, als wäre er der *Christus* von Rio de Janeiro. Er wollte gegen diese Wucht ankämpfen, wollte fast mit seinem Willen die Natur herausfordern. Nach einer Weile konnte er nicht mehr und gab auf. Er verabschiedete sich von den Feldern und ging schnellen Schrittes zum Auto.

Er war noch nicht eingestiegen, da klingelte das Telefon.

»Wo bist du?«

»Im Betrieb, Matilde. Wo soll ich denn sonst sein?«

»Aber es ist alles fertig. Wir warten mit dem Essen nur auf dich, Damiano muss noch zur Probe in die Kirche …«

»Fangt nur schon an, ich habe noch zu tun … sonst kann ich das Fest morgen nicht genießen.«

Wenn Don Mimì nicht gestört werden wollte, sagte er, er sei »im Betrieb«, mit diesen Worten wurde er seine Frau fast immer los. Sie legte auf, bemühte sich, nicht nervös zu werden, und kostete die Soße. Sie war keine große Köchin, denn nur ihre Spezialität kochte sie mit Liebe: Fleischklößchen. Sie machte sie rund, perfekt, es war fast eine Stilübung. Heute Morgen war neben den Fleischklößchen auch die Fleischsoße wirklich nicht schlecht gelungen.

Es war das letzte Mittagessen mit Damiano als Junggesellen, und es war schade, dass das Familienoberhaupt fehlte. Matilde lehnte sich heraus und verkündete ihren Söhnen: »Papa sagt, wir sollen noch auf ihn warten, er verspätet sich etwas«, aber niemand antwortete. Nur Orlando deutete an, auf seinen Bruder zu trinken, während er sich bemühte, Daniela via SMS zu beruhigen, da sie sich nicht mehr bereit für das Schauspiel bei der Hochzeit fühlte. »Wenn du nicht kommst, werde ich enterbt«, hatte er ihr geschrieben, um sie zu überzeugen, und sie hatte geantwortet: »Okay, ich habe genug davon, arme Freunde zu haben«, dazu ein Smiley. Er wartete verzweifelt auf einen Anruf des Namenlosen.

Kapitel 12

Während sie auf Don Mimì warteten, nahmen die beiden Brüder wieder ihre Position auf dem Sofa ein, jeder in Gesellschaft seines Handys, gleichzeitig nah und distanziert.

Orlando war in der hysterisch-zwanghaften Phase der Beziehung zur Verlängerung seines Ichs, wozu sein iPhone geworden war. Der Namenlose hatte ihm geschrieben, dass er sich nachmittags freinehmen könne, und er hatte nicht einmal einen Freudenschrei loslassen können.

Seine Mutter beobachtete ihn, während sie die letzten Fleischklößchen briet, sie glaubte, der Grund für diesen Blick sei diese gesegnete Daniela. Auch wenn man es selbst gar nicht merkt, Mütter beobachten einen konstant. Sie hatte sich immer mehr um ihn gekümmert als um Damiano. Und als der Erstgeborene anfing zu stottern, glaubte sie im Innersten, dass sie daran schuld war.

Damiano dagegen merkte überhaupt nichts, er war glücklich, dass sein Kopfweh verschwunden war und dass er mit »diesem Scheißfilm« fertig war, wie er kurz vorher zu Cosimo gesagt hatte. Aber er war nicht wenig erstaunt, eine SMS von seiner letzten Ex zu bekommen, von der er seit Monaten nichts mehr gehört hatte: »Hey Damy … ich weiß, dass morgen der große Tag ist … und ich würde dir gern gratulieren … vorher … ruf mich an, wenn du willst … Alessia.«

Damiano war sofort hart geworden.

Er nutzte die allgemeine Apathie – die Fleischklößchen ließen seine Mutter wie in Trance fallen –, ging nach oben, machte die Tür seines Zimmers zu und rief sie an.

»Wo bist du?

»Was für eine Überraschung, Damy, du rufst tatsächlich an.«

»Ja, aber wo bist du, Alessia?«

»Zu Hause ... in Castellana. Wie geht's?«

»Na ja ...«

»Was ist denn das für eine Stimme?«

»Ich bin ein bisschen down ... gestresst ... es ist nicht einfach, den gr... gr... gr...«

»Großen ...«

»Gr... gr... großen Schritt zu tun, auch wenn alle sagen, dass es Teil des L... L... L...«

»Lebens!«

»... ist.«

»Sollen wir uns treffen und darüber reden?«

Ihre Stimme nach langer Zeit zu hören versetzte ihn in Erregung. Es war keine Frage.

»Ich setze mich gerade an den Tisch und wir warten auf meinen Vater ...«

»Ah, Don Mimì! Grüß ihn von mir!«

»... und um halb vier muss ich in die Kirche zur Probe mit meiner Freundin.«

Er sagte es, um die Situation zu klären, auch wenn die Situation längst geklärt war, weil seine Gedanken eine ganz gefährliche Richtung einschlugen. Sein Mund machte jedoch von allein weiter, jetzt konnte er sich vor lauter Lust gar nicht mehr bremsen.

»Aber die Probe in der Kirche müsste recht schnell gehen. Wenn du willst, ruf ich dich danach an, dann können wir uns vielleicht treffen. Was meinst du?«

»Ja, ich würde gern mit dir sprechen. Ruf mich einfach später an.«

»Sicher, ich rufe dich an …«

»Dann sehen wir uns.«

»Sicher. Ich rufe dich an und dann sehen wir uns.«

»Enttäusch mich nicht, okay?«

Matilde trat ein, ohne zu klopfen, um ihm zu sagen, dass sein Vater gekommen war. Damiano erschreckte sich so sehr, dass auch sie sich einen Moment erschreckte. Er würgte seine Ex ab: »In Ordnung, Cosimo, ich ruf dich später an«, und damit hatte Alessia den Beweis, dass Damiano sie mit den schlechtesten Absichten treffen würde.

Seine Mutter sagte ihm, er solle sich beeilen, aber bevor sie in die Küche zurückging, fand sie noch die Zeit, ein Paar Porzellanfiguren im »Thunkorridor« zu verstellen, deren Platzierung sie nicht ganz überzeugte.

Don Mimì saß am Kopfende und kontrollierte seine Fingernägel, um nachzusehen, ob er sich die Hände ordentlich gewaschen hatte. Er war zufrieden, dass sie auf ihn gewartet hatten, und bemühte sich in einem verzweifelten Versuch, die Vergangenheit zu verändern, zu lächeln. Er goss Wein in die Gläser und achtete darauf, nicht zu kleckern, er sagte auch »Matilde, wir warten nur noch auf dich«, was sie überraschte. Er war ein bisschen nervös, aber an diesem Tag waren alle nervös, daher fiel es niemandem auf. Damiano hoffte vor allem, dass er nicht stottern würde, aber er wusste, dass er das nur schaffen würde, wenn er nicht daran dachte. Auch Orlando war angespannt, besonders jetzt, da er seine neue Beziehung glaubhaft darstellen wollte. Er sagte oft »Na, sehen wir mal, wie's läuft«, was in Matildes Ohren überhaupt nicht gut klang.

»Auf meine Söhne«, sagte Don Mimì. Er versuchte, ihnen in die Augen zu sehen, aber sie schauten beide woanders hin, eher auf das Glas als in seine Richtung. Sie fürchteten ihn immer noch und wollten nicht nur seinem Blick ausweichen, sondern jeglicher Form von Konfrontation. Ein gemeinsamer Glücksmoment hätte sie in Verlegenheit gebracht. Er nahm es zur Kenntnis und bestand nicht darauf, auch wenn er sich verpflichtet fühlte, hinzuzufügen: »Ich bin froh, dass wir heute alle zusammen hier sind.«

Die Einzige, die tatsächlich bewegt war, war Matilde. Es war das letzte Mal, dass sie für sie vier Fleischklößchen gekocht hatte, und zu sehen, wie sie nach der Platte griffen, hatte ihr in wenigen Augenblicken den Sinn ihres Lebens gezeigt: Kochen, aufteilen, servieren und schweigen. Niemand hatte sie je wirklich verstanden. Mit ihrer Wut und ihrer melancholischen Frustration hatte sie immer allein zurechtkommen müssen.

Damiano sprach dem Wein zu, weil er ihm dabei half, nicht zu stottern, und er musste den Gedanken an ein Wiedersehen mit Alessia loswerden. Orlando trank, weil er hoffte, den Namenlosen wiederzusehen.

Am Ende des Mittagessens waren alle betrunken.

Selbst Matilde hatte sich anstecken lassen, als sie ihre Männer so trinken sah. Aber wenn sie trank, wurde sie nur noch aggressiver. Sie war also überhaupt nicht in guter Stimmung, als Ninella sie anrief, um ihr zu sagen, dass sie mit ihr sprechen müsse. Sie kündigte ihr an, dass es nicht um die Änderungen am Kleid ging, denen sie übrigens »zustimme«. Das sagte sie zumindest, um den Weg zu ebnen.

Sofort versuchte Matilde, ihr andere Fragen zu stellen – sie wollten doch wohl nicht die Tischordnung verändern? –, Ninella entgegnete, dass es besser sei, sich persönlich zu treffen. Für einen Moment wankte die Selbstsicherheit der First Lady.

Kapitel 13

In Ninellas Küche roch es nach Fest und Vanille.

Nach dem Telefonat mit Matilde schien alles ganz einfach. Zia Dora und Zio Modesto waren mit einem Kofferset, einem riesigen Beautycase und zwei Schirmen gekommen, obwohl sie nur zwei Tage blieben. Zia Dora wirkte zahmer als sonst, auch wenn sie wie besessen ausschließlich von Castelfranco sprach. Ihr müsstet nur mal die Lampengeschäfte in Castelfranco sehen; Was es für tolle ayurvedische Massagen gibt in Castelfranco; Von Castelfranco ist man in ein paar Minuten in den Dolomiten. Sie schien jedoch entspannter als sonst, und auch ihre Augen wirkten milder. Ihr fiel nicht einmal auf, dass der Teller von der Côte d'Azur verschwunden war.

Zio Modesto war sehr herzlich, typisch für jemanden aus dem Salento, und verteilte Küsschen und liebevolle Worte an Nancy und Chiara. Die Braut, der Traum aller Eltern, der ihm nicht vergönnt war. Vielleicht war er auch deswegen in den Norden gegangen.

»Hoch lebe die Braut«, sagte er und dachte an seinen Bruder, der zu früh gestorben war. Er erinnerte sich an ihn als jungen Mann in Tuglie, in Eisenbahneruniform, wie sie dieselbe Runde fuhren und die Leute zu ihnen sagten: »Ihr seht fast aus wie Brüder.« Nur eine Frau wie Ninella hatte zwei Mädchen großziehen können, ohne je Geld oder Hilfe zu benötigen, und jedes Mal, wenn er sich angeboten hatte, hatte sie ihm immer geantwortet: »Ich glaube, mit deiner Ehefrau hast du mehr als genug am Hut.«

»Aber Dora … du hast noch gar nichts zu meinen Strähnchen gesagt.«

»Ich habe gerade daran gedacht, Ninella. Hast du sie denn schon machen lassen?«

Einen Moment lang glaubte Ninella, sie müsse sterben. »Jetzt geht sie also zum Angriff über«, dachte sie sich. »Aber wenn ich in den letzten Monaten jemanden wie Matilde ertragen habe, dann werde ich mich von dir sicher nicht einschüchtern lassen.«

»Ja, ich habe sie gerade bei Lucia Coiffeur machen lassen. Sicher ist sie nicht wie deine Friseurin in Castelfranco, aber ich konnte sie nicht ausgerechnet heute im Stich lassen. Ich gehe seit Ewigkeiten zu ihr und nähe für sie. Aber für Chiara kommt Pascal aus Bari, keine Sorge, er hat sogar schon Bianca Guaccero frisiert.«

»Bianca wen?«

»Guaccero, die Sängerin und Schauspielerin, zu Anfang ihrer Karriere. Ihr Foto hängt in seinem Laden. Du wirst es morgen sehen.«

»Ihr habt nicht Mimì Colonna engagiert?«

»Nein, aber weißt du, Pascal ist auch gut, morgen wirst du es sehen … und er ist sehr teuer … der Modedesigner hat ihn uns empfohlen, sie teilen dieselbe Vision.«

Zia Dora zeigte sich nicht sehr beeindruckt. Sie war müde von der Reise: auch wenn sie am Telefon angegeben hatte, Castelfranco–Polignano war kein Spaziergang. Nancy bemerkte es, in einem der wenigen Augenblicke, in denen sie nicht an Tony dachte und daran, wie er sich auf sie stürzte mit den Worten: »Wo willst du denn hin, Baby?« Wer weiß, ob sie ihn, nachdem sie mit ihm geschlafen hatte, nicht noch auf die Hochzeit einladen könnte, als Überraschungsgast: Ein Fußballchampion sieht im Anzug immer cool aus, aber sie müsste vorher fragen, was Carmelina dazu meinte.

»Möchtest du einen Kaffee, Zia? Ich habe gelernt, ihn mit Crema zu machen …«

»Habt ihr etwa noch keine Pads?«

»Nein, Zia. Keine Pads. Mamma meint, die sind zu teuer und schlechter.«

Ninella warf ihrer Tochter so schnell einen vernichtenden Blick zu, dass Nancy sich verpflichtet fühlte, hinzuzufügen, dass sie zu Hause sowieso wenig Kaffee tranken, »weil Mamma lieber in eine Bar geht, um einen Break zu machen«. Sie sagte tatsächlich »Break«, überzeugt, dass es das richtige Wort sei. Sie schaute zur Bestätigung nach ihrer Mutter, aber sah, dass die sich darauf konzentrierte, den Espressokocher zu füllen, während sie die Haare berührte, dabei sah sie aus, als habe sie den Verdacht, dass dieses Haarspray nur mit Sprengstoff wieder zu entfernen sei. Chiara dagegen stand am Fenster. Es schien, als beobachtete sie das Meer. Tatsächlich las sie noch einmal die SMS von Vito. Plötzlich sah sie Mariangela auf einem Wölkchen vor sich mit ausgestrecktem Zeigefinger, also steckte sie das Handy in die Tasche und wiederholte leise: »Ich, Chiara, nehme dich, Damiano, als meinen Mann. Ich verspreche dir die Treue in guten und in schlechten Tagen …«

»Was machst du, Chiara, betest du?«

»Nein, Zio, ich übe, weil ich bald mit Damiano eine Probe habe.«

»Muss ich denn auch kommen, weil ich dich führe? Wir aus dem Salento schreiten ja nun nicht gerade. Aber ganz wie du meinst.«

Sie wusste nicht, was sie erwidern sollte, auch weil ihr gerade etwas einfiel, dass sie in Panik versetzte: die Blumen. Sie hatte die »Flowerdesignerin« auf der Messe in Trani ausgesucht, sie hatten die gesamte Dekoration abgesprochen – bis hin zur Farbe der Teppiche und der Houssen für die Sitzkissen –, aber jetzt kamen ihr Zweifel. Hat die Calla nicht viel zu bescheidene Blüten? Warum hatte sie nicht Hortensien gewählt?

Bei der Entscheidung damals hatte sie nicht den Mut gehabt, zu widersprechen, als die Flowerdesignerin sie ihr empfohlen hatte. Und jetzt war sie sich ihrer Blumen nicht mehr sicher. Während er auf eine Antwort wartete, stellte Zio Modesto eine weitere Frage.

»Und, freust du dich zu heiraten?«

»Was?«

»Zu heiraten, meine ich. Freust du dich?«

»Wenn das Fest gelingt, bin ich sicher froh! Seit zwei Jahren bereite ich mich darauf vor und jetzt sind wir mit allem zu spät dran.«

»Denk daran, dass morgen nur der erste Ehetag ist. Danach kommen all die anderen.«

»Stimmt ...«

Er richtete sein Hemd, das über seinem Bauch spannte.

»Weißt du, die Ehe ist wie eine Wette: Selbst wenn du mit viel Geld spielst, kannst du immer alles verlieren.«

»Du meinst also, dass es normal ist, ein bisschen Angst zu haben?«

»Ja. Und denk daran, dass der Richtige nicht existiert. Es gibt nur passende Menschen.«

Chiara seufzte erleichtert auf, weil sie sich eigentlich nie diese Frage gestellt hatte. Und dann dachte sie noch an die Calla in der Kirche.

»Passend?«

»Passend, kompatibel ... wie nennt ihr das denn? Den ›Richtigen‹ gibt es nur ganz am Anfang, wenn man gar nichts begreift, weil man nur ans Küssen denkt.«

»Aber woher weißt du all das, wenn du doch sofort Zia Dora geheiratet hast?«

Zio Modesto sah aus den Augenwinkeln zu seiner Frau, die vor dem Spiegel stand und kopfschüttelnd versuchte, Ninellas Haare neu zu legen.

»Weißt du, durch die Arbeit im Zug habe ich vieles gelernt. Eigentlich fast alles. Ich habe Diskussionen, Gesprächen zugehört ... ich habe Menschen ohne Bahnticket, aber mit Augen voller Liebe gesehen. Und dann habe ich sie ein paar Monate später gesehen, mit einer regulären Monatskarte, und sie sprachen kaum noch miteinander.«

Die beiden hielten inne, stellten sich sozusagen vor, in einem Bahnabteil zu sitzen, und Chiara wurde bewusst, dass sie noch nie daran gedacht hatte, was nach der Hochzeit geschehen würde. Sie sah diesen Onkel an, den sie gern häufiger getroffen hätte, und umarmte ihn linkisch, so dass er ein paar ihrer Haare in den Mund bekam. Er war der Mensch, der ihrem Vater, von dem nur noch Fotos, ein paar Erzählungen und ein Grabstein übrig waren, am nächsten war.

Ninella sah diese Umarmung und war fast beleidigt. Obwohl sie die beiden Mädchen allein großgezogen hatte, hatte sie nie eine solche Umarmung bekommen. Sie nahm es hin und tat so, als ob sie es gar nicht bemerkt hatte. Sie machte sogar ihrer Schwägerin ein Kompliment zu ihren Änderungen an Ninellas Frisur, auch wenn Zia Dora ihrerseits von all dem Haarspray angewidert schien: In Castelfranco benutzte man das seit Jahren nicht mehr.

Nancy tauchte hinter ihrem Rücken auf, rief: »Kaffee, Zia, Kaffee!«, und stellte ein schwankendes Tablett auf den Tisch.

Der Onkel fühlte sich verpflichtet, auf Ninella zuzugehen, auch wenn Zia Dora sie in den Fängen hatte und sie weiter kämmte.

»Die Frisur steht dir sehr gut, lass sie dir nicht von meiner Frau ruinieren …«

Aber Ninella, die keine Lust auf einen Streit zwischen Schwägerinnen hatte, sagte sofort, dass Zia Dora »Hände wie ein Profi« hatte, und das überraschte eigentlich alle, zuallererst ihre Töchter, die mit der Tasse in der Hand erstarrt stehen blieben. Völlig überrascht begann Zia Dora mit einer Flut von Komplimenten an Chiara – das war sie ihr jetzt schuldig –, aber ganz zum Schluss sagte sie unvorsichtigerweise etwas von »dem natürlichsten Gesicht von ganz Apulien«.

Die arme Braut, die mehr als einen schwachen Punkt hatte, nahm das schlecht auf. Wie? Sie hatte sich die Beine wachsen und die Augenbrauen zupfen lassen. Es mussten also die Haare sein. Deswegen begann sie, ohne dass irgendjemand sie gefragt hätte, zu erklären, dass die Haare natürlich aussehen müssten, sonst »sieht man, dass der Film gestellt ist. Wir wollen aber, dass es spontan wirkt.«

»Aber warum, habt ihr ihn denn nicht heute Morgen zu Ende gedreht?«

»Nein, Mamma. Es fehlen noch ein paar Folgeeinstellungen, die ich vielleicht heute Nachmittag noch allein mit Vito aufnehme.«

Ninella wollte schon sagen: »Ich weiß, von welchen Folgeeinstellungen du redest«, hielt sich aber zurück. Sie gehörte zu den wenigen Müttern, die sich vorstellen können, zu welchen Untaten die eigenen Kinder fähig sind. Daher entgegnete sie nichts, sondern schenkte ihr bloß einen festen Blick, dem Chiara schnell auszuweichen versuchte.

Zia Dora war von diesem stummen Schlagabtausch verwirrt. Aber sie sagte lieber nichts, sie war sich sicher, dass ihr Mann sie zum Schweigen gebracht hätte. Die jungen Casarano-Schwestern stellten derweil Kekse auf den Tisch wie

Synchronschwimmerinnen, auch wenn Nancy jede Bewegung sehr bewusst ausführte, weil sie alles für die Kalorienverbrennung nutzen wollte.

Chiara entfernte sich jedoch rasch von der Zuckerdose, um sich in der Ecke zu verstecken, in der das Handy einen besseren Empfang hatte. Sie hatte die x-te SMS von Vito erhalten und in ihrem Kopf schrillten die Alarmglocken.

Kapitel 14

Je näher der Freitag dem Samstag kam, umso stärker schien sich die Matrice-Kirche mit Emotionen aufzuladen. Auch wenn sie sich in einer Ecke der Piazza befand, schien es, als sei sie immer in deren Mitte. Nüchtern, sehr weiß, vom Wind poliert. Chiara kam ein paar Minuten zu früh zum Termin. Sie hatte den längeren Weg durch den Vico Poppa gewählt, weil der Spaziergang sie entspannte. Sie dachte dabei ein bisschen an die Hortensien, ein bisschen an das Dekolleté ihres Kleides und viel an die Glatze von Vito. Sie hatte ihm »Ich rufe dich später an« geschrieben, was schon eine sehr intime Nachricht war. Aber nur wenige Fremde kennen einen so gut wie ein Hochzeitsfotograf: Er kommt in dein Haus, sieht deine Familie, lernt alles kennen, was du liebst. Und in null Komma nichts ist er in deinem Leben. Sie trat durch das Kirchenportal und suchte nach Padre Gianni. Sie wollte weit entfernt von Damiano beichten.

Er stellte ihr Fragen wie ein Lehrer seiner besten Schülerin – es war reine Routine. Wieso an einer Frau zweifeln, die nie vom vorehelichen Weg abgewichen war? Sie war erleichtert. Da sie sich nicht wie bei einer Prüfung fühlte, vermied sie es, von den Schauern zu erzählen, die sie empfunden hatte, als Vito sie für weitere Fotoaufnahmen eingeladen hatte. Im Grunde war ein weiteres Porträt ja nur eine Sünde der Eitelkeit.

Als Damiano kam, kniete sie vor Johannes Paul II., und der Pfarrer ging ihm entgegen, damit ihre *Ave Maria* nicht unterbrochen wurden. Tatsächlich nutzte sie diese Zeit, um nachzudenken: »Aber wenn Vito etwas versucht, was mache ich dann?« Sie sah den Papst auf der Suche nach einer Antwort an, aber der zuckte nicht mit der Wimper.

Im Beichtstuhl kniend brauchte der Bräutigam eine Weile, bis er sprach, weil er Panik hatte, dass Chiara in der Stille der Kirche seine Worte hören könnte. In Wirklichkeit war er davon überzeugt, dass er die wahren Sünden nur seinem Cousin Cosimo erzählen konnte. Er beschränkte sich also auf Streitereien mit Orlando, Schikanen bei der Arbeit und eine Diskussion, die er mit seiner Mutter über die Krawattenfarbe gehabt hatte.

Ein paar Vaterunser auch für ihn selbst, obwohl ihm die »paar« schon reichten. Bevor er zu einer Bank ging, zwickte er Chiara in den Arm, die erschrak, als wäre sie beim Klauen des Opferstocks erwischt worden. »Damiano, bist du das ...«, sagte sie etwas zu überrascht, und er erwiderte: »Alles in Ordnung?«

»Alles in Ordnung?« war genau dieselbe Frage, die Zio Modesto wenige Häuserblocks entfernt gerade Ninella gestellt hatte. Aber sie hatte beschlossen, sich so schnell wie möglich der First Lady zu stellen, und keine Lust, sich ihm anzuvertrauen. Daher antwortete sie nur, dass es normal sei, sich vor einem so wichtigen Tag ein wenig den Kopf zu zerbrechen.

Tatsächlich hätte sie ihm gern gesagt, dass eine Frau allein nie stark genug war. Und sie wollte der Welt wenigstens einmal demonstrieren, dass sie mächtiger war als die Scagliusi. Schließlich bestand ihre Welt aus einer Reihe weißer Häuser umgeben von fruchtbarer Erde, über deren Klippen die Stimme von Modugno wehte.

Nachdem sie Zio Modesto zu einem Nickerchen im Wohnzimmer geraten hatte – sie konnte es sich nicht leisten, ihn im Hotel unterzubringen –, ging sie schnell in Richtung »Petruzzelli«. Sie ließ ihren Hut bewusst zu Hause, so dass alle ihre Strähnchen sehen konnten, damit sie ein wenig Feedback bekam. Die Signora Labbate, die normalerweise immer einen Kommentar abgab, grüßte sie, als sei nichts. Auch die anderen Ladeninhaber, die sie vorbeigehen sahen, wünschten ihr »Alles Gute für morgen« und »Der Wind wird sich sicher noch legen«, aber niemand machte auch nur die geringste Bemerkung zu ihrer neuen Frisur. Sie gab Zia Dora die Schuld, die unbedingt daran herumfummeln musste, so dass es jetzt ein einziges Durcheinander war.

Sie trat aus dem Torbogen und befand sich mitten im Gewimmel von Verkehr und Ampeln. Die Autos fuhren langsam, während die Kinder sich die Gesichter mit den ersten Eistüten des Frühjahrs verschmierten. Sie ging schnellen Schrittes bis zum Bahnhof und erreichte kurz danach das »Petruzzelli«-Theater von Polignano: Es erstreckte sich über einen ganzen Häuserblock und fiel zwischen den Nachbargebäuden durch seine bordeauxrote Farbe auf, durch die Gitter vor den Fenstern, eine riesige Parabolantenne und den kleinen, perfekt gepflegten, englischen Garten. »Sagliusi House« stand auf einer Keramikfliese.

Sie steckte sich mit einer Sinnlichkeit eine Zigarette an, wie es nicht mal Kate Moss konnte. Sie ging ein paar Meter weiter, um nicht wie eine Stalkerin zu wirken, während sie immer unsicherer wurde. Dann ging sie wieder zurück und klingelte, ohne zu zögern, bei »Scagliusi Domenico«. Matilde nannte ihr den Kode für den Aufzug zur ersten Etage. Der Aufzug war das i-Tüpfelchen des Hauses.

Als die Türen sich öffneten, empfing sie zum Glück Matilde selbst. Don Mimì hätte bei ihr eine Krise ausgelöst.

»Kommen Sie, Ninella, kommen Sie. Warten Sie, bis ich die Alarmanlage ausgeschaltet habe.«

Sie fürchteten also, ausgeraubt zu werden.

»Jetzt können wir auch Kaffee kochen, weil ich die Pads mit allen Geschmacksrichtungen bekommen habe.«

»Ich habe zwar gerade einen getrunken, aber ich nehme gern noch einen, danke … Mein Schwager und meine Schwägerin aus Castelfranco sind eben angekommen, wir haben auch das Gebäck gegessen, das sie von dort mitgebracht haben.«

Ninella hätte nie gedacht, dass Zia Dora ihr mal nützlich sein könnte, um die First Lady zu beeindrucken.

»Setzen Sie sich doch. Hätten Sie lieber einen mit Amaretto- oder Vanillegeschmack?«

»Amaretto klingt sehr gut. Sind Sie allein?«

»Nein … mein Mann ist unten im Büro und arbeitet … er arbeitet ständig …«

»Mein Mann« zu hören machte sie noch nervöser.

»… und Orlando ist in seinem Zimmer und telefoniert. Er ist ganz aufgeregt, weil er uns morgen seine Freundin Daniela vorstellt.«

»Ah, hat er doch noch eine Freundin gefunden.«

»Ja, ja, es scheint, er ist wirklich vernünftig geworden. Morgen schlafen sie sogar in der Villa in San Vito.«

»Das freut mich ehrlich.«

Sie übertrafen sich geradezu in ihrer Ehrlichkeit.

Dabei war es klar, dass das Duell noch gar nicht begonnen hatte. Matilde bemerkte Ninellas Strähnchen und fand, dass sie ihr ausgezeichnet standen, sagte es ihr aber nicht. Sie hielt sich an ihren hypermodernen Haushaltsgeräten fest – sie hatte immer die neueste Version des Thermomixers – und an ihrem grandiosen Haus aus Marmor, Spiegeln und vielen Zimmern.

»Sie sind doch nicht beleidigt, weil ich um die Änderung des Kleides gebeten habe?«

»Nein, nicht doch. Danke, dass Sie mich darauf aufmerksam gemacht haben ... der Ausschnitt war wirklich ein bisschen provokant. Dieser Designer aus Brindisi ist etwas verrückt und meine Tochter hat sich schließlich überreden lassen.«

Ninella hätte ihr dieses Stück Organza am liebsten um den Hals gezurrt.

»Gibt es ein Problem mit den Tischen? Das Restaurant hat uns gebeten, Änderungen im letzten Moment zu vermeiden, und gestern haben wir die Listen geschlossen.«

»Genau, Matilde, es gibt da eine Änderung in letzter Minute ...«

»...«

»... aber es ist nur eine Person.«

»Eine Person ist kein Problem! Ich glaube, am Tisch Schirokko sind sie nur zu neunt.«

»Vielleicht doch.«

»Und warum?«

»Weil es um meinen Bruder Franco geht. Franco Torres, ich weiß nicht, ob Sie je von ihm gehört haben.«

Bei diesem Namen fiel der Vorhang. Ninella jedoch war bereit für den Kampf. Sie spielte ihre Karten weise aus – sie hatte sie genau studiert, während ihre Schwägerin an ihren Haaren herumgefummelt hatte – sie machte die richtigen Pausen, wählte die passenden Worte und dachte auch daran, während des Sprechens diesen widerlichen Kaffee zu probieren und sich, überwältigt von so viel Luxus, umzusehen. Da sie sie jeden Sonntag zur Kommunion gehen sah, erzählte sie von Vergebung und Reue, von Nächstenliebe, sie bot ihr ein Best of der Predigten von Padre Gianni.

Aber Matilde ging hauptsächlich in die Kirche, um sich zu zeigen und damit ihr Mann nicht alleine dort war. Das gesamte Dorf betrachtete sie schließlich als Mimìs zweite Wahl, als man ihn damals gezwungen hatte, Ninella zu verlassen. Egal wie glücklich sie sich schätzen konnte, den Kartoffelkönig geheiratet zu haben, sie blieb immer die Nummer zwei. Eher eine Second Lady als eine First Lady. Daher war sie besser darin, Groll zu hegen, als glücklich zu sein.

Matilde hasste Ninella von ganzem Herzen. Denn obwohl sie in einer alten Bruchbude wohnte und zu Hause arbeitete und obwohl sie weder Aufzug noch einen Thermomixer besaß, so hatte sie immer um ihre Würde gekämpft und sich Respekt verdient. Und jetzt, da sie den Mut aufgebracht hatte, dem Bruder zu vergeben, wirkte sie noch stärker.

»Ich finde, das ist eine vorschnelle Entscheidung. Ich verstehe, dass es sich um Ihren Bruder handelt und wir in diesen Tagen besonders zusammenhalten müssen. Aber für uns Scagliusi ist eine Hochzeit auch ein öffentliches Ereignis, und wir waren immer Christdemokraten.«

»Aber die Christdemokraten gibt es doch gar nicht mehr!«

»Und da irren Sie sich, Ninella. Die Christdemokraten sterben nie.«

»Und Christdemokraten können nicht vergeben?«

»Es geht nicht um Vergebung. Es geht darum, den Lästermäulern keine Angriffsfläche zu bieten, wir wollen als Familie makellos sein. Sogar der Bürgermeister kommt zur Hochzeit. Ich möchte nicht, dass Damianos Fest zu einem Anlass wird, schlecht über uns zu reden.«

Ninella hielt sich zurück und sagte nicht, dass auch die Scagliusi früher am Schmuggel verdient hatten, weil sie keine Beweise hatte und keine Fehde riskieren wollte. Das hatte ihre Tochter nicht verdient.

»Sie sagen mir also, dass ich meinen Bruder nicht einladen darf?«

»Ich finde, nein, aber Sie müssen selbst entscheiden.«

»Sie müssen selbst entscheiden« hätte sie sich auch sparen können, und das wussten beide. Und um ihr den Todesstoß zu versetzen, fügte Matilde hinzu: »Ich spreche später noch mit Domenico darüber.«

Sie hatte ihn Domenico genannt, Don Mimì, der sich inzwischen auf Zehenspitzen dem Wohnzimmer genähert hatte, die Stimmen hatten ihn neugierig gemacht und er war leise die Treppe hinuntergestiegen. Als er das unverwechselbare Timbre dieser Frau erkannt hatte, hatte er sich nicht mehr bewegt. Er hielt den Atem an und jetzt sah er sie auch, mit neuer, voluminöser Frisur, ein paar Kilo mehr, die sie üppiger machten, und diesem Gesicht, das die Zeit etwas verhärtet hatte, im Gegensatz zu ihrem Temperament.

»Los, Matilde, sag schon ja. Sag ja!«, dachte er. »Ich bin ihr das schuldig. Ihr Bruder hat ihr das Leben ruiniert, mir dazu. Auch wenn ich mich längst selbst ruiniert hatte. Und wenn sie beschlossen hat, ihm zu verzeihen, wieso sollten ausgerechnet wir uns dagegen wenden?«

Worte, die jedoch unausgesprochen blieben. Don Mimì wusste, dass es genügt hätte, das Zimmer zu betreten, um seine Autorität in die Waagschale zu legen. Aber er hatte nicht genug Mut, die Tür zu öffnen und einzutreten.

Kapitel 15

Als ihr Onkel und ihre Tante sich hingelegt hatten, traute Nancy sich endlich, sich fürs Ausgehen bereit zu machen. Auch wenn es besser gewesen wäre, sie hätte sich auch ein bisschen ausgeruht, wollte sie vor dem Treffen mit Tony noch mindestens eine halbe Stunde laufen. Er hatte ihr gesagt, sie solle nach seinem Training zum Fußballfeld kommen, und wenn sie sich nicht etwas entspannte, würde sie vor Aufregung platzen. Und beim Laufen könnte sie das letzte halbe Kilo auch noch verlieren.

Die verschiedenen Diäten, die sie in den letzten Wochen ausprobiert hatte, hatten den erhofften Effekt gehabt, auch wenn sie von der »Zickzackdiät« Verstopfung bekommen hatte. Sie vermied es, in der Nähe des Stadions zu joggen, um nicht wie ein Groupie zu wirken, worauf Carmelina sie in einem dreiundzwanzigminütigen Monolog aufmerksam gemacht hatte. Sie sah aus, als ginge sie zum Vorsingen einer Castingshow: Schwarze Schuhe, schwarze Leggings, Kapuzenjacke mit der Aufschrift »Everything but the girl«. Sie war davon überzeugt, dass der erste Schritt zum Abnehmen war, sich »total black« anzuziehen. Sie beschloss, ein paar Mal von der Modugno-Statue nach Cala Paura rauf- und wieder runterzulaufen, weil das mehr Kalorien verbrannte.

Der immer wütendere Mistral gab ihr das Gefühl, ihr bei ihrer Aufgabe zu helfen, weil er den Aufstieg noch härter machte. Daran dachte sie und konzentrierte sich ganz darauf, sich zu verausgaben: Je erschöpfter sie war, umso einfacher wäre es, sich dem Sex hinzugeben und Tony zur Kapitulation zu bringen. Auch wenn sie sich auf alles vorbereitet hatte – Vorspiel, Oralsex, klassischer Sex, Tantrasex, postorgasmische Gespräche –, hatte sie noch ein paar Wissenslücken. Aber sie hielt sich für eine große Improvisatorin und war zuversichtlich. Jeden Meter, an dem es flacher war, nutzte sie, um ihr Handy zu kontrollieren, voller Panik, lesen zu müssen, dass Tony nicht konnte. Aber Tony wollte sie! Die Fotos von ihr im BH, aufgenommen hinter der Lampe, waren der K.-o.-Schlag gewesen. Kann man einem Lampenschirm ein Denkmal setzen?

Dieselben Dilemmata, wenn er auch schon längst über die Pubertät hinweg war, erschütterten Orlandos Selbstbewusstsein, er war ganz den Launen des Namenlosen ausgeliefert. Eigentlich hatte es ihm nie an Männern gemangelt, vor allem seit er in Bari studierte. Aber er war besessen von diesem Kerl, der sich nur meldete, wenn er wollte und wenn er konnte. Jedes Mal, wenn er anrief, sprang Orlando ins Auto und fuhr zu ihm. Parkplätze, Raststättenklos, verlassene Hütten, jahrhundertealte Olivenbäume. Sie hatten schon alles ausprobiert. Es war eine ungesunde Affäre. Er begehrte ihn nur, weil er ihn nicht haben konnte, und war Geisel der wenigen halben Stunden, die sie zusammen verbrachten. Sex ist die gefährlichste aller Drogen, und zusammen mit einer unmöglichen Liebesgeschichte kann er fatale Folgen haben: Das Verlangen wird nicht weniger, die Befriedigung wirkt nur kurzfristig, das Selbstwertgefühl schwankt je nach Treffen – er liebt mich nicht genug – und alle anderen Bewerber scheinen im Vergleich unwichtig.

Tatsächlich war der Namenlose genauso von Orlando abhängig. Er war verrückt nach diesem blonden, unbehaarten

Jungen, aber nicht genug, um seine Frau zu verlassen. Und selbst wenn er die Zügel in den Händen hielt, so schwächte diese Beziehung auch ihn: Einen gleichgeschlechtlichen Liebhaber zu haben ist wirklich keine Alternative zu deiner Frau. Aber für ihn waren es Paralleluniversen, die sich nie trafen, und sein Kopf war inzwischen daran gewöhnt, die beiden Dinge gut getrennt zu halten. Orlando hatte allerdings keine zweite Beziehung, er lebte wie unter ständiger Bestrafung. Die Zeit schien unendlich langsam zu vergehen und er hielt sich seinen Kalender frei von allen andern Terminen, weil die Treffen immer unvorhersehbar waren. Ein einziges Mal hatte er den Mut aufgebracht, ihm zu schreiben: »Treffen wir uns auf einen Kaffee?«, und der Mann ohne Namen hatte sich darauf eingelassen, ihn in einer Bar zu treffen, nur um ihm zu sagen: »Noch so eine SMS und du wirst es bereuen.« Dann war er für zehn Tage verschwunden.

In seinem Zimmer starrte Orlando auf das Telefon, wartete auf eine Zusage und checkte den letzten Besuch des Namenlosen auf WhatsApp. Genau in dem Augenblick vibrierte es in seinen Händen. Er schrieb zurück:

»Ciao Daniela, Wo bist du?«

»Mann, du hast ja sofort geantwortet. Ich wette, du wartest nur auf einen Anruf von diesem …«

»Lass gut sein. Wo bist du?«

»Ich bin in Bari, in Lilias Wohnung. Gestern haben wir uns gestritten, aber zum Glück war heute Morgen wieder alles in Ordnung.«

»Und worüber hat sie sich aufgeregt?«

»Sie will nicht, dass ich zur Hochzeit gehe. Sie hat angefangen mit ›was machst du denn da … was, wenn sie euch entlarven und wenn ihr euch küssen müsst …‹ Sie ist eifersüchtig geworden, Orlando.«

»Hast du sie denn überzeugen können?«

»Sicher. Sie weiß genau, welche Art von Frauen dir gefallen ... ich habe ihr gesagt, wie nah du mir gewesen bist, als ich dich brauchte, und sie traut sich jetzt nicht mehr, was zu sagen. Eigentlich war sie nur traurig, weil wir morgen nicht zusammen sein können. Aber heute Abend führe ich sie ins Due Ghiottoni aus, zum Seeigelessen. Hey, hörst du mir überhaupt zu?«

»Ja, ihr wart im Due Ghiottoni essen, aber hättest du sie nicht ins Rotonda di Rosa ausführen können?«

»Liebster, ich kenne dich gut und hab dich von Herzen gern. Aber morgen müssen wir uns konzentrieren, sonst blamieren wir uns. Was meinst du, soll ich gegen neun kommen, dann zeigst du mir diese Villa am Meer und wir gehen unsere Rollen noch mal durch?«

»Aber bevor wir in die Kirche gehen, bringe ich dich noch nach Hause, weil meine Eltern dich kennenlernen wollen ...«

»Hoffen wir, dass alles gut geht. Ich bin ein bisschen nervös ... ich mache das nur für dich.«

»Ich hab dich lieb, Daniela.«

»Sei bloß still, sonst bringst du mich zum Weinen ... aber der Namenlose hat noch nichts von sich hören lassen, oder?«

»Doch, doch. Vielleicht hat er noch Zeit und ich bringe ihn in die Villa.«

»Aber bitte macht die Bettlaken nicht dreckig, das finde ich eklig!«

»Hör schon auf ... bis morgen früh. Ruf mich an, wenn du in Mola bist, dann komme ich dich dort abholen.«

»Gut, bis morgen, mein Liebster. Ich liebe dich.«

Orlando sagte nichts zu ihr und musste schließlich lachen. Daniela sorgte immer für gute Laune. Er hatte sich fast in die

Hose gemacht, als sie ihm erzählt hatte, dass Männer nie begriffen, dass sie lesbisch war und es trotzdem bei ihr versuchten: »Für Männer kann eine Frau einfach nicht lesbisch sein. Sie kommen gar nicht auf die Idee!«, sagte sie ihm immer wieder.

Er schaute auf die Uhr, zehn vor vier. Wenn er es schaffte, frei zu bekommen, dann meldete sich der Namenlose nie nach fünf, es blieben also nur noch siebzig Minuten der Hoffnung. So lange sah er sich das Zimmer an, in dem er aufgewachsen war. Seit sie alles renoviert hatten – also seitdem aus dem Haus »Il Petruzzelli« geworden war –, kam er nur noch ungern her. Er hatte das Gefühl, in einem Hotelzimmer zu schlafen, mit all den barocken Vorhängen, die seine Mutter aus Venedig hatte kommen lassen. Er schaute zur Terrasse hinaus und sah vor der Bar Pino eine Gruppe, die lauthals über die neuen Stürmer von Juve und Inter diskutierte. Sicher landeten ein paar der Jugendlichen schon bald im Spielsalon.

Und während ihm diese Welt Lichtjahre von der in Bari – Lokale, Saunen und Bars – entfernt schien, klingelte das Telefon endlich und es war nicht Daniela.

»Hey, ciao …«

»Wo bist du?«

»Zu Hause. Und wo bist du?«

»Unterwegs … was ist, sehen wir uns?«

»Wenn du kannst.«

»Wenn ich dich anrufe, dann heißt das, dass ich kann. Gegen sechs, passt dir das?«

»Ja.«

»Treffen wir uns an der Tankstelle?«

»Ich habe übrigens die Schlüssel für die Villa in San Vito.«

»Du willst mit mir in die Villa? Aber gibt's da keine Nachbarn, irgendwelche Leute?«

»Nein, nein. Außerdem sind die meisten Villen zu dieser Jahreszeit unbewohnt.«

»In Ordnung. Ich habe Lust, dich nackt auf dem Bett liegen zu sehen.«

Orlando fiel fast in Ohnmacht.

Wenn verbotene Vorstellungen plötzlich wahr werden, vergisst man schlagartig den ganzen Liebeskummer. Er öffnete die Zimmertür voller Panik, seine Mutter hätte gelauscht haben können, aber zum Glück war sie noch unten und dachte über Ninella nach.

Er nahm das Gespräch mit gedämpfter Stimme wieder auf. Er wiederholte ein paar Mal: »Die Abtei in San Vito.« Dort würden sie sich treffen, vor dem Restaurant, wo sie am wenigsten auffielen. Und dann, kurz darauf, wären sie in der Villa.

Er legte auf und sprang herum: »Es ist Liebe! Es ist Liebe! Es ist Liiiiebe!«

In dem Moment trat Matilde ein. Sie überraschte ihn in einer so merkwürdigen Stellung, dass ihr ernste Zweifel kamen, ob seine Verlobte wirklich Daniela hieß.

Kapitel 16

Chiara und Damiano lasen das Eheversprechen ohne einen einzigen Fehler.

Vor allem Damiano stockte kein einziges Mal, vielleicht um seine Zweifel ruhigzustellen oder vielleicht, weil bei den Proben immer alles leichter war. Padre Gianni war zu durcheinander, um irgendetwas zu bemerken. Zuerst vergaß er einen Teil der Predigt. Dann, als wäre es kaum erwähnenswert, sagte er, dass Lella De Giorgi eine Kehlkopfentzündung hatte und das *Ave Maria* nicht singen könnte. Chiara hatte das Gefühl, den Boden unter den Füßen zu verlieren.

»Und warum hat sie mich nicht angerufen?«

»Sie hat mir gesagt, dass sie sich nicht traut, so leid tut es ihr. Daher hat sie mich gebeten, dir Bescheid zu sagen … aber keine Sorge. Der Chor ist ja da, eure Liebe ist da, man braucht nicht unbedingt eine Sopranistin, die das *Ave Maria* singt.«

»Aber sie ist keine x-beliebige Sopranistin! Sie hat eine dunkle, volle Stimme … ich kenne sie von *Sense of Life*.«

Damiano machte ihr ein Zeichen, dass sie zu laut sprach, und sie warf ihm einen vernichtenden Blick zu: Konnte er nicht begreifen, wie gravierend die Situation war? Aber Chiara wusste, dass Padre Gianni ihr auch nicht helfen konnte, daher verabschiedete sie sich von ihm, in Eile und etwas wütend, wegen seiner fehlenden Sensibilität.

All ihre Probleme, inklusive Vito, wurden plötzlich nebensächlich. Sie musste eine neue Sängerin für die Kirche finden. Was sollte die Organistin mit Diplom vom Konservatorium, wenn niemand das *Ave Maria* sang? Sie trat hinaus auf die Piazza und versuchte sofort, Mariangela anzurufen, aber das Handy war ausgeschaltet, typisch. In diesen Momenten kann dich nur eine Trauzeugin aus der Katastrophe retten.

Als Damiano ihr sagte: »Wegen der Sängerin schauen wir nicht aufs Geld«, beruhigte sie sich ein bisschen, auch wenn sie sich nicht vorstellen konnte, dass eine talentierte Sopranistin an einem Samstag im April frei wäre.

Zum Glück rief Mariangela sie zurück.

»Was ist passiert, Chiaretta?«

»Ich weiß nicht, was ich sagen soll … die Sopranistin mit der schwarzen Stimme … Lella De Giorgi …«

»O Gott, ist sie tot?«

»Nein, das fehlte noch … sie hat eine Kehlkopfentzündung, jedenfalls hat Padre Gianni das gesagt, wer weiß, ob es stimmt.«

»Und wer singt jetzt das *Ave Maria*? So steht es doch schon gedruckt im Programm.«

»Mariangela, ich weiß selbst, dass es eine Katastrophe ist … kannst du mir helfen?«

»Ich habe eine Idee! Rocco Spinelli!«

»Was hat Rocco Spinelli damit zu tun?«

»Er kennt total viele Gruppen hier in der Region und schuldet mir einen großen Gefallen … er findet sicher eine gute Sängerin für uns.«

»Aber denk dran, sie braucht eine schwarze Stimme …«

»Als würde ich das vergessen. Ich kümmere mich darum. Du erledigst deinen Kram und wir hören später voneinander.«

»Kann ich mich beruhigen?«

»Du musst dich beruhigen. Du hast Mariangelas Wort.«

Sie war kein bisschen ruhig, tat aber zumindest so. Alle

hatten ihr gesagt, dass im letzten Moment noch einiges schiefgehen würde, also vertraute sie auf das Schicksal.

Chiara und Damiano sahen im selben Augenblick auf die Uhr. Die Probe war früher als geplant beendet und beide, jeder auf seine Weise, dachten gerade an den letzten Moment der Freiheit. Er liebte seine zukünftige Frau, aber noch mehr liebte er sich selbst.

Sie machte dieselbe Rechnung für ihre Verabredung mit Vito Photographer auf. Ihn zu treffen würde ihr helfen, sich abzulenken. Sie wusste, dass diese Fotos nur eine Ausrede waren, um sich wiederzusehen, so wie das Finale des Films auf den Klippen der Grotte. Die SMS voller Andeutungen liefen alle auf dasselbe hinaus.

Beide verließen sie den Kirchplatz also ziemlich aufgeregt vor diesem letzten Nachmittag vor dem Jawort. So wie Renzo und Lucia aus dem Roman *Die Brautleute*.

Chiara erinnerte Damiano an ihren Termin beim Fotografen und fügte hinzu, dass er ihnen vielleicht bei der Suche nach einer Sopranistin für die Kirche helfen könnte, da er doch so viele Leute kannte. Er zuckte nicht mit der Wimper. Er wusste, dass sich diese Sachen immer hinzogen. »Und was machst du jetzt?«, fragte sie ihn plötzlich.

»Ich muss mit meinem Br…«

»…«

»Br…«

»…«

»Br…«

»…«

»Bruder sprechen.«

»Ah, und wohin geht ihr?«

»Ich weiß nicht … das sehen wir dann noch.«

Sie sah ihn verwundert an, aber bildete sich ein, dass es

sich um eine Hochzeitsüberraschung handelte, auch wenn sie Cosimo gesagt hatte, dass sie keine unanständigen Scherze auf dem Fest wollte. Sie verabschiedeten sich mit einem floskelhaften »bis später«, schließlich hatten sie sich später noch um ein paar organisatorische Angelegenheiten zu kümmern.

Tatsächlich hatten neben Chiara ihre Mütter viel für die Hochzeit gemacht. Vor allem Matilde, die sich bei allem eingemischt hatte: Gäste, Restaurant, Tische – ihre fixe Idee –, Kleid, Gastgeschenke, Musik. Sie hatte sogar wegen der Brautschuhe genervt, die Chiara sich von einem Handwerker in Martina Franca auf Maß hatte machen lassen müssen.

Ninella hatte sich kaum dagegen gewehrt, weil sie unbewusst spürte, dass das wahre Objekt des Wettbewerbs Don Mimì war.

Einen Augenblick lang hatten die Brautleute Angst, dass ihre treulosen Gedanken von Passanten erraten werden könnten, aber der Wind half ihnen, sich abzulenken. Wer weiß, ob er sich legt, fragten sie sich beim letzten Kuss, der beiden ein bisschen gezwungen geriet.

Chiara ging nach Hause, um sich frisch zu machen. Onkel und Tante schliefen so fest, dass ihr Schnarchen bis in die Küche zu hören war. Von ihrer Schwester war nur noch das Rosenparfüm übrig. Von ihrer Mutter dagegen keine Spur.

Sie ging ins Bad, ließ Wasser laufen, damit man sie nicht hörte, und rief Vito an. Sie bemühte sich, locker zu klingen und pragmatisch zu wirken, als würde sie ihn anrufen, um ihm ein Haus zu zeigen. Und er antwortete im selben verbindlichen Tonfall, ohne neckische Scherze, und ließ sie im eigenen Saft schmoren.

Kurz danach saß sie im Auto in Richtung Noci und schminkte sich während der Fahrt, an jeder Ampel, überzeugt davon, dass sie auf dem Weg war, Fotos für ihr Hochzeitsalbum machen zu lassen. Vito hatte sich mit ihr in der Nähe einer Madonnenstatue verabredet, an der Bundesstraße, wie um sie zu beruhigen. Sie kam mit zu viel Rouge auf den Wangen und ein bisschen nervös an, aber als sie ihn sah, beruhigte sie sich.

Er war viel entspannter als sie, und plötzlich erschien ihr alles völlig ungefährlich. Nachdem sie das Auto geparkt hatte, waren sie weitergegangen Richtung Park: Das Grün, das Gelb, das Rot waren klar, pur und explosiv, ohne Zweifel und ohne Zweideutigkeiten. Wo eine Farbe aufhörte, begann die nächste, ohne Raum für Interpretation. Deswegen bekam Vito nie genug davon, in dieser Gegend zu fotografieren, wenn auch als Hintergrund für Bräutigame und Bräute: Es gab ihm Rückhalt.

Aber jetzt stand Chiara vor diesem Hintergrund, nur einen Schritt von seinem Objektiv entfernt, umgeben von Licht, das ihre Gesichtszüge und Sommersprossen erstrahlen ließ.

»Und, wie ist die Probe in der Kirche gelaufen?«

»Gut, gut. Ich war sogar beichten ...«

Von all den Dingen, die sie erzählen konnte, wählte sie ausgerechnet das.

»Bist du müde?«

»Ziemlich. Außerdem hat die Sopranistin eine Kehlkopfentzündung und wir sitzen in der Tinte. Jetzt bin ich abhängig von meiner Trauzeugin ...«

»Wenn du Probleme hast, sag mir Bescheid, ich kann versuchen, Maestro Liuzzi anzurufen.«

»Mariangela wollte bei Rocco Spinelli anfragen, aber wenn nötig, melde ich mich bei dir. Zum Glück ist morgen alles vorbei und am Montag gehen wir dann endlich auf Kreuzfahrt.«

»Wohin geht's?«

»Wir fahren in Bari ab und dann durch das ganze Mittelmeer. Ich wollte auf die Malediven, aber Damiano hat auf

Langstrecken Flugangst, so was Blödes, denn seine Eltern hätten uns auch eine Reise nach Australien bezahlt, wenn wir dahin gewollt hätten.«

Sie redete wie ein Wasserfall, weil sie Angst hatte, innezuhalten. Vito versuchte, auf sie zu fokussieren.

»Jetzt komm mal hierher und setz dich auf diesen Felsen.«

Und kaum dass er sie an den Schultern gepackt hatte, brachte er sie mit einem Kuss zum Schweigen. Er ließ Chiara keine Alternative, keine Zeit zum Nachdenken. Nach Jahren der Verlobung schmeckte Chiara einen anderen Mund. Er war weicher als der von Damiano, aber vielleicht war es auch einfach nur ein neuer Mund. Sein Atemrhythmus war ungewohnt und das warf Chiara um, sie wollte sich gar nicht mehr lösen. Sie berührte seinen rasierten Kopf, den sie unglaublich attraktiv fand, und vergaß vorübergehend all ihren Ärger.

Sie hatte noch nie mit jemand anderem als mit Damiano geschlafen und dieser Stachel saß tief, denn er gab ihr das Gefühl, etwas zu verpassen. Aber sie hatte nie den Mut gehabt, das irgendwem einzugestehen, nicht einmal Mariangela. Nur Vito hatte sie verstanden. Weil gute Fotografen manchmal mehr sehen als Ehemänner.

Es war kühl, aber Chiara war dennoch heiß, als er sie gegen die Felsen drückte, endlich. Sie berührten sich, als hätten sie noch nie einen anderen Körper berührt. Die Hochzeit und die Feier existierten nicht mehr, es gab nichts als ihr Begehren hier und jetzt. Chiara konnte gar nicht glauben, dass es einen anderen Mann als Damiano gab, aber genau als sie sich dessen bewusst wurde, landete sie wieder in der Realität und hatte plötzlich das Gefühl, sämtliche Nachbarn hätten sich im Laub versteckt und beobachteten sie.

»Vito, hör auf … Vito. Hör auf. Bitte.«

»Warum?«

»Lieber nicht …«

»…«

»Ich möchte meinem Mann morgen in die Augen schauen können.«

Aber er küsste sie noch leidenschaftlicher, packte sie fast gewaltsam am Hals. Sie ließ ihn gewähren, wie eine Stoffpuppe, aber langsam stieg der Widerwillen in ihr. Schließlich stieß sie ihn weg. Er hielt inne und ließ von ihr ab, er kannte die Bräute inzwischen. Wenn das Schuldgefühl einsetzte, konnte man nichts mehr machen.

Vito dagegen hatte nie Schuldgefühle gegenüber seiner Freundin, und er schob all diese Betrügereien auf den Stress, immer arbeiten zu müssen, während andere sich amüsierten.

»Chiara, entschuldige. Ich weiß nicht, was über mich gekommen ist … aber ich bekam dich einfach nicht aus dem Kopf, seit dem ersten Mal, als ich dich beim Immobilienmakler gesehen habe.«

»Es ist auch meine Schuld, dass wir schon so weit gekommen sind. Aber wenn ich Schluss sage, dann ist auch Schluss.«

Tatsächlich fühlte sich Chiara stolz. Zu wissen, dass sie jemand anderem als Damiano gefiel, war eine Bestätigung, die sie bis jetzt nie gehabt hatte, und vielleicht genügte ihr das schon. Vitos Kompliment dämpfte die Wut, die sie auf sich selbst empfand, etwas. Denn sie hatte längst gewusst, wie dieses Foto enden würde, aber manchen Risiken kann oder möchte man eben nicht aus dem Weg gehen.

Sie bemühte sich, Rückgrat zu zeigen, und beschloss, das Thema damit zu beenden. Wäre es ein anderer Tag gewesen mit weniger Druck, hätte sie sich vielleicht gehen lassen. Aber ohne ihn wäre es wahrscheinlich nie so weit gekommen, dass sie einen rasierten Kopf begehrte.

»Bitte, Vito. Du weißt von nichts und es ist nichts geschehen. Ich kann doch auf dich zählen, oder. Du bist ein attraktiver Mann und das weißt du auch.«

»Meinst du? Aber ich habe eine Glatze.«

»Na, sagen wir, du hast deinen Charme. Wir haben uns zum falschen Zeitpunkt kennengelernt. Aber es ist trotzdem schön, dass wir uns getroffen haben, oder nicht?«

»Wir sind hierhergekommen, um die letzten Fotos zu machen, aber es war zu windig, stimmt's?«

Einen Augenblick lang lächelte Chiara.

»Genau ... und es gibt ja auch noch den Film. Wie ist der geworden?«

»Er wird gerade im Studio geschnitten, sie haben mir gesagt, dass er sehr schön ist.«

»Das sollte er auch sein, wir müssen alle überraschen.«

»Du wirst sehen, sie werden staunen.«

»Hoffen wir es ... bringst du mich jetzt zu meinem Auto zurück?«

»Darf ich dich vorher noch kurz umarmen?«

Chiara öffnete die Arme und sie drückten sich noch einmal, ohne Hintergedanken, aber nur, weil sie sich naiv stellte.

Vito gab ihr noch einen leichten Klaps auf die Schulter. Sie war ein braves Mädchen und er hatte den Beweis. Sie hatte einfach nur noch ein letztes Prickeln vor dem Jawort gewollt.

Um den kurzen schwachen Moment zu vergessen, gingen sie noch einmal den Plan für den folgenden Tag durch. Wann würde Pascal kommen, wann der Strauß, wie viele Verwandte kamen vorher zu ihnen nach Hause? Für ihn ganz normale Fragen, für sie hundert Prozent Stress.

Bevor sie sich ins Auto setzte, winkte sie ihm und warf der Madonna einen Blick zu. Voller Erleichterung gab sie Gas.

Sie war noch etwas verwirrt, aber fühlte sich stark. Sie war dem Teufel begegnet und hatte seiner Verführung nicht nachgegeben, denn inzwischen hatte das Treffen in ihrem Kopf nie existiert. Sie würde nie jemandem davon erzählen, nicht einmal Mariangela.

Damiano überkamen dagegen Schuldgefühle. Ohne viel nachzudenken, hatte er sich diesen kleinen Seitensprung mit seiner Ex erlaubt, der ihm überhaupt kein Vergnügen bereitet hatte.

Ihn ergriff Panik, dass sie jemand auf dem Parkplatz am Hafen gesehen haben könnte, er hatte Alessia ins Auto gepackt und war auf einer kleinen Privatstraße in der Nähe von San Vito in den Wald gefahren. Sie hatten sich so weit wie nötig ausgezogen und er hatte sich ihr ganz überlassen, ohne selbst irgendwie aktiv zu werden. Kaum, dass er die Augen schloss, um sich ihr hinzugeben, schlug er sie schon wieder auf, um nachzusehen, ob sie jemand beobachtete.

Er hatte sich schwer konzentrieren müssen, um die Erektion zu halten, und Alessia war deswegen fast beleidigt. Aber sie war zu entschlossen, um die letzte Chance verstreichen zu lassen, ihn doch noch rumzukriegen. Damiano spürte das, und sie kam ihm fast vor wie eine jener Professionellen, die er früher dafür bezahlt hatte.

Als sie fertig waren, fühlte er sich leer und apathisch. Er befand sich in einem schönen Auto mit einer schönen Frau, aber er wäre am liebsten zu Fuß zurück in den Ort gegangen. Er legte den Rückwärtsgang ein und fuhr ohne ein weiteres Wort los, auch wenn sie noch versuchte, Konversation zu betreiben. Sie erreichten die Abbiegung nach Polignano, und ohne dass er es merkte, kam ihnen das Auto von Orlando entgegen.

Sein Bruder hingegen erkannte ihn, sowohl sein Auto als auch seine Ex. Aber er war gerade mit etwas anderem beschäftigt und hupte nicht mal zum Gruß. In diesem Augenblick war er nur daran interessiert, den Namenlosen wiederzusehen.

Kapitel 17

In Ninellas Küche atmete man nicht mehr die festliche Luft wie noch einige Stunden zuvor.

Die First Lady hatte sie beleidigt, indem sie verhindert hatte, dass Ninella sich vor dem ganzen Dorf von ihrer Vergangenheit lossagen konnte: Einen Scagliusi zu heiraten und zu sehen, wie ihr Bruder Chiara zum Altar führt, das war nicht drin. Außerdem war sie sicher, dass Zio Modesto die Situation verstanden und auf seine ihm zugedachte Rolle verzichtet hätte. Das Problem war allenfalls Zia Dora, aber um die hätte sie sich später gekümmert.

Nach einer Stunde, in der sie alle Möglichkeiten abwog, beschloss Ninella, es ein zweites Mal zu versuchen. Die Signora Labbate, die sie tausend Mal kommen und gehen gesehen hatte, begriff, dass irgendetwas nicht wie geplant lief, und frohlockte innerlich. Die Hochzeitsanzeige ohne Einladung in ihrer Post war ein Schock gewesen für sie und in ihrem Bekanntenkreis wurde sie schon »die Ausgeschlossene« genannt. Ninella hatte inzwischen sogar ihre Frisur vergessen. Sie lief durch die Gassen, ohne auf die Pflastersteine oder die Touristen zu achten, ganz auf ihren Zorn konzentriert. Wie eine Zeugin Jehovas stürzte sie sich auf die Klingel am »Petruzzelli«. Erschöpft. Merkwürdigerweise – aber das Schicksal ist nie merkwürdig – antwortete Don Mimì.

»Ja?«

»Ich bin's, Ninella … ich muss noch mal mit Matilde sprechen.«

»Kommen Sie hoch. Der Kode für den Aufzug lautet …«

»Machen Sie sich keine Mühe, ich gehe zu Fuß.«

Das »Sie« tat ihr im Herzen weh, aber es schien die einzige Möglichkeit, seine Frau zu beruhigen.

Während sie die Treppe hinaufstieg, dachte Ninella, wie toll sie sich doch fühlen, weil sie einen Aufzug haben, dabei haben alle größeren Häuser einen. Und es war den Treppen zu verdanken, dass sie keine Cellulitis hatte, jedenfalls kam es ihr so vor. Sicher, ihr Aufzug war privat und landete direkt in der Wohnung, wie in amerikanischen Filmen, und die Scagliusi ließen keine Gelegenheit aus, einen darauf hinzuweisen. In der Zwischenzeit hatte Don Mimì bereits eine Entscheidung getroffen. Matilde, wie die Schwiegermutter in einem Melodrama, war bereit für das letzte Aufeinandertreffen. Sie ging ins Schlafzimmer, um sich sogar noch Schuhe anzuziehen.

Als Ninella Don Mimì in der Tür stehen sah, fühlte sie sich sicher. Wie er da am Türrahmen lehnte, wirkten seine dunklen Augen wie eine Umarmung. Es waren die Augen des Ehemanns, den sie hatte haben wollen und der ihr Leben hätte ändern können. Sie hatte dafür keine Beweise, fühlte aber, dass es so war. Ihre Wut war sofort verschwunden.

»Kommen Sie rein, Ninella, kommen Sie. Was gibt's?«

»Ich weiß nicht, ob Matilde schon mit Ihnen gesprochen hat.«

»Nein, aber ich weiß, worum es geht.«

In diesem Moment tauchte die First Lady auf. In ihrem Blick lag Zorn, den sie zu kontrollieren versuchte, aber auch ein gewisses Gefühl der Machtlosigkeit, als wüsste sie, dass ihr keine Waffe mehr zur Verfügung stand, abgesehen von den neuen Schuhen, der Sammlung von Tierfiguren von Thun, den Kaffeepads mit Amarettogeschmack und dem Aufzug. Selbst wenn sie in einer Hightechküche standen, in der noch der Duft der Fleischklößchen hing, wusste sie, in Gegenwart ihres Mannes hatte sie keine Entscheidungsgewalt mehr.

»Es könnte vielleicht etwas unangenehm sein, und ich verstehe die Bedenken meiner Frau, aber wenn du deine Tochter von Franco zum Altar führen lassen möchtest, ist das für mich in Ordnung.«

Er hatte sie geduzt, was für Ninella einem Schuldbekenntnis gleichkam.

»… er hat Fehler gemacht, aber er hat dafür bezahlt. Er war in Turi im Gefängnis … wer sind wir, ihm diesen Augenblick zu verbieten? Außerdem ist so viel Zeit vergangen und morgen heiratet ein Scagliusi. Da wird sich niemand beschweren.«

Es war die erste eigene Entscheidung seines Lebens.

»Aber Matilde, stimmen Sie zu?«

»Wenn mein Mann das sagt, dann gilt es auch für mich.«

Diese Worte steckten so voller Hass, dass Ninella das Gefühl hatte, von ihnen durchbohrt zu werden.

»Wenn mein Mann das sagt« war der erste Steinwurf. Aber dieser Hass enthüllte auch, wie gut Matilde den Mann, den sie geheiratet hatte, kannte und wie bedrohlich diese andere Frau für sie war: die freie, verbotene und vergangene Liebe. Und es gibt nichts Schlimmeres, als gegen eine Erinnerung zu kämpfen, die mit der Zeit nicht verblasst, sondern nur lebendiger wird. Sie hatte beschlossen, dass sie diese Vergangenheit ihres Mannes nur akzeptieren konnte, wenn sie das Thema nicht ansprach. Sie war zu intelligent, um nicht zu begreifen, dass ihre Ehe schon immer auf diesem Schweigegelübde basierte. Sie sagte sich, »Frag einfach nicht nach, und es wird schon alles gut gehen«.

Dann war diese verdammte Hochzeit gekommen und ihre Sicherheit wurde zutiefst erschüttert. Die zwei Menschen, die sie kaum sonntags in derselben Kirche ertrug, würden den wichtigsten Tag ihres Sohns gemeinsam verbringen. Und ihr Mann, der sie vor ihrer Rivalin diskreditiert hatte, hatte ihr das Genick gebrochen. Sie war aber zu stoisch, um sich leidend zu zeigen, daher fand sie sich widerwillig mit der Entscheidung ab.

Ninella bedankte sich bei ihr für das Verständnis, hatte aber nur Augen für Don Mimì. Diese Geste war für sie ein neues Liebesversprechen. Sie akzeptierte den dritten Kaffee des Tages, um nicht unhöflich zu erscheinen – ein Pad mit Karamellgeschmack, das war schon etwas besser –, aber sie hatte eigentlich nur Lust, zu gehen und »er liiiiebt mich« zu schreien wie ein Teenager.

Stattdessen begnügte sie sich damit, »anderthalb Löffel« zu sagen und dann, als Friedensangebot, besprach sie die Änderungen am Dekolleté.

Die First Lady war so geschockt, dass sie sagte, der Ausschnitt hätte vielleicht doch so bleiben können, aber Ninella stand zu ihrem Wort und wollte keinen weiteren Krieg. Die Ehe ihrer Tochter sollte unter den besten Vorzeichen beginnen. Dieser Kaffee, der allen ewig vorkam, wurde also dazu genutzt, zu besprechen, an welchen Tisch Zio Franco platziert werden und wie der Brautstrauß aussehen sollte, da waren sie sich einig: am besten in Tropfenform.

Don Mimì dagegen setzte sich hin und tat so, als würde er »Blu« lesen, seine polignanische Bibel, heimlich suchte er mit seiner Nase Ninellas Duft. Oder vielleicht existierte dieser Duft auch nur in seinem Kopf.

Die entfernten Glockenschläge der Kirche erinnerten alle an den Grund, warum diese Frau hier war: die Hochzeit von

Damiano. Er war leider nicht die Hauptfigur dieser Geschichte. Aber seine Gedanken waren so konkret, dass die zwei Frauen im Zimmer sie zu spüren schienen. Und beide beeilten sich, den Kaffee mit einem Schluck zu Ende zu trinken.

Kapitel 18

Vor dieser Abtei, unter einer fliehenden Sonne, spürte Orlando, wie das Glück an ihm vorbeiflog, und packte es am Schopfe. Ein Abend mit dem Namenlosen war von unschätzbarem Wert, hatte allerdings den Preis, dass Orlando deprimiert war, kaum war er wieder allein. Er lebte im Grunde nur für diese eine Stunde, die Tausende andere aufwog. Er hatte vor dem Termin ein paar Gläser Prosecco in der Bar Max getrunken, um sich aufzuwärmen. Und die Aufregung hatte ihn auch vergessen lassen, dass er Damiano im Auto gesehen hatte, mit Alessia, seiner Ex, die er gut kannte. Sie wenige Stunden vor der Hochzeit zusammen zu sehen hatte ihm gezeigt, wie heuchlerisch diese Welt war, zu der er nie gehören würde.

Orlandos Doppelleben war gar nicht so traurig. Nur manchmal etwas anstrengend. Ab und zu musste er bereit sein, auf die Bühne zu steigen und eine Rolle zu spielen: Aber dieses Mal hatte er Daniela. Und Daniela hatte ihn. Wenn man ihn nach einer Freundin fragte, würde er von ihr erzählen. Und wenn ihre Anwesenheit nötig war – Hochzeiten, Feste, Zeremonien –, würde er sie dazu überreden, ihn zu begleiten: Schade, dass die Premiere auf eine so besondere Gelegenheit fiel, ohne vorher geprobt worden zu sein.

Tatsächlich hatte Orlando viel mehr Bedenken als nötig: In Bari konnte er ruhig sein Leben leben und in Polignano wussten die meisten schon Bescheid, davon war er überzeugt, und hätten sich nicht mehr groß aufgeregt. Er hatte weniger Angst vor einer Verurteilung als Respekt vor seiner Familie.

Er wollte die Scagliusi vor Tratsch schützen: Eigentlich war er stolz auf sie, auch wenn er nicht der Sohn geworden war, den sie sich gewünscht hatten.

Und wenn er darüber nachdachte, dann war Damiano, der am Tag vor seiner Hochzeit mit seiner Ex ausging, auch nicht besser als er.

Orlando war noch zu angespannt, um sich Fragen zu stellen, während er erwartungsvoll den ankommenden Autos entgegensah und das seines Liebhabers suchte. Wie wenn man im Flughafen auf seinen Koffer wartet und es einem vorkommt, als wäre er der einzige, der fehlt, während alle anderen Passagiere zufrieden weggingen. Und schließlich, wie in den wenigen Träumen, die wir uns erfüllen können, bog der Namenlose um die Kurve, als wenn nichts wäre.

»Steig ein, beeil dich«, sagte er und öffnete die Tür seines Punto. Und er setzte sich mit rekordverdächtigem Schwung in den Wagen und frech lächelnd berührte er seinen Oberschenkel. Er war zum Teenager geworden.

»Langsam, langsam, hier kann man uns noch sehen. Also, wo zum Teufel liegt dieses Haus? Ich muss in einer Stunde wieder weg …«

»Du wirst sehen, es ist ganz in der Nähe, beruhige dich.«

»Aber bist du dir sicher, dass niemand dort ist?«

»Nur die Ruhe, ich habe es vorhin schon kontrolliert, ich habe ein bisschen was vorbereitet und alles war in Ordnung. Wenn das Auto geparkt ist, sieht man es von der Straße nicht mehr.«

Nach wenigen Minuten waren sie angekommen, das Tor hinter ihnen geschlossen, die Augen auf der Suche nach Nachbarn und das Verlangen verdrängte langsam die Angst und verwandelte sich, endlich im Schlafzimmer, plötzlich in Verlegenheit.

»Was soll denn das?«

Orlando fühlte sich, als habe er einen Eimer mit eiskaltem Wasser über den Kopf bekommen, ließ sich aber nichts anmerken. Du bist ein Idiot, sagte er sich, du bist ein Idiot. Vielleicht hatte er übertrieben, dabei hatte Daniela es ihm bis zur Erschöpfung eingebläut.

Auf dem Tischchen im Schlafzimmer hatte er ein Buffet wie im Weißen Haus arrangiert: Pizzette, Croissants, Süßigkeiten, Taralli und natürlich Champagner.

»Ich wollte unsere Verabredung feiern.«

»Aber ich muss in einer Stunde weg … feiern kann ich jetzt nicht … zieh dich sofort aus, los.«

Der Befehl verärgerte ihn nicht etwa, sondern erregte ihn. Dieser Mann brachte ihn zur Kapitulation, allein mit seiner Stimme. Als dann das Kreuz auf der behaarten Brust sichtbar wurde, verlor Orlando völlig den Kopf. Aber die Anziehung war gegenseitig und der Namenlose bekam bei ihm jedes Mal eine Erektion.

Es war das erste Mal, seit sie sich kannten, dass sie in einem Bett Sex hatten, ohne Angst, dass jemand spionierte oder sie sogar denunzierte. Sie brauchten länger als sonst und schließlich waren sie vollkommen nackt und konnten ihr Glück auskosten, auch wenn Orlando immer ein bisschen glücklicher war.

Oder vielleicht zeigte er es einfach auch nur offener. Nach vielen Monaten hatte der Namenlose immer noch nicht seinen wahren Namen genannt: »Ich heiße Oscar«, hatte er ihm einmal gesagt. Aber er wusste, dass das eine Lüge war: In Monopoli gibt es keinen Oscar. Er wusste inzwischen etwas mehr über ihn: Er war verheiratet, denn an der Hand war der Abdruck eines Eherings zu erkennen, und wahrscheinlich hatte er Kinder, denn einmal hatte er auf der Rückbank seines

Autos einen Kindersitz gesehen. Er hatte aber nie etwas gefragt. Auch nicht seinen Freund bei den Carabinieri, der über die Telefonnummer an die Wahrheit gekommen wäre, aber die Wahrheit wäre sein Ende gewesen.

Er wusste, dass diese Art von Beziehung nur ohne Fragen funktionierte, Liebe bedeutet vor allem, nicht zu nerven.

Daher bestand Orlando darauf, als sie sich nach vierzig Minuten akrobatischem Sex anzogen, zu erklären, dass es sich bei dem ganzen Kram, den er aufgefahren hatte, nur um Reste handelte.

»Weißt du, mein Bruder heiratet, deswegen haben wir alle möglichen Leckereien im Haus.«

»Aha.«

»Willst du ein Törtchen?«

»Nein, danke, ich muss los.«

»Champagner und Taralli? Ich habe sie in der Salsamenteria gekauft, es sind die besten in ganz Polignano.«

»Champagner und Taralli sind nicht schlecht. Wenn du dich mit der Flasche beeilst, können wir kurz anstoßen.«

Und mit unerklärlicher Geschicklichkeit schaffte Orlando es, den Korken problemlos zu lösen – er fühlte sich sehr männlich –, den Champagner einzuschenken und fast ganz entspannt anzustoßen.

Draußen dröhnte der Wind, aber er hörte ihn nicht. Es war die Feder aus *Forrest Gump*, die durch das Haus schwebte, wenn auch nur kurz. Der Namenlose hatte wie immer Schuldgefühle und wollte fliehen. Seltsamerweise zögerte er. Durch die Hauswände fühlte er sich sicher und der Champagner hatte ihn euphorisch werden lassen.

Orlando war kurz davor, ihn nach dem nächsten Mal zu fragen – kannst du am Sonntag? Kannst du am Montag? Kannst du am Dienstag? –, aber der andere legte ihm eine

Hand auf den Mund. Er brachte ihn zum Schweigen. Und zum ersten Mal küsste er ihn.

Es war gleichzeitig ein brutaler und ein schüchterner Kuss, ein bisschen unbeholfen, aber aufrichtig. Orlando traf der Kuss unerwartet, und ihm blieb nicht viel mehr als eine Pose wie aus *Casablanca*. Was dem Namenlosen gefiel, er war schon wieder voller Erregung. Er liebte es, die Situation zu dominieren, und verlor dann jedes Mal völlig den Kopf.

Mit seiner Frau war das nicht so.

Sie verließen das Haus vorsichtig wie Diebe, achteten auf jede mögliche Bewegung der Nachbarn, die gar nicht da waren und vor Juni auch nicht auftauchen würden. Im Auto sprachen sie nicht miteinander und konzentrierten sich ganz darauf, sich umzusehen. Als sie in die Nähe der Abtei kamen, war »Oscar« wieder zu einem Stalaktiten der Grotte von Castellana geworden.

»Bleibt das Wasser im Auto?«, sagte er. Und Orlando, der einen romantischeren Abschied wollte, schaffte es nicht, einen süßeren Satz zu finden als: »Ja, dann denkst du immer an mich, wenn du Durst hast.«

Er verabschiedete sich von ihm mit einer zärtlichen Geste an der Tür und war schon bald allein, weil das Auto mit quietschenden Reifen davonfuhr. Ein kurzes Hupen ließ seine Hoffnung wieder aufflammen. Dieser Klang war wie ein Augenzwinkern, wie ein Streicheln. Eine Hoffnung, an die er sich halten konnte, während er sein Handy betrachtete und hoffte, dass es bald vibrieren würde.

Kapitel 19

Siebzehn Jahre alt zu sein ist, wie ständig unter synthetischen Drogen zu stehen. Jedes Flüstern gleicht einem Megafon und jede Wolke einem Gewitter. Und Nancy hatte, auch wegen dieser Kilo, die ihrer Meinung nach immer noch zu viel waren, nicht einmal den Mut gehabt, sich Carmelina anzuvertrauen, die permanent anrief und sich schon Sorgen machte.

Chiara entdeckte sie in der Nähe des Hauses völlig aufgelöst und fühlte sich plötzlich ganz schlecht. Mariangela meldete sich nicht wegen der Sopranistin, und langsam wurde es knapp. Sie musste eine Lösung finden, aber Nancys Blick zeigte ihr, dass es nicht nur die Hochzeit gab. Sie hatte so viel mit den Vorbereitungen zu tun gehabt, dass Chiara gar nicht gemerkt hatte, dass ihre kleine Schwester sie brauchte.

Sie spürte, wie sich ihr Herz öffnete. In letzter Zeit hatte sie, vor lauter Nervosität, oft ganz vergessen, dass sie eins besaß. Fast wie bei ihrer Mutter, aber Ninella war eigentlich anders. Sie konnte ihr tiefstes Inneres nur viel besser verbergen.

Nancy war so am Boden zerstört, dass die Wahrheit einfach so aus ihr heraussprudelte. Tony. Tony, der Fußballer. Tony, der sie zuerst mit Blicken, dann mit SMS verführt hatte. Tony, der ihr versprochen hatte, in den Trullo zu gehen. Tony, der sie den Jungen aus Neapel hatte vergessen lassen. Tony war nicht zur Verabredung erschienen. Oder besser gesagt: Er war erschienen, hatte sie aber in keiner Weise beachtet. Er war mit einer Blondine ins Auto gestiegen, die »geschminkt war wie eine, die Tintenfische frittiert«, wie Nancy sagte, und beide mussten einen Augenblick lachen, auch wenn Chiara sich wie eine Schülerin vorkam, die zu lange gefehlt und deswegen so viel verpasst hatte, dass sie die Witze nicht mehr verstand. Im Grunde war sie selbst, von der Sopranistin mal abgesehen, immer noch geschockt von dem, was mit Vito passiert war, daher fiel es ihr schwer, einen klaren Kopf zu bewahren. Aber dann kamen wieder Tränen und Chiara breitete die Arme aus und sagte: »Komm her, meine Kleine, komm her.«

»Aber ich bin nicht klein!«

»Du bist groß, aber trotzdem noch klein.«

»Du meinst, ich bin zu dick für mein Alter?«

»Aber nein, das sagt man nur so. Niemand ist je groß genug.«

Chiara umarmte sie weiter und Nancy schien nichts anderes zu wollen.

»Ja, aber morgen heiratest du und ich bin noch Jungfrau.«

»Das wäre ja auch noch schöner, wenn du keine Jungfrau mehr wärst!«

»Jetzt erzähl mir nicht, dass du als Jungfrau in die Ehe gehst, dann wärst du nämlich nicht normal.«

Vielleicht hatte Chiara ihre Schwester unterschätzt. »Wenn du nichts antwortest, bedeutet das, dass ich recht habe …«

»Wenn du es sagst.«

»Ich bin aber die Einzige in meiner Clique, zusammen mit Carmelina … die zwei Pechvögel. Ich bin nicht mal ans Telefon gegangen, weil sie mir mit ihren Prinzipien immer auf die Nerven geht.«

»Wenigstens eine, die noch Prinzipien hat.«

»Komm, lassen wir das … ich halte mich an die Erinnerungen … ich werde weiterhin davon erzählen, wie ich mal mit Nicola Petting gemacht habe, was mir nicht einmal gefallen hat. Dieser Depp hat mir so fest an den Busen gegrapscht, dass es mir noch drei Tage lang wehgetan hat.«

Plötzlich wurde Chiara klar, dass ihre Schwester in einer ganz eigenen Welt lebte und sie es nie gemerkt hatte. Sie nahm sie an die Hand und zog sie vom Haus weg: zu viele Ohren in der Nähe, zu nah an ihrer Mutter, zu nah an der Signora Labbate. Und vor allem, zu viele Neuigkeiten auf einmal. Ihr kamen Zweifel, ob sie in den vielen Jahren, die sie in den Immobilien verbracht hatte, die sie verkaufte, die Menschen aus den Augen verloren hatte. Jetzt hatte ihre Schwester ihr in ein paar knappen Sätzen von einer Jugend erzählt, wie sie sie nie gekannt hatte, da sie immer darauf geachtet hatte, die perfekte Tochter und die große Schwester zu sein. Und auch wenn sie nicht an die Universität gegangen war, so hatte das Diplom in Buchhaltung aus Castellana einen gewissen Stellenwert. Außerdem fühlte sie sich stark, weil sie Ninella glich: Sie strahlte ähnlich, war aber weniger unnahbar.

Nancy dagegen war sich sicher, nicht die Sirene des Hauses zu sein, auch wenn sie sich, nachdem sie diese Kilo abgenommen hatte, wie ein Star gefühlt hatte. Schade, dass Tony so unsanft ihre Karriere unterbrochen hatte. Es hatte nur ein Flirt sein sollen und war viel mehr geworden, aber das hatte sie sich ganz alleine zuzuschreiben. Und als Chiara sie streichelte und ihr sagte: »Du hast ja glatte Haut …«, vergaß sie sofort alle ihre Probleme.

Im Grunde war es wichtiger, schön zu sein, als keine Jungfrau mehr zu sein. Dieser Moment ungewohnter Zärtlichkeit wurde von einem Anruf Mariangelas unterbrochen, der Chiara in die Wirklichkeit zurückriss.

»Sag mir bitte, dass du eine Sopranistin gefunden hast …«

»Chiara, bist du das?«

»Ja, ich bin's, sag mir, dass du jemanden gefunden hast.«

»Hör mal, ich bin superwütend, ich hatte es fast geschafft, *Sense of Life* zu engagieren, aber gerade haben sie mich angerufen, dass sie nicht konnen.«

»Hast du ihnen gesagt, dass wir nicht aufs Geld schauen?«

»Natürlich habe ich das gesagt und Rocco tut sein Möglichstes ... er hat alle angerufen: *Gospel Sound,* Roberta Russo ... er hat es sogar bei Rocco Sugar aus Matera versucht. Das Problem ist, Chiara, dass du morgen heiratest! Warum fragst du nicht deine Schwester?«

»...?«

»Sie ist richtig gut und selbst wenn sie einen Fehler macht, wird niemand sich beschweren!«

»Meinst du? Sie ist gerade hier bei mir ...«

»Na dann frag sie!«

»Aber hast du noch mal mit Lella De Giorgi gesprochen?«

»Ja, habe ich, aber sie nimmt Antibiotika, es geht ihr schlecht. Es ist zu spät, um jemanden zu suchen, glaub mir ... morgen um diese Uhrzeit sind wir schon im Restaurant.«

Irgendjemand hatte ihr einen bösen Blick gesandt. Davon war Chiara inzwischen überzeugt. Als Erstes fiel ihr Signora Labbate ein, die hin und her lief, um die Telefonate zu verstehen und sie im »Gazzettino di Polignano« zu verbreiten. Und dann hatte sie eine andere Kollegin von »Case di Puglia« in Verdacht, die neidisch auf die Freundschaft zwischen ihr und Mariangela war. Aber sie hatte keine Zeit zu verlieren und machte sofort weiter.

»Hör mal, Nancy ... kann ich dich um einen Gefallen bitten?«

»Was denn?«

»Es ist ein großer Gefallen, aber ich bin mir sicher, dass du ja sagen wirst.«

»Jetzt sag schon.«

»Würdest du morgen das *Ave Maria* für mich singen?«

»Aber sollte das nicht Lella De Giorgi machen?«

Chiara hatte das Gefühl, dass diese Frage wohl zum Leitmotiv ihrer Hochzeit würde.

»Ja, aber sie hat eine Kehlkopfentzündung und nimmt Antibiotika. Mariangela hat versucht, *Sense of Life* zu engagieren, aber ohne Erfolg … sie können morgen nicht.«

»Und wer bin ich? Die Notlösung?«

Es war wirklich nicht ihr Tag.

»Na hör mal … ich habe sofort an dich gedacht, aber dann bekam ich Zweifel, weil die Leute denken könnten, dass wir sparen wollten.«

»Jaaaa, klar. Es ist dir doch gerade erst eingefallen, also erzähl mir nicht so einen Mist.«

Nancy schloss einen Augenblick lang die Augen. Sie sah sich mit ihrem eng anliegenden, tief ausgeschnittenen, rosa Kleid, die Augen geschminkt wie Amy Winehouse und im ganzen Ort Poster mit Riesenbuchstaben: »Nancy Casarono Live«. Sie kreischte ein »Ja« mit so vielen A, dass Chiara sich zu Tode erschreckte.

Nancys einziger Zweifel war, dass das *Ave Maria* schon alle gesungen hatten, sogar Bono Vox. Ihrer Meinung nach war es zu kommerziell und bei Hochzeiten diente es nur dazu, das Make-up der Brautmutter zu ruinieren. Also überredete sie Chiara, Padre Gianni zu bitten, dass sie *Yes Jesus Loves Me* singen dürfte, das hatte Alessandra Amoroso von *Amici* auch schon einmal gesungen. Es war raffinierter. Und nachdem sie diese schnelle Zusage bekommen hatte – es gab keine Alternativen –, wurde Chiara kalt von einer Frage erwischt, die sie sich noch nie gestellt hatte.

»Bist du glücklich?«

Ihr fielen plötzlich die Verhandlungen bei einem Hauskauf ein. Ein Paar hatte sich in eine Wohnung nahe am Meer verliebt, in der Region Trani, aber sie brachten die nötige Summe nicht auf. Die Eigentümerin erfuhr davon. Es waren junge Leute, die sie vom Sehen kannte, und da sie es sich leisten konnte, senkte sie überraschenderweise den Preis. Sie brauchte etwas für diese Entscheidung, redete eine Weile um den heißen Brei herum, sagte, dass sie darüber nachdenken müsse, dass sie ja eigentlich keine Eile hatte, dass sie die Wohnung vielleicht nicht mehr verkaufen würde. Dann sah sie eines Tages die beiden jungen Leute auf der Straße, Hand in Hand, wie sie die Preise draußen vor einem Restaurant lasen. Sie hatte nie draußen vor einem Restaurant nach dem Preis geschaut. Daraufhin rief sie die Immobilienmakler an und machte das größte Geschenk ihres Lebens, ohne einen konkreten Grund. Als Chiara die beiden traf, um es ihnen mitzuteilen, konnten sie es gar nicht glauben und der junge Mann war sehr gerührt. In diesem Moment verstand sie, was Glück war, und sie fragte sich, ob sie sich je so fühlen würde.

»Bist du jetzt glücklich oder nicht?«

»Ich überlege …«

»Wenn du darüber nachdenken musst, bist du nicht glücklich.«

»Das stimmt nicht.«

»Ich zum Beispiel weiß immer, ob ich glücklich bin. Im Moment bin ich unglücklich wegen Tony und morgen wird es mir sicher noch schlechter gehen.«

»Aber morgen ist meine Hochzeit.«

»Richtig: deine. Ich werde dann noch Single und Jungfrau sein. Wie schaffst du es eigentlich, nicht total nervös zu sein, wo dich morgen doch alle ansehen werden?«

»Ich habe schon etwas Angst.«

»Ich hätte auch Angst bei all den Änderungen, die die First Lady an dem Kleid haben will …«

»Die Änderungen! Hast du sie gesehen? Ist Mamma damit fertig?«

»Wenn sie mit den Gedanken nicht ganz woanders ist, schon … ich glaube, sie ist verliebt.«

Chiara erlaubte sich ein nervöses Lachen. Ihre Schwester zeigte ihr gerade, dass sie viel aufmerksamer war als sie, die sich nicht allzu viele Fragen gestellt hatte.

Die Sonne ging langsam unter und sie musste allein sein. Doch das Handy klingelte wieder, und Damianos Lächeln erschien auf dem Display.

»Wo bist du?«

»Ich gehe gerade mit meiner Schwester spazieren.«

»Wie lief es?«

»Wie lief was?«

»Die Fotos! Der F…«

»…«

»F…«

»…«

»Film!«

Ein paar Sekunden zu spät. Chiara hatte das Abenteuer mit Vito so verdrängt, dass sie auch das Drumherum der Szene gelöscht hatte.

»Ach die Fotos, na ja … es war windig. Entschuldige, aber ich bin ein bisschen fertig, Mariangela hat keine Sopranistin auftreiben können und ich musste meine Schwester fragen.«

Nancy sah sie dankbar an.

»Aber hast du Mariangela gesagt, dass wir nicht aufs Geld schauen?«

»Ja, aber niemand kommt von heute auf morgen, wenn sie schon bei jemand anderem zugesagt haben.«

»Weiß meine Mutter, dass Nancy singen wird?«

»Nein, wir werden sie damit überraschen …«

»Okay … sehen wir uns heute Abend noch?«

Damiano hatte das dringende Bedürfnis, sie zu sehen, um den gerade erst begangenen Betrug zu vergessen. Chiara hatte das dringende Bedürfnis, ihn zu sehen, um sich ein bisschen zu beruhigen. Nancy sah sie zynisch perplex an, ihr war bewusst, dass Chiara dasselbe Schicksal haben würde wie ihre Mutter. Eine verzweifelte Hausfrau. Aber sie sagte ihr nichts, sondern lächelte sie sogar an. Und ihre Schwester fasste neuen Mut.

»Natürlich sehen wir uns heute Abend. Aber jetzt muss ich mich ein bisschen beeilen, ich muss das Kleid noch einmal anprobieren, mit der Änderung, die deine Mutter wollte …«

»Meine Mutter hat noch eine Änderung verlangt?«

»Ja, nur eine Kleinigkeit, das wirst du gar nicht bemerken.«

»Meine Mutter hat gar keine Ah…«

»…«

»Ah…«

»…«

»Ahnung!«

»Sie ist halt etwas aufgeregt, das musst du verstehen. Heute Abend muss ich aber auch mit meinen Verwandten aus Castelfranco essen, sonst sind sie beleidigt.«

»Dann treffen wir uns nach dem Abendessen, was meinst du? Lass uns eine Runde im Auto drehen.«

»In Ordnung, Amore mio.«

»Bis später, Amore.«

Sie hatten sich eigentlich nie Amore genannt. Jetzt war der Moment dafür gekommen. Auch wenn es vielleicht zu spät war.

Kapitel 20

Don Mimì fühlte sich feige und schuldig. So entschlossen und kratzbürstig, wie Ninella aufgetreten war, hatte er sie einfach gewinnen lassen.

Er stellte sich neben Matilde: »Komm mal her.« Sie tat so, als ordnete sie die Fotos, die im Spiegelsaal standen: die Erstkommunion von Damiano, die Erstkommunion von Orlando, alle vier zusammen in Fasano beim letzten Hochzeitstag.

»Hör doch mit dem Aufräumen auf«, befahl er. Und Matilde hielt ohne Widerstand inne.

»Und wenn die Jungen kommen?«, versuchte sie noch zu sagen, während er den Aufzug blockierte, um Risiken zu vermeiden. Er wusste, dass seine Frau sich nur so beruhigen ließ und dass sie ihm, wenn er sie verwöhnte, verzeihen würde.

Daher packte er sie am Arm, drückte sie gegen die Küchentür und küsste sie, worin er sehr gut war, obwohl er es nur noch selten tat. Der Kuss war so ungestüm, dass Matilde sich regelrecht ausgeliefert fühlte, doch Mimì hielt die Augen geschlossen und blickte sie kein einziges Mal an.

Obwohl sie müde war, gab sie sich diesem unkonventionellen Sex hin, der fast verzweifelt erschien. Sie ließ sich von hinten nehmen, auf den Knien, und machte Dinge, die für sie sehr ungewöhnlich waren. Und schließlich gefiel es ihr.

Sie genoss es so sehr, dass sie sich fast schämte. Der Höhepunkt befreite sie von all den Ängsten, die Ninellas Besuch bei ihr ausgelöst hatte. Und Don Mimì war stolz auf seine Leistung. Die Melancholie der *Brücken am Fluss* schien weit weg, genau wie die Zweifel, kein guter Vater gewesen zu sein. Einen Augenblick lang war er überzeugt, die Situation unter Kontrolle zu haben, und das war wichtig. Aber im Grunde wusste er seit dem Moment, in dem er der Wahrheit ins Gesicht gesehen hatte, dass er sie nur schwer vergessen könnte.

Auch Ninella würde das Gesicht von Zia Dora nur schwer vergessen können, als sie ihr gesagt hatte, dass Zio Modesto Chiara nun doch nicht an den Altar führte. Sie hatte ihnen ausführlich erzählt, was vor dem Laden von Lucia Coiffeur geschehen war, in der Überzeugung, dass man gar nicht genug Worte benutzen konnte, wenn man im Recht war. Aber das Schweigen von Zia Dora, die Augen weit aufgerissen, hatte ihr zu verstehen gegeben, wie empfindlich sie bei gewissen Dingen war. »So etwas wäre in Castelfranco nie passiert«, sagte sie, als wäre sie dort inzwischen Ehrenbürgerin. Tatsächlich erlaubte diese schlechte Nachricht ihr, über ein Problem zu schweigen, das sie seit Tagen quälte. Sie und Zio Modesto konnten nicht mehr als 400 Euro in einen Geschenkumschlag für das Brautpaar tun. Sie hatten Schulden und hatten versucht, sie loszuwerden, indem sie ihre Ersparnisse in Aktienfonds angelegt hatten, aber die waren abgestürzt.

Diese Deklassierung bei der Hochzeitsfeier rechtfertigte auch einen leichteren Umschlag. So verärgert sie auch war, dachte sich Zia Dora, dass es keine so schlechte Nachricht war, während sie auf die Strähnchen blickte, die sie noch nie überzeugt hatten. Sie umarmte Ninella, die erstarrte und wieder bemerkte, dass sie sich eindeutig viel besser aufs Nähen als auf zwischenmenschliche Kommunikation verstand. Auch wenn sie an diesem weißen Kleid zweifelte. Die Änderung war klein, hätte aber alles ruinieren können. Dabei verabscheute sie Menschen mit falscher Bescheidenheit. Wenn einer gut in etwas ist, dann sollte er auch den Mut haben, das zuzugeben. Daher sagte sie zu sich selbst: »Die Änderung am Kleid ist richtig gut geworden. Das Dekolleté ist sogar noch schöner so!«

Als Chiara mit einer endlich wieder aufgemunterten Nancy eintrat, wurde ihr bewusst, dass der große Tag fast da war.

Sie hatte Panik vor der Änderung des Dekolletés, daher versuchte sie erst noch Zeit mit anderen Dingen, die dringend erledigt werden mussten, zu verlieren. Mit Padre Gianni und Viviana, der Organistin, sprechen, um sie davon zu überzeugen, das *Ave Maria* durch *Yes Jesus Loves Me* zu ersetzen. Beide versuchten, sich dem zu widersetzen, erklärten sich aber schließlich resigniert einverstanden. Dann rief sie die Flowerdesignerin, um sie davon zu überzeugen, die Calla gegen Hortensien auszutauschen. Nach einer Viertelstunde leidenschaftlicher Diskussion war es nun Chiara, die sich resigniert einverstanden erklärte.

Es blieb ihr nichts anderes übrig, als sich das Kleid anzusehen. Sie lief die Treppe hoch und fand es an der Schneiderpuppe mitten in ihrem Zimmer. Sie war überglücklich, festzustellen, dass es sich kaum verändert hatte. Ja, das Dekolleté war etwas geschlossener, aber dieser transparente Stoff machte es vielleicht sogar noch sexyer. Und die Naht sah man überhaupt nicht. Sie rief so laut: »Es ist superschön«, dass alle zu ihr hochkamen.

»Bist du sicher, dass es dir gut geht, Chiara?«

»Ja, Mamma. Mir geht's gut. Sehr gut. Und du hast wie immer großartige Arbeit geleistet … man sieht den Unterschied fast gar nicht. Aber das Wichtigste ist, dass ich es morgen endlich tragen werde.«

»Ich finde, das sieht jetzt aus wie eine Nonnenkutte.«

Nancy konnte ihren spielverderberischen Satz gar nicht zu

Ende sprechen, da hatte sie schon eine Ohrfeige gefangen, vor allen und ohne darauf zu reagieren.

»Deck lieber mal den Tisch.«

Ninella konnte alles tolerieren, aber nicht, dass man behauptete, sie sei keine gute Schneiderin. Und auch wenn sie ihre Reaktion schon bereute, so war sie auch zufrieden, dass sie ihrer Schwägerin gleich mal zeigen konnte, wer hier die Hosen anhatte. Im Nu waren alle verschwunden und zurück in ihren Zimmern.

Die Vorbereitungen fürs Abendessen halfen dabei, die Spannung abzubauen. Die Stimmung heiterte sich sogar ein bisschen auf. Auf Ninella wartete jedoch noch eine letzte Aufgabe: Ihren Bruder anzurufen und mit ihm den nächsten Tag abzusprechen. Noch kam ihr das alles völlig unreal vor, und sie fühlte sich ganz durcheinander. Er hingegen wurde mittlerweile schrecklich nervös, weil er befürchtete, dass der Zweireiher nicht mehr der Mode entsprach und seine Schuhe viel zu alt waren, aber er traute sich nicht, es zuzugeben. Er wiederholte mindestens drei Mal »Alles in Ordnung«, und sie erinnerte sich plötzlich, wie er kurz vor seiner Verhaftung »Alles in Ordnung« gesagt hatte.

Eine Etage höher stand Chiara mal wieder ganz versunken vor dem Spiegel. Sie betrachtete sich von oben bis unten und konnte ihren Augen kaum glauben. Ein Albtraum, den sie mit Händen und Wasser schon vergeblich zu entfernen versucht hatte.

Auf ihrem Hals war ein Knutschfleck aufgetaucht.

Ein kleiner Knutschfleck.

Und er stammte nicht von Damiano.

Kapitel 21

Chiara, wo bist du?«

»Zu Hause, wir sind gerade mit dem Abendessen fertig. Und wo bist du?«

»Auch zu Hause. Meine Eltern werden langsam nervös …«

»Warum?«

»Was meinst du mit ›warum‹? Wegen unserer Ho…«

»…«

»Ho…«

»…«

»Hochzeit.«

»Und dein Bruder?«

»Orlando klebt die ganze Zeit am Handy. Ich habe keine Ahnung, was er ständig am Telefon zu erzählen hat.«

»Vielleicht spricht er mit dieser Daniela … ist es denn sicher, dass sie morgen kommt?«

Die Stimme seiner zukünftigen Frau zu hören beruhigte Damiano.

Das schlechte Gewissen quälte ihn noch und er wollte sich rückversichern. Er hatte Cosimo in der Bar alles gebeichtet und der hatte ihm den Kopf gewaschen. »Wieso musstest du ihr auch unbedingt noch am Tag vorher Hörner aufsetzen, du Idiot?«, hatte er ihm mit zusammengebissenen Zähnen leise gesagt. »Bei einem Seitensprung sollte man nie unter Zeitdruck stehen. Und schon gar nicht mit der Ex!«

Und er hatte genickt, auch wenn ihm all dieser Zynismus langsam Angst machte. Er hatte das Bedürfnis, dass ihm seine

Freundin verzieh, und konnte nicht warten. Alessia hatte ihm noch eine SMS geschickt, um ihm zu sagen, wie toll es doch gewesen sei. Was bedeutete: »Denk noch mal darüber nach.« Und er hatte sofort begriffen, dass die einzige Person, die er anrufen wollte, Chiara war. Er hätte gern bis Mitternacht gewartet und ihr vor dem Fenster ein Liebeslied gesungen, wie es ein anderer Cousin von ihm mit lauter Gitarristen auf der Straße gemacht hatte.

Aber er hatte Angst, sich lächerlich zu machen.

Sein Tonfall klang einigermaßen normal und auch Chiara schien nicht ganz entspannt zu sein. Sie hatte das Gefühl, Damiano könne dieses eindeutige Zeichen auf ihrem Hals sehen. Er spürte es fast.

»Alles in Ordnung, Amore?«

»Ja, alles in Ordnung. Ich bin ein bisschen durcheinander, weil meine Mutter mit meiner Tante diskutiert hat, denn morgen führt mich doch Zio Franco zum Altar, du erinnerst dich, der, der ein paar Probleme gehabt hat?«

»Das Wichtige ist, dass du zum Altar kommst, nicht, wer dich hinführt.«

»Natürlich komme ich. Du musst aber auch auf mich warten.«

Sie versuchten, witzig zu sein, waren aber fürchterlich nervös. Nervös wegen dem, was sie getan und nicht erzählt hatten. Und vor allem nervös wegen dem, was das bedeuten konnte. Jede Liebe beherbergt mindestens ein Geheimnis und nur wenige fürchten sich nicht davor: Teenager, alte Leute und völlig Verzweifelte. Für alle anderen stellt das Leben immer Fallen, in die man tappen kann, das Wichtige ist, dass einen niemand dabei sieht.

Daran dachte Chiara, nachdem sie aufgelegt hatte. Es ärgerte sie, dass sie der Versuchung Vitos ausgerechnet im letzten Moment nachgegeben hatte. Sie hatte kaum noch Zeit, sich vorzubereiten, und dieser Knutschfleck nahm ihr jegliche Sicherheit. Auch wenn er nur ein leichter Fleck war, so könnte er sie für immer ruinieren.

Sie schaltete den PC an, fragte Google um Rat und erhielt folgende Tipps: Essigwickel, Make-up oder Abdeckstift auftragen, einen Schal oder einen Pullover mit Rollkragen anziehen, mit Zahnpasta abdecken.

Sie versuchte es mit etwas Essig im Bad, aber der Geruch, der sich ausbreitete, verwirrte sie völlig und in ihrem Spiegelbild sah sie nur die reinste Sünde. Sie stellte sich schon vor, wie sie vor der Kirche die Verwandten begrüßte und die an ihr schnupperten, als sei sie ein Salat.

Das kann nicht sein, wiederholte sie, das kann nicht sein. Wie konnte es nur passieren, dass Vito mir am Tag vor meiner Hochzeit einen Knutschfleck verpasst? Wie unprofessionell war er denn? Sie stand völlig neben sich, während sie weiter ihr Spiegelbild betrachtete.

Ninella machte sich Sorgen, weil sie so lange im Bad war, klopfte und trat ein.

»Alles in Ordnung, Chiara? Was ist das für ein Geruch?«

»Nichts, Ma. Ich experimentiere ein bisschen.«

»Was machst du, entwickelst du dich zurück ins Alter deiner Schwester? Denk dran, wenn du noch mit Damiano ausgehst, dann lass es nicht zu spät werden, weil du morgen schön ausgeruht sein musst.«

»Ja, ja ... keine Sorge.«

Nach dem Essig probierte sie es mit der Grundierung, die ihr in einer Drogerie empfohlen worden war, und fand sofort ihr Selbstvertrauen wieder. Es genügte, sie sorgfältig zu verteilen, um den Knutschfleck praktisch komplett verschwinden zu lassen. Ja, wenn man genau hinsah, konnte man etwas erkennen, aber Damiano war niemand, der sehr auf Einzelheiten achtete. Und wenn er jemand anderem auffiele, würde derjenige denken, er stamme von Damiano.

Sie atmete erleichtert auf. Sie war gerettet. Sie war rein. Sie war wieder das brave Mädchen, das alle kannten. Erneut stieg in ihr die Wut auf, als sie an Vito Photographer dachte, und sie war versucht, ihn anzurufen, hatte aber Angst, die Situation nur noch zu verschlimmern. Besser, sich niemandem anzuvertrauen, nicht einmal Mariangela. Sie schminkte sich und übertrieb es ziemlich mit dem Glitzer, aber alle im Haus nahmen es als Generalprobe für den großen Tag.

Nur Nancy fand es etwas merkwürdig und sagte ihr, dass Lipgloss heutzutage billig wirkte, aber das war nur ein Anflug von Neid. Ihre große Schwester war hübscher als sie, ganz ohne Anstrengung, und im Grunde war sie auch viel netter, als sie gedacht hatte. Sie hatte ihr zugehört und in den Arm genommen, was für sie beide etwas völlig Neues war. Hinter Nancys Rolle als Opferlamm steckte eigentlich ein ehrgeiziges Mädchen. Sie könnte ihr nur die Schau stehlen, wenn sie in der Kirche *Yes Jesus Loves Me* außergewöhnlich gut sang. Das wäre ihre große Chance. Danach hätte sie einen anderen Ruf. Denn es ist eine Sache, sonntags im Chor zu singen, und eine andere, solo vor 287 Personen zu singen, die aus ganz Apulien und sogar aus Norditalien kamen.

Damiano hatte in der Zwischenzeit so viel Parfüm aufgetragen, dass sein Auto Duftschwaden von Dolce & Gabbana Gentleman hinterließ. Sein Vater hatte noch einmal versucht, ihn zu fragen, ob er glücklich sei, und er hatte ihm geantwortet: »Ja, ja, alles in Ordnung, Papa«, als hätte er ihn gefragt, ob er getankt hatte. Er wartete vorm Begula auf Chiara, er saß auf dem Kofferraum, um sich zu zeigen, auch wenn man das Auto in der Dunkelheit nicht so gut sah. Nach ein paar Minuten, nachdem niemand vorbeikam, rief er sie an.

»Wo bist du?«

»Ich gehe gerade raus, Damiano, wo bist du denn?«

»Ich warte schon an der üblichen Stelle auf dich, Amore.«

»In fünf Minuten bin ich da.«

Er nannte sie zum dritten Mal an einem Tag so. Bisher hatte er das nur während des Sex gemacht, das heißt sehr oft, aber in der Kurzform »Amò«. Aber auch deswegen gefiel Damiano Chiara: In bestimmten Momenten wirkte er napolitanisch und er konnte vom Tier zur puren Zärtlichkeit wechseln, ohne je zu stottern.

Statt jedoch misstrauisch zu werden, überkamen Chiara wieder Schuldgefühle. Aber ihre Grundierung war makellos, das Lipgloss lenkte die Aufmerksamkeit auf den Mund und sie fühlte sich sicher.

Sie verließ das Haus auf den Felsen, während alle noch Süßigkeiten aus Castelfranco aßen. Sie verabschiedete sich von allen wie eine Dragqueen in der Disco, voller Angst, das Make-up zu ruinieren. Zio Modesto wollte ihr zeigen, dass er nicht beleidigt war, nahm ihr Gesicht zwischen die Hände und sagte: »Wunderschön!«

Selbst Nancy verabschiedete sie begeistert. Tony hatte ihr gerade eine SMS geschrieben, die ihr Tränen in die Augen getrieben hatte: »Entschuldige wegen heute, aber ich konnte nicht sprechen. Ich erkläre es später.« Und nachdem sie mit Carmelina telefoniert hatte und nachdem sie die Uhrzeit der SMS kontrolliert hatte und nachdem ihr bewusst geworden war, dass man, wenn man müde ist, nicht anders kann, als alles zu glauben, hatte sie beschlossen, ihm zu vertrauen. Sie hatte angefangen zu hüpfen, zu träumen und zu fliegen zum *Titanic*-Song von Céline Dion: »*Near, far, wherever you are!*« Jetzt war sie ganz auf ihren Auftritt am nächsten Tag konzentriert und fühlte, dass niemand sie aufhalten konnte.

Als Damiano Chiara kommen sah, bekam er Herzklopfen. Er gab ihr einen Kuss – was für einen schönen Mund sie hatte – und sie stiegen ins Auto. Und während er den ersten Gang einlegte, klappte sie die Sonnenblende herunter, um sich im Spiegel anzusehen. Sie wollte kontrollieren, ob die Schminke hielt. Aber das Licht im Spiegel beleuchtete nicht nur ihre Abdeckarbeit, ihr fiel dadurch auch ein Haar auf.

Lang.

Sehr lang.

Gelockt.

Schwarz.

Eine Spur von Alessia, auf dem Armaturenbrett vergessen. Wie ein Satz, der einem entwischt ist und den man nicht mehr zurücknehmen kann. Chiara schaute sich nach weiteren Beweisen um, aber fand nur ein Navi, einen Wunderbaum und ein Herzchen, das sie Damiano am Valentinstag geschenkt hatte. Sie betrachtete das Haar und nahm es mit angeekeltem Gesichtsausdruck in die Hand.

Es konnte nicht von ihnen beiden stammen. »Was ist das?«, sagte sie. Und er fuhr noch einmal etwas von der Straße ab.

Kapitel 22

Damiano betrachtete den Mittelstreifen auf der Suche nach einer Antwort, während Chiara das Haar in der Hand hielt, als habe sie es auf der Hochzeitstorte gefunden.

Und in gewisser Weise war es ja auch so. Der Verdacht breitete sich in ihr aus und ließ sie schaudern. Eine andere Frau war in diesem Auto gewesen und sie entdeckte es wenige Stunden vor dem großen Schritt.

»Von wem ist das, Damiano? Von wem ist dieses Haar?«

»V…«

»…«

»V…«

»…«

»Verdammt, warum schreist du denn so laut?«

»Gib mir erst eine Antwort, dann beruhige ich mich.«

Aber Damiano hatte noch keine Antwort gefunden. Eine Sache war klar: Es konnte nicht von ihm stammen. Sein Gesicht wurde beleuchtet von den Scheinwerfern der entgegenkommenden Autos. Ihm musste eine Lösung einfallen.

Aus dem Augenwinkel sah er, wie Chiara dieses Haar analysierte, als arbeitete sie für L'Oreal. Er gab Gas. Eine Bewegung, die ihm Mut verlieh wie ein Tequila Bum Bum. Verzweifelt starrte er auf die Straße und fing an zu reden.

»Ich weiß wirklich nicht, von wem das ist … ich habe Orlando heute das Auto geliehen, weil seines Probleme hatte, und ich weiß nicht, wo er hingefahren ist. Du weißt ja, dass er nicht viel redet.«

»Aber seine Freundin kommt doch erst morgen?«

Er war so voller Panik, dass er es schaffte zu sprechen, ohne zu stottern, und das wurde anscheinend zu seinen Gunsten ausgelegt.

»Schwörst du mir das?«

»Ich schwöre es.«

»Schwörst du es bei Gott?«

»Ich schwöre es bei Gott.«

Er dachte, Gott würde ihn schon verstehen.

In Wirklichkeit glaubte Chiara ihm nicht, aber sie hatte Angst vor der Wahrheit.

Irgendetwas sagte ihr, dass dieses Haar dem Knutschfleck glich, der sich auf ihrem Hals befand. Doch anstatt sich zu ärgern, war sie erleichtert. Sie waren quitt. Damiano legte eine Hand auf ihr Bein, um wieder Gemeinsamkeit herzustellen. Chiara ließ ihn gewähren und ließ den romantischen Augenblick zu. Im Radio lief Neffa, und sie zwang sich dazu, einmal fatalistisch zu sein. Jemanden zu lieben bedeutet, zu akzeptieren, dass er ein Geheimnis haben kann. Zum ersten Mal wurde ihr bewusst, dass sie nicht nur in die Vorstellung zu heiraten verliebt war, sondern auch in Damiano. Seit er in ihr Leben getreten war, war er dort geblieben. Ohne Tiefpunkte, ohne Höhepunkte. Ein ruhiger Fluss. Vielleicht nahm sie ihn deswegen als selbstverständlich hin. An diesem Abend, in einem Auto, das mit 130 durch das Valle d'Itria raste, wurde ihr endlich bewusst, dass Gefühle in dem Augenblick sterben, in dem man sie als selbstverständlich hinnimmt.

»Ich muss mir wegen dieses Haars also keine Sorgen machen?«

»Natürlich musst du dir keine Sorgen machen. Du musst nur dafür Sorge tragen, dass du morgen so schön bist wie heute Abend ... dieses Make-up steht dir gut.«

Sie öffnete das Fenster und ließ das, was von Alessia übrig war, wegfliegen. Als sie das Schild nach Martina Franca sah, begriff sie, was das Ziel ihrer Fahrt war. Die Eisdiele Minunno. Der Ort ihrer ersten Verabredung, zwei Schritte von der Piazza XX Settembre entfernt, in dem Zentrum, das genau dafür gemacht schien, sich zu verlieren und wiederzufinden. Dorthin wollte Damiano sie bringen.

Bevor sie ausstiegen, küssten sie sich. Ein ruhiger Kuss, der einer gegenseitigen Vergebung gleichkam. Ein Kuss, der einen Neuanfang zu besiegeln schien.

»Ich liebe dich sehr, weißt du?«

»Ehrlich?«

»Ehrlich.«

»So richtig?«

»So richtig.«

Sie bestellten Erdbeer und Schokolade. Beide dasselbe, wie beim ersten Mal, in einem Augenblick nachpubertärer Vertrautheit.

Beide hatten weiche Knie, was bei beiden psychisch bedingt war. Keiner von beiden mochte Streit. Damiano hatte das von seinem Vater, der Auseinandersetzungen mit einem Blick zu beenden pflegte. Chiara hatte von ihrer Mutter gelernt, eine gewisse Gelassenheit zu bewahren, und das hatte ihr dabei geholfen, nie darauf zu beharren, das letzte Wort zu behalten. Sie hasste Verkäuferinnen, die immer wieder sagten: »Wissen Sie, der Schuh gibt noch nach«, während ihre Füße sich wie die von Aschenputtels Schwestern anfühlten.

Sie beendeten den Abend mit Lachen, ganz eisverschmiert. Die pure Angst, sich selbst zu verraten – oder entdeckt zu werden –, hatte eine gewisse Gemeinsamkeit reaktiviert, von der sie gar nicht wussten, dass sie sie besaßen. Und dieser BMW wurde zum zweiten Mal innerhalb weniger Stunden zu einem Schlafzimmer.

Mit Chiara war es jedoch viel besser. Die Anspannung hatte neue Endorphine freigesetzt, die ihm einen viel intensiveren Höhepunkt bescherten. Trotz der beengten Verhältnisse hatte sie sich auf bisher noch nie probierte Varianten eingelassen. Sie hatten nichts zu verbergen und deswegen fühlten sie sich wohl. Während der letzten Zärtlichkeiten erinnerte sie sich an den Knutschfleck. Sie tat alles, um seinen Blick auf ihre Augen zu heften, mit drei Fragen, die ihr plötzlich essenziell schienen: »Liest dein Bruder die zweite Lesung oder die Psalmen?«, »Ob die Gnocchetti Tricolore auch allen schmecken werden?«, »Müssen wir die Umschläge in den Tresor legen?«.

Und als Damiano sie mit einem Kuss auf den Mund zum Schweigen brachte, schloss sie vor Angst die Augen und sagte ihm: »Vielleicht ist es an der Zeit, dass wir fahren.« Er drehte den Zündschlüssel, legte einen Gang ein und brachte sie noch vor Mitternacht nach Hause.

Kapitel 23

Ninella saß vor der Haustür auf der Treppe und rauchte. Sie ließ den Tag noch mal Revue passieren. Sie rauchte immer draußen, weil sie nicht wollte, dass ihre Töchter, besonders Nancy, sie dabei sahen. Wie soll man seiner Tochter sagen, dass rauchen schädlich ist, wenn man selbst nach Tabak stinkt? Daher war es ein Ritual im Verborgenen, als wäre sie die Siebzehnjährige und nicht das Vorbild.

Chiara betrachtete ihre Mutter, den Blick im Rauch verloren, und sah, wer sie wirklich war: eine Unbekannte. Ein wacher Blick, die Knie zusammengepresst, eine Hand stützte das Kinn, die Haare zu orange, und doch standen sie ihr gut.

»Mamma …«

»Endlich bist zu zurück … ich habe schon auf dich gewartet. Setz dich doch mal neben mich.«

Chiara ließ sich völlig unelegant auf die Treppe fallen. Sie war kaputt.

»Ich finde es schade, dass du ausziehst, weißt du?«

»Du wirst sehen, es wird viel besser für dich sein, du hast dann mehr Zeit für Nancy und mehr Platz für dich … außerdem ziehen wir ja nicht weit weg. Du kommst einfach abwechselnd zu uns zum Rolatineessen und wir zu dir …«

»Das ist nicht dasselbe.«

»Ja, aber du wirst schon sehen, wenn du Oma wirst, wirst du glücklich. Damiano will mindestens drei Kinder … und das erste sofort! Das hat er mir heute Abend gesagt. Er sagt, wir sollten schon auf der Hochzeitsreise anfangen zu üben.«

Und Ninella, anstatt zu lächeln oder sich zu beruhigen, fing an zu weinen. Es waren müde Tränen, die sie nicht einmal wegzuwischen versuchte.

»Entschuldige«, sagte sie, »entschuldige.« Und die Vergangenheit traf sie wie ein Felsblock.

Sie dachte an ihren Ehemann, der sie nie interessiert hatte. Manch eine Liebe reicht für zwei Leute, auch wenn nur eine sich dessen bewusst ist. Und Ninella war sich dessen bewusst geworden, als er gestorben war und sie mit diesen beiden Geschöpfen zurückgelassen hatte. Jetzt, da die Große aus dem Haus ging, ging auch ein Teil von ihr. Nur ein Winkel in ihrem Kopf wusste, dass sie eigentlich weinte, weil sie keine gute Mutter gewesen war. Sie hatte alles richtig gemacht, sie war streng und präsent, aber sie hatte nicht alles gegeben. Eine Mutter muss immer alles geben. Und jetzt schaffte sie es nicht mal, um Verzeihung zu bitten. »Entschuldige«, sagte sie und ihre Strähnchen fielen traurig auf Chiaras Schulter, die anfing, sie zu trösten. Plötzlich war sie die Mutter. Als gäbe es an diesem Vorabend der Hochzeit einen Wachwechsel.

»Weißt du, was mich am wütendsten macht? Dass ich genau wusste, was ich falsch mache. Aber ich konnte nichts dagegen tun.«

»Aber was hast du denn falsch gemacht?«

»Na komm, du weißt doch genau, was ich meine. Findest du etwa, ich war eine gute Mutter?«

»...«

»Siehst du? Du antwortest mir nicht einmal ... und du hast recht. Ich war eine schreckliche Mutter. Eine Mamma darf nicht neidisch sein, wenn die Tochter heiratet.«

»Aber du warst nicht neidisch, du warst glücklich!«

»Nein, ich war neidisch. Aber zum Glück bist du so lieb und hast es nicht bemerkt ... weil du nach deinem Vater kommst. Und auch deine Schwester kommt nach deinem Vater, sonst wärt ihr nicht so.«

Ninella nahm all ihren Mut zusammen und gestand ihr, dass sie in den letzten Monaten gern an ihrer Stelle gewesen wäre. Deswegen war sie auch nicht mit nach Brindisi gekommen, um das Kleid auszusuchen. Weil sie eben viel lieber Don Mimì am Altar gesehen hätte, nicht Damiano. Aber ihr fehlte die Kraft, um diese Worte auszusprechen, die in ihrem Kopf nachhallten und einfach stecken blieben.

Chiara hielt erschüttert still und versuchte, den Blick, den sie so noch nie gesehen hatte, zu enträtseln. Auch die Signora Labbate, die die ganze Szene beobachtete, hatte genug Schamgefühl, um das Fenster zu schließen und ihre Spionage einzustellen.

Ninella begriff, dass es der letzte Tag war, um sich zu rehabilitieren. Das war ihre zweite Chance, und jetzt war es Zeit, mit der Wahrheit rauszurücken.

»Weißt du, als ich erfahren habe, dass ich mit dir schwanger bin, war ich nicht gerade glücklich. So richtig wollte ich dich nicht. Ich war nicht in deinen Vater verliebt und mit einem Kind im Bauch erschien es mir noch schwieriger, ihn zu verlassen.«

»Und warum hast du ihn dann geheiratet?«

»Weil ich das Bedürfnis hatte, geliebt zu werden. Und er begehrte mich so sehr. Mehr als ich es verdiente. Außerdem musste ich den Mann vergessen, der mich abgewiesen und über all die Jahre völlig verrückt gemacht hat. Aber ich bin allein schuld, ich war stur … du weißt doch, wie es ist, wenn ich auf stur schalte?«

»Ja, weiß ich. Und diesen Mann, den kenne ich, stimmt's?«

»Warum fragst du?«

»Sag mir erst, ob ich ihn kenne.«

»Dann weißt du also, wer er ist …«

»Natürlich, mein Schwiegervater. Es ist Don Mimì.«

Ninella weinte wieder, mit weniger Wut und mehr Verzweiflung, dabei nickte sie.

»Woher weißt du, dass er es ist?«

»Mariangela hat mir erzählt, dass diese Geschichte umging ... aber ich habe es nicht ernst genommen. Es wird so viel erzählt ... aber Mamma, warum ist das ein Problem? Du bist ein Mensch.«

»Nein, du irrst dich, ich bin ein Scheusal. Denn als du mir erzählt hast, dass du Damiano heiratest, dachte ich nur daran, dass ich so Don Mimì wiedersehen kann. Du warst mir egal, ich habe nur an mich gedacht. Verstehst du?«

»Aber warum hast du mir das nicht früher gesagt?«

»Ich wollte dir auf keinen Fall die Feier ruinieren. Das hast du nicht verdient.«

»Siehst du, du bist doch eine gute Mutter. Du hast zuerst an mich gedacht, und dann erst an dein Gewissen. Du hättest mir wirklich kein schöneres Hochzeitsgeschenk machen können als diese Worte ... es tut mir nur leid, dass ich es nicht früher gewusst habe, dann hätte ich dir helfen können.«

»Das ist nicht deine Aufgabe.«

»Vielleicht nicht, aber du wärst weniger wütend auf dich selbst gewesen. Wenn ich dir aber einen Rat geben darf, Mamma, du darfst Nancy nicht vernachlässigen. Sie wirkt erwachsen, aber sie ist eigentlich noch ein Kind.«

»Du hast recht. Ich sollte mit ihr nicht erst sprechen, wenn sie auszieht. Ich werde aufpassen.«

Eine Weile sagte sie nichts mehr. Chiara hatte ihre Hände genommen, in einer endlich natürlichen Geste. Sie verurteilte nicht und sagte nichts, sie war einfach nur da. Zum ersten Mal fühlte sie sich von ihrer Mutter akzeptiert und das freute sie. Auch Ninella fühlte sich nach den Tränen besser. Warum hatte sie sich ihr nicht schon früher anvertraut? Sie hätte sich um einiges leichter gefühlt. Aber es war noch zu früh gewesen, ihr Geheimnis zu verraten.

Mit einer Hand hielt sie die Zigarette, mit der anderen deutete sie ein Streicheln an, was sie seit fünfundzwanzig Jahren nicht gemacht hatte. Es war ein linkischer, aber aufrichtiger Augenblick. Mitten in der Nacht half der Lärm des Mistral ihnen, sich wiederzufinden. Sie waren wunderschön. Sie waren ehrlich. Und sie waren, für einen Augenblick, glücklich. Vereint durch diesen unterdrückten Schmerz, der sie wie ein Ohrsausen begleitet hatte. Jetzt, da er aufgehört hatte, erschien alles einfacher.

»Deswegen bist du also fast umgekippt, als ich dir erzählt habe, dass ich Damiano kennengelernt habe?«

»Ja, ich war geschockt. Zwanzig Jahre lang versuche ich einen Mann zu vergessen und dann suchst du ihn dir als Schwiegervater aus.«

»Bist du noch wütend auf ihn?«

»Nein, mein Mädchen, nein. Es waren andere Zeiten. Seine Familie war zu wichtig. Sie konnten eine wie mich, mit einem Bruder, der wegen Schmuggels verhaftet worden war, nicht akzeptieren … das haben sie zumindest behauptet.«

»Deswegen ist also alles in die Brüche gegangen?«

»Ja, sagen wir … sie mussten ein bestimmtes Bild aufrechterhalten, und indem sie mich verjagt haben, haben sie ihren Ruf wiederhergestellt. Irgendwann erzähle ich dir die Geschichte einmal ausführlich, wenn ich die Kraft dazu habe und wacher bin.«

»Wie du willst, Mamma.«

»Aber morgen begleichen wir die Rechnung, keine Sorge. Ohne es zu wissen, hast du mich zweimal glücklich gemacht.«

Chiara hatte nicht die Kraft für weitere Fragen oder Geständnisse. Jetzt wusste sie, dass Ninella stolz auf sie war, und sie spürte bereits das Gewicht dieser Verantwortung. Sie berührte ihren Hals, um den einzigen Fleck auf ihrem emotionalen Lebenslauf zu verbergen. Niemand hatte ihn gesehen. Niemand hatte etwas erfahren.

Der Mistral wurde immer zorniger, aber er war ihr jetzt egal. Am Vorabend ihres wichtigsten Tages hatte sie endlich ihre Mutter kennengelernt.

Samstag

Kapitel 24

Der Mistral hatte sich über Nacht überraschend gelegt. Der Himmel war strahlend blau und die Glocken läuteten zum Fest. Chiara war nicht nur wunderschön, sie war auch glücklich. Bevor sie in die überfüllte Kirche voller gerührter und gebannter Gäste schritt, nahm sie den Arm von Zio Franco. Es waren wirklich alle da, selbst die entfernten Verwandten, die von Mariangela perfekt verteilt worden waren, und die Callas waren elegant verflochten. In der Luft nur die Noten der Orgel, die den Hochzeitsmarsch spielte.

Sie war die Königin und ihre Pracht spiegelte sich in den Augen von ganz Polignano. Selbst die First Lady schien ergriffen.

Damiano sah sie eintreten und wartete am Altar auf sie, mit strahlenden, stolzen Augen. Fast starr. Ganz konzentriert auf einen unmerklichen Punkt an ihrem Hals, wo sich immer noch der deutliche Rest des Knutschflecks befand.

»Und was ist das?«, flüsterte er ihr zu und deutete mit dem Zeigefinger auf die fragliche Stelle. Sie hatte keine Antwort.

Die Gäste in den ersten Reihen begannen, sich überrascht anzusehen, aber alle hatten im Flüsterton dieses so unangenehm auszusprechende Wort wiederholt, weil »Knutschfleck« schon hässlich klingt. Sie wusste nicht, was sie sagen sollte, während ihr Schweigen von einem missbilligenden Gemurmel in der Kirche unterbrochen wurde.

Panik. Schweiß. Panik.

Zum Glück wachte Chiara auf.

Der Mistral wehte stark, sie war noch nicht verheiratet und niemand hatte sie entlarvt. Ein Albtraum, wie man ihn vor wichtigen Tagen oft hat. Sie stand auf und lief zum Spiegel: Das Zeichen war immer noch da, aber man konnte nur noch eine leichte Rötung erkennen. Und nach den Verrenkungen mit Damiano letzten Abend könnte sie genauso gut von ihm stammen.

Ihr Kleid schien sie aufmunternd anzulächeln und an das neue Dekolleté hatte sie sich schon gewöhnt. Sie betrachtete sich im Spiegel, suchte nach neuen Makeln: Sie hatte kein Herpes bekommen, keinen postpubertären Pickel und auch kein Gerstenkorn am Auge. Sie war makellos und alles würde gut laufen. Sie zog die Vorhänge auf, öffnete das Fenster und wurde vom Licht, dem Wind und vom Meer überwältigt. Es sah aus, als würde sich eine Windhose bilden, aber sie hatte vor nichts mehr Angst. Sie hatte endlich ihre Mutter wiedergefunden, und das hatte sie euphorisch werden lassen. Sie öffnete die Tür und ging nach unten in die Küche. Ninella war da, sie deckte einen Tisch mit Süßigkeiten, Keksen, Obst, Joghurt und Saft.

»Guten Morgen, mein Engel.«

Sie hatte sie noch nie so genannt. Chiara lächelte sie an und deutete besorgt auf das Fenster.

»Der Mistral ist noch da, ich weiß, aber du wirst so schön sein, dass niemand darauf achten wird.«

»Hoffen wir's … wenn Pascal nicht gut in Form ist, ist es aus.«

Ninella legte den Kuchen auf einen Teller und umarmte sie dann. Die Geste wirkte nicht ganz natürlich und auch Chiara war ein bisschen steif. Sie wirkten wie zwei Gefühlsanfängerinnen, die sofort bereit waren, das Thema zu wechseln, um der Verlegenheit auszuweichen.

»Hat sich Zia Dora sehr aufgeregt, weil mich Zio Modesto nicht zum Altar führt?«

»Ja, aber nicht so sehr. Sie hat es verstanden. Sie wird es ausnutzen, um dir etwas weniger Geld zu schenken.«

»Schhh … sie werden dich noch hören … ich dachte nicht, dass du so sehr aufs Geld aus bist, Mamma!«

»Wenn deine Freundinnen heiraten, wirst du verstehen, was ich meine. Für manche ist eine Hochzeit schlimmer als ein Darlehen …«

Die Wahrheit kommt immer dann heraus, wenn man in Eile ist. Während sie ihrer Mutter zuhörte, wurde Chiara bewusst, dass sie nur wenige Freundinnen hatte. Gäbe es nicht Mariangela, hätte sie sich etwas einsam gefühlt. Auch weil ihre Verwandten, die sie bei Einladungen und Festen nie besonders offen erlebt hatten, sie mittlerweile mehr und mehr ignorierten und sie nur noch bei offiziellen Anlässen trafen.

Direkt danach sah sie jedoch Onkel und Tante in die Küche treten, angezogen, als seien sie im Grand Hotel. Zia Dora trug einen bordeauxroten Morgenmantel im Stil einer enterbten Zarin, den sie in Bassano del Grappa gekauft hatte. Sie hatte im Bett mit Zio Modesto gestritten, weil er sie überreden wollte, nicht noch mehr Zwietracht zu säen. Und sie entschloss sich, noch im Morgenmantel damit anzufangen.

Während des Frühstücks machte sie nur Komplimente, auch wenn sie etwas lächerlich klangen: Als Erstes fragte sie Ninella, welche Gewürze sie bei der Marmelade benutzt hatte, dann war sie ganz verrückt nach dem Kuchen und den ach so guten Keksen. Sie hatte sogar den Mumm, zu sagen, dass die Strähnchen heute viel weniger orange wirkten und einfach perfekt waren.

Ihre Schwägerin sah sie perplex an. Jetzt, wo sie in dieser eklig süßen Version vor ihr saß, begriff sie, dass sie ihr in ihrer ursprünglichen Bitterkeit vielleicht lieber war. Denn Zia Dora war angeberisch, aber nicht bösartig. Heute Morgen schien sie außerdem besonders hungrig. Die Einzige, die keinen Appetit hatte, war Chiara, die mit ihrem Blick wer weiß wo hinschweifte.

»Und wann hat Damiano dir den verpasst?«

Die Stimme ihrer Mutter riss sie wie ein Messerstich aus ihren Gedanken. Chiara berührte ihren Hals und nahm ihre ganze Kraft zusammen, um nicht völlig die Fassung zu verlieren. In diesem Moment half Nancy ihr aus der Patsche, sie sprang wie eine Verrückte in die Küche.

»Einundfünfzig! Einundfünfzig! Einundfünfzig!!!«

Die Waage hatte ihr die endgültige Antwort und sogar noch ein kleines Skonto gegeben. Sie hatte seit Anfang Februar fünf Kilo abgenommen. Jetzt war ihr Schicksal besiegelt: Polignano bekäme heute nicht nur eine Hauptperson, sondern zwei. Sie trällerte *The Greatest Love of All* und ging durchs Zimmer, um jedem ordentlich Guten Morgen zu wünschen, dabei verbreitete sie in der Küche den Geruch der Sandelholzkörperlotion, während sie von einem nackten Tony mit Ehering am Finger träumte. Der orientalische Duft lenkte Ninella einen Moment von Chiaras Knutschfleck ab. Und vor allem erinnerte er sie daran, dass sie noch eine Tochter hatte. Sie hielt sie auf, als sie gerade die Tassen aus dem Schrank nahm, und sagte ihr, dass sie nichts tun musste: »Heute müssen meine Töchter sich nur darum kümmern, schön zu sein, auch wenn das nicht schwierig ist. Setz dich also hin, du trägst später schließlich noch hohe Schuhe und musst fit dafür sein.«

Sie legte ihr eine Hand auf den Rücken und drehte sie zum Tisch. In den nächsten Jahren würde Nancy nie wieder vergessen, wann ihre Mutter ihr zum ersten Mal gesagt hatte, dass sie schön sei. Es war am Tag von Chiaras Hochzeit.

Kapitel 25

Auch Damiano war erschrocken aufgewacht.

Er hatte geträumt, dass überall Haare lagen: auf dem Kissen, auf dem Hemd, auf der Pizza. Der Albtraum von Alessia hatte ihn bis zum Morgengrauen verfolgt, als er sich sicher war, dass man ihn auf der Piazza San Benedetto steinigte. Im Zimmer nebenan hatte sein Bruder nicht viel besser geschlafen, vor dem Zubettgehen hatte er noch eine SMS vom Namenlosen erhalten: »Danke für die Taralli und den Champagner … Bis bald.« Und er hatte Daniela in Bari geweckt – die Einzige, die ruhig geschlafen hatte –, um den Text en détail zu analysieren. Die Pünktchen nach »Champagner« ließen hoffen, aber die Nachricht endete weder mit »Gute Nacht« noch mit einer neuen Verabredung, was das Ideal gewesen wäre. Daniela beschloss, dass es sich trotzdem um einen Schritt nach vorn handelte und dass die Taralli eine überzeugende Idee gewesen waren, um die Alchemie zwischen ihnen zu verstärken. Sie wusste nicht, wieso ihr das Wort »Alchemie« eingefallen war, aber es blieb in Orlandos Kopf hängen, er nahm es begeistert auf. Als er in die Küche hinunterging, änderte sich rasch sein Gesichtsausdruck im Thunkorridor vor den Tieren: Seine Mutter hatte sie neu aufgestellt. Sie würde nie in »Vogue Maison« landen.

Der Bräutigam saß auf dem Hocker, den er nie richtig regulieren konnte. Er zwang sich dazu, einen Zimtkaffee zu trinken, Matilde bestand darauf, dass er ihn probierte.

»Na komm schon, es wird alles super laufen – es lebe der Bräutigam!«

»Schh … noch ist er nicht verheiratet …«

Matilde unterbrach ihn nervös. Sie, die immer Herr der Lage zu sein schien, fühlte sich plötzlich unvorbereitet. Sie zweifelte an den Callas in der Kirche, am Tisch des Bürgermeisters, am Schnitt ihres Kostüms. Sie wusste, dass sie mehr Macht hatte als Ninella, aber ihr fehlte das Charisma.

Sie versuchte, nicht daran zu denken. Die beiden Söhne wirkten ausnahmsweise tatsächlich so, als gehörten sie zur selben Familie, und das nahm ihr etwas die Anspannung. Sie lachten albern und stellten die Hocker höher und niedriger, am Ende würden sie sie noch kaputt machen, aber sie schaltete sich nicht ein. Don Mimì war nicht da. Er war sehr früh aufgestanden und war, weiß der Himmel wohin, gegangen. Er erzählte ihr nie etwas und sie fragte nie nach. Sie führten keine Beziehung der vielen Worte.

»Na, bist du bereit, Bruder?«

»Ich würde sagen, dafür ist man nie bereit, Orlando. Um wie viel Uhr kommt Daniela denn?«

»Ich habe ihr gesagt, sie soll gegen neun kommen. Falls sie noch Hilfe bei der Frisur brauchen sollte, ist dann noch Mammas Friseur da.«

»Wieso, war sie denn vorher nicht selbst beim Friseur?«

Egal wie sehr sie sich bemühte, Matilde schaffte es nicht, den Mund zu halten.

»Aber sie kommt doch aus Bari, Mamma … bei dem Wind … bleib ruhig, es ist ihr halt wichtig.«

»Meine Schwägerin gefällt mir jetzt schon«, spottete Damiano.

»Hör schon auf. Wir müssen uns außerdem noch absprechen, wann du die Umschläge entgegennimmst, damit wir nichts Peinliches im Festsaal veranstalten.«

»Keine Sorge. Chiara hat einen netten Korb gefunden, wo sie reingelegt werden können.«

Matilde sagte nichts mehr. Sie ließ sie reden, während sie ihre Kekse in die Milch tunkten, und ihr kamen sie endlich wie die Jungen vor, die sie gern gehabt hätte. Wie Ninella war auch sie nie eine liebevolle Mutter gewesen. Sie stellte ein paar Mandelkekse auf den Tisch, mehr konnte sie nicht tun, um um Vergebung zu bitten. Dann las sie laut den »Stundenplan« für den Morgen vor: Make-up und Friseur für sie, Friseur für die Jungs, Fotoreportage im Haus während der Vorbereitungen, im Spiegelsaal den Verwandten Erfrischungen anbieten (von der Putzfrau serviert) und am Ende die Kirche.

Als er diese Liste hörte, wurde Damiano bewusst, dass er tatsächlich nicht bereit war. Seit Monaten hatte er alles delegiert, ohne je zu widersprechen, nur gegen das Risotto mit Spargel hatte er rebelliert. Jetzt musste er ein sehr komplexes Auto fahren, von dem er praktisch keine Ahnung hatte und mit dem er alle überfahren könnte.

Er hatte das Bedürfnis, sich ein paar Minuten zu konzentrieren, und beschloss, hinunter in den Partykeller im Alpenstil zu gehen. Zwischen den Holzwänden und dem ausgestopften Hirsch fühlte er sich immer wohl.

Er machte den größten Fernseher des Hauses an – 72 Zoll – und versuchte, sich abzulenken, aber schaffte es weder, sitzen zu bleiben, noch ein vernünftiges Programm zu finden, nicht mal eine Kochsendung. Er lief auf und ab, kratzte sich am Kopf, machte sich Sorgen, dass Alessia sich noch einmal melden könnte. Kurz darauf folgte ihm Orlando. Damiano hätte es bis vor wenigen Stunden niemals gedacht, aber gerade fühlte sich alles so verändert an, dass er es plötzlich für möglich hielt, seinem Bruder alles zu gestehen. Er rang noch nach Worten, als Orlando ihm zuvorkam.

»Weißt du, Damiano, ich bin schwul.«

Damiano fühlte sich, als hätte er einen lauten Schuss gehört, und hatte Panik, dass der ganze Ort Zeuge geworden war. Zum Glück befanden sie sich im Keller.

»…«

»Ich bin schwul und ich weiß genau, dass du es weißt. Ich sage es dir, weil du mein Bruder bist, und entschuldige, wenn ich es an einem für dich so wichtigen Tag tue, aber es war meine letzte Chance. Ich habe schon vorher daran gedacht, beim Frühstück …«

»…«

»… da waren wir wie zwei normale Brüder. Aber dass du mich magst, genügt mir nicht. Du musst mich mögen für das, was ich bin, und du musst wissen, wer ich bin.«

Damiano sagte nichts. Er hielt den Blick auf den Fernseher geheftet und bemühte sich, seinen Gesichtsausdruck zu kontrollieren, während sein Gesichtsausdruck langsam in Panik abglitt.

»Nur die Ruhe, Damià. Es weiß niemand. Und Daniela ist mein Hochzeitsgeschenk an dich.«

»Aber weiß sie, dass du …«

»Sie weiß es, weil sie lesbisch ist. Und heute tun wir so, als seien wir verlobt. Mach dir keine Sorgen, wir haben geprobt. Entspann dich … und hör auf, ständig umzuschalten …«

»Und man sieht ihr nicht an, dass sie …«

»Nein, man sieht ihr nicht an, dass sie lesbisch ist. Es haben ja nicht alle kurze Haare und sind ungeschminkt, hast du noch nie Jodie Foster gesehen? Wo lebst du denn?«

»In Polignano.«

»Das sagt man doch nur so!«

Der Schock war so groß, dass Damiano anfing zu stottern. Dass sein Bruder schwul war, hatte er immer absichtlich übersehen, indem er ihn über Jahre aus seinem Leben ausgeschlossen hatte. Er hatte ihn nie eingeladen, mit ihm und den Cousins auszugehen. Er hat ihn nie einbezogen. Er hat ihn nie in Bari besucht. Er hatte nie nachgefragt, warum er nicht mit ihnen Kicker gespielt hat.

Im Ort wäre es kein großer Skandal gewesen, aber er hatte es immer schon vorgezogen, kein Risiko einzugehen.

Während sein Bruder ihn ansah, ohne ein Wort zu sagen, begriff Damiano, dass nur jemand, der einen liebt, eine Pseudoverlobte als Hochzeitsgeschenk mitbringt.

Der Bräutigam wusste nicht mehr, welche Kanäle er noch suchen sollte, und blieb deswegen auf einer Verkaufssendung für Messer hängen, und beim Anblick der synchronisierten Sendung bekam er einen Lachanfall. Darin lagen Jahre voller Missverständnisse und das Bewusstsein, dass diese Zeit jetzt vorbei war.

»Gut, dass du lachst, Damiano, denn ich bin nicht traurig. Ich bin glücklich, schau mich mal an … die Messer von Miracle Blade haben dich doch noch nie interessiert, los … aber ich wäre noch glücklicher, wenn du mich so akzeptierst, wie ich bin, auch wenn wir es niemandem erzählen. Akzeptierst du mich, Damiano? Akzeptierst du mich?«

Aber Damiano hatte den Fernseher ausgeschaltet und konnte nicht antworten.

Kapitel 26

Er sah sie in der vierten Reihe auf ihrem üblichen Platz sitzen.

Sie hatte den Kopf nach hinten gelegt, als schliefe sie. Bevor sie ihre Strähnchen legen ließ, hatte Ninella das Bedürfnis gehabt, einen Augenblick allein zu sein. Mit San Vito hatte sie im Moment abgeschlossen, da der Wind sich nicht gelegt hatte, aber es war der Tag des »Rennens« und sie musste ihm so positiv wie möglich entgegentreten.

Don Mimì machte ein Gesicht wie jemand, der im Lotto gewonnen hat, es aber niemandem erzählen will. Er spürte einen Druck auf dem Magen, den er loswerden wollte, und nur Ninella konnte ihm dabei helfen. Er hatte viele Fehler gemacht. Seit einem Tag war er sich dessen bewusst, seit Damiano ihm seine Kälte als Vater aufgezeigt hatte. Er hatte ihm die Liebe nicht beigebracht, sondern Kompromissfähigkeit. Und auch wenn Kompromisse manchmal unausweichlich waren, so konnten sie nicht immer die erste Wahl sein. Sein Sohn hatte nie versucht zu kämpfen, weil er als Vater es ihm nie beigebracht hatte. So war ihm alles leichtgefallen, oder er hatte seine Pflicht getan. Oder er hatte es mit Geld geregelt.

In diesem Moment hatte Don Mimì das Bedürfnis, sein Schicksal wieder in die Hand zu nehmen und endlich mit dieser Frau, die er immer nur von weitem geliebt hatte, ins Reine zu kommen. Er hoffte immer, sie in der Kirche zu treffen, aber er erriet nie die genaue Zeit. Viele im Ort glaubten, er wäre schrecklich fromm, dabei war er einfach nur verliebt. Er lebte ganz besessen von diesen Grüßen am Ende der Sonntagsmesse, bei denen sie sich nie viel sagen konnten. Auch wenn es viele Gelegenheiten gegeben hatte, seit ihre Kinder verlobt waren.

Aber die Grimassen der First Lady ruinierten jedes Mal jegliche Art von Annäherungsversuchen. Ihre Verbundenheit zeigte sich im Moment der Kommunion. Ninella ging zuerst, Mimì immer etwas später und immer hinter Matilde, so dass sich ihre Wege kreuzten, wenn er zur Bank zurückging. Und auch wenn Ninella ihn nicht direkt ansah, spürte er ihren Blick und hoffte, dass sie sein Eau de Cologne roch. Dieses kleine Ritual beruhigte ihn, erneuerte ein Versprechen, das ungerechterweise gebrochen worden war. Es gibt Liebesgeschichten, die sich stur einem Ende verweigern, die einen wie eine Krankheit quälen. Die von Mimì und Ninella war so eine: ein Duett ohne Stimme und ohne Zukunft. Nur eine Erinnerung, die wie immer alles verstärkt. Jetzt war diese Vergangenheit plötzlich wieder präsent, in einer Kirche, die zwar nicht sie beide, dafür aber ihre Kinder vereinen würde.

Don Mimì kam langsam näher und legte ihr eine Hand auf die Schulter. Er träumte seit Jahren davon, sie noch einmal zu berühren.

»Was machst du hier, Mimì?«

»Ich brauchte etwas Ruhe.«

»Mir gefällt diese Ruhe auch ... so kann ich ein bisschen Kraft sammeln. Bald werden wir uns mitten im Trubel befinden.«

»Wie geht's meiner Schwiegertochter?«

»Ein bisschen nervös, aber sie ist wunderschön ... sie wirkt wie ein Star, so sehr wie sich alle um sie kümmern ...«

»Und wie geht's dir wirklich?«

Er setzte sich neben sie, ohne um Erlaubnis zu fragen, und

Ninella wich aus. Der Tag war gekommen und sie war voller Angst.

»Was soll ich dir sagen? Dass es mir schlecht geht? Dass ich einsam bin? Nein, das sage ich dir nicht, weil es nicht wahr ist.«

»Ich sage es dir aber: Mir geht es schlecht und ich bin einsam.«

»Das interessiert mich nicht mehr.«

»Das stimmt nicht. Ich kenne dich doch, Ninella.«

»Und genau da irrst du dich: Du kennst mich nicht. Du hättest mich kennenlernen können, das ja. Aber du hast den einfacheren Weg vorgezogen.«

Es war, als hätten sie sich nie getrennt.

»So ist es nicht gewesen.«

»Mich interessiert nicht, ob es anders gewesen ist. Verstehst du, dass es sinnlos ist, darüber zu sprechen?«

»Ich weiß, aber ich muss es dir trotzdem erklären.«

»Mimì, du musst gehen ... bald kommen die Leute.«

»Sag mir zuerst, ob du mir verzeihst.«

»Was nutzt das? Dir das Gewissen zu erleichtern? Na dann verzeihe ich dir. Aber nur, weil du akzeptiert hast, dass mein Bruder Chiara zum Altar führt. Ansonsten ist das eine so alte Geschichte, dass ich mich nicht einmal mehr daran erinnere.«

Das war ein boshafter Schlag. Aber heute, an diesem Tag der Abrechnung, hatte Ninella das Gefühl, vor nichts mehr Angst zu haben. Don Mimì spürte den Schlag und hielt sich an seinem Schnurrbart fest. Er fühlte sich, als wäre er niedergeschlagen und getreten worden, aber er hatte es verdient. Ninella zeigte sich langsam ungeduldig, während er noch weiter mit ihr sprechen wollte. Er versuchte, ihre Hand zu berühren, aber sie zog sie zurück und stand auf.

»Ich muss gehen, Mimì. Ich habe allen versprochen, pünktlich zu sein, da darf ich jetzt nicht zu spät kommen.«

»Aber es ist noch Zeit ...«

»Wenn man sich nur um einen Schnurrbart kümmern muss, schon.«

»Ach komm, fünf Minuten.«

»Ich kann nicht. Außerdem haben wir das, was wir einander sagen müssen, bereits gesagt.«

Sie machte noch einen Schritt zurück und Don Mimì versuchte, sie festzuhalten.

»Bleib«, sagte er zu ihr, »bleib hier.« Aber Ninella dachte jetzt nur noch an die Zukunft ihrer Tochter. Sie betrachtete ihn einen Augenblick ohne jede Emotion und setzte die Maske auf, die sie seit Jahren begleitet hatte.

Sie liebte ihn immer noch, aber sie konnte es ihm nicht sagen, konnte ihn nicht mehr ansehen. Sie wollte ihr Leben nicht in einem so heiklen Moment in Aufruhr bringen, dazu das Risiko, dass die Signora Labbate eintrat und dann alles weitererzählte. Sie verließ die Kirche so eilig, dass sie das Kreuzzeichen machte, ohne sich dabei umzudrehen. Sie verabschiedete sich mit einem in die Luft gehauchten »Ciao« von Don Mimì wie eine alte Schauspielerin, die weiß, dass sie immer noch angesehen wird.

Er sah sie verschwinden, aber fühlte sich, also ob sie ihn nie verlassen hätte.

Er blieb reglos auf dieser Bank sitzen, schaute auf den Altar und dachte daran, wie sich genau dort alles verändert hatte.

Er schaute immer noch ins Leere, als er hörte, wie die Tür geöffnet wurde. Bald würde sich die Kirche mit Lärm, Durcheinander und weißen Callas füllen.

Die Flowerdesignerin von Giovinazzo Bouquet war gekommen und erklärte ohne viel Aufhebens, dass die Kirche »für eine private Feier reserviert« war. Er war zu erschrocken, um zu diskutieren. Er schaute auf die Uhr. Es wurde spät. Es war ihm egal, dass Matilde ihn sicher suchen würde oder dass Cosimo gerade Damianos Krawatte knotete.

Für ihn war das Fest bereits gelaufen.

Kapitel 27

Als sie zurückkam, fühlte sich Ninella nicht mehr wie die Königin des Hauses.

In der Küche herrschte Chaos, verursacht von einer Reihe Profis. Mariangela war so etwas wie Chiaras persönliche Assistentin. Sie hielt ihre Hand, beruhigte sie mit einem Blick, während die sich ganz Pascal auslieferte, dem Visagisten-Friseur-Psychologen-Weddingplanner, der gerade Chiaras Lippen schminkte, und zwar am Fenster, weil er nur mit natürlichem Licht arbeitete. Mit jedem Pinselstrich machte er eine seltsame Grimasse, was sie zum Lachen brachte. Oder vielleicht wurde sie auch nervös, und deswegen erschien ihr alles entweder dramatisch oder komisch, je nachdem. Pascal dagegen nahm alles schrecklich ernst: »Es ist ver-bot-en, beim Make-up der Braut Fehler zu machen: Die Leute schauen zuerst ins Gesicht, dann auf das Kleid, wenn also das Make-up perfekt sitzt, wird die ganze Hochzeit perfekt!«

Das hatte er Chiara schon bei ihrem ersten Treffen gesagt, und hinter diesen apokalyptischen Tönen hatte sie einen Messias gewähnt. Sie hatte ihm so sehr vertraut, dass sie nicht einmal über den Preis des Hochzeitspakets diskutiert hatte, was Folgendes einschloss: komplette Enthaarung, Gesichtsreinigung, entspannende Hand- und Fußmassage, Probe-Make-up, zwei Probefrisuren, finales Make-up und Frisur. Als sie einwarf, dass viele Bräute, mit denen sie sich im Internet ausgetauscht hatte, zuerst frisiert und dann geschminkt wurden, hatte er ihr entgegnet: »Wenn du dich für Pascal entschieden hast, musst du Pascal vertrauen. Ich ziehe es vor, mir immer die Zeit zu lassen, das Make-up neu zu machen, denn kaum dass die Mutter kommt … die Schwester … die beste Freundin … fängst du an zu weinen und meine Arbeit segnet das Zeitliche … verstanden?«

Nancy betrat die Küche, »pretty in pink« gekleidet, weil sie glaubte, sie sei an der Reihe. Sie trippelte auf der Stelle und dachte an nichts anderes als das Make-up für die »Nancy Casarano Show« in der Kirche. Sie wollte die Augen à la Amy Winehouse geschminkt haben, weil es sich nicht nur um eine Hochzeit handelte, sondern um ein Livekonzert. Es war aber noch zu früh, also gurgelte sie weiter mit Wegrauke, dem »Sängerkraut«.

Der Wind schlug immer noch gegen die Fensterläden, auch wenn Chiara ab und zu das Gefühl hatte, ihn nicht zu hören. Nur Zia Dora verstärkte ihn mit einer Liveberichterstattung, »Gerade hat er sich etwas gelegt, jetzt frischt er wieder auf«, bei der man nie wusste, auf welcher Seite sie war. Da ihr bordeauxroter Morgenmantel ihr seltsame Schatten verlieh, befahl Pascal seinem Assistenten, die Signora zu schminken, weil es langsam spät wurde.

Mariangela fuhr zur Kirche und zurück, um nachzusehen, wie weit sie mit den Callas und der Dekoration waren, und sie übertrieb leicht mit der Aussage, es sehe schon traumhaft aus. Die »Gazzettino di Polignano« verbreitete dagegen die Nachricht, dass es für die Gäste in der Masseria San Nicola ziemlich eng würde, da sie wegen des Windes den Garten nicht nutzen konnten.

Ninella wusste inzwischen, dass sie sich nur dem Schicksal anvertrauen konnte. Sie hatte sich bemüht, ihr Bestes zu geben, und hatte ein reines Gewissen. Sicher war ihr Herz noch in Aufruhr, aber all die Hektik rund um Chiara machte sie stolz.

Pascal hatte sie mit Beschlag belegt, sagte »dreh dich hierhin«, »dreh dich dorthin« und steckte ihr die Haare mit Haarnadeln auf. Ninella beobachtete ihre Tochter, die sie schon wieder so fragend ansah – bist du glücklich? –, und ihr traten Tränen in die Augen. Auch unterdrückten Tränen muss man früher oder später Tribut zollen. Es war Zia Dora, frisch gepudert, die ihr demonstrativ ein Taschentuch reichte, damit es alle merkten. Aber es war der Tag der Hochzeit, Tränen gehörten dazu.

Chiara blickte zu ihrer Mutter und versuchte, an ein paar Witze der Kabarettistin Littizzetto zu denken, aber das reichte nicht. Auch an ihrer Wange floss langsam und unerbittlich eine Träne entlang und wurde von einer fast chirurgischen Geste Pascals aufgehalten: »Hör mir gut zu: Von mir aus kannst du von jetzt bis heute Abend heulen … ohne Pause … aber dann erzähl mir nachher nicht, dass du auf den Fotos schrecklich aussiehst.« Die Terrormethode war die einzige, die bei Bräuten unfehlbar wirkte. Nur wenn man sie terrorisierte, schaffte man es, dass sie den restlichen Tag nicht mehr weinten. Eine Grundierung, die in einem Tal der Tränen verschwindet, ruinierte einem auf Jahre hin den Ruf.

Jetzt war die arme Nancy fast verzweifelt. Ihre Stimmbänder fühlten sich nicht optimal an. Es musste an der Kombination Wind/Jogging liegen, die ihnen den Gnadenstoß versetzt hatte, auch wenn es sich nur um eine leichte Schwächung der Stimme handelte. Die beste Therapie, das wusste sie, war Schweigen, weswegen sie mit Carmelina nur noch über WhatsApp kommunizierte und sie mit einem Foto von Chiara, ihrer Mutter und Zia Dora auf den neuesten Stand brachte. Sie hatte auch heimlich eines von Pascal gemacht.

Zu sehen, wie die Vorbereitungen bei allen vorangingen, machte Ninella ein bisschen nervös. Sie verließ ihre Küche, die jetzt ganz vom Brummen des Föhns erfüllt war, und ging in ihr Schlafzimmer.

Sie öffnete den Schrank, nur um sicherzustellen, dass ihr Kleid noch da war, der flatternde Chiffon. Als sie es entworfen hatte – sie hatte sich von einem alten Foto von Susan Sarandon inspirieren lassen –, hatte sie nur an zwei Worte gedacht: »Trau dich«. Und so hatte sie sich auf ein mutiges Valentinorot eingelassen. Sie ließ den Schrank offen, setzte sich aufs Bett und betrachtete es von dort.

Sie hatte noch keine Zeit gehabt, das Treffen mit Don Mimì zu verdauen, aber sie hatte entschieden, dass das Thema jetzt abgeschlossen war. Aber es tat ihr auch ein bisschen leid, ihn so behandelt zu haben. Sie war zu hart gewesen. Denn Ninella wusste, was diese Blicke bedeuteten, die er ihr jeden Sonntag zuwarf. Sie hatte ihm vorgemacht, dass sie noch da war, dass sie immer da sein würde.

Sie hätte gern noch mal mit ihm gesprochen, um ihre Worte zu erklären, aber das ging jetzt nicht mehr. Sie würde alles auf Gesten verschieben oder auf den glücklichen Zufall, ihn noch einmal allein zu treffen. Tatsächlich vermisste sie ihn bereits.

Während sie das Kleid behutsam aufs Bett legte, erinnerte sie sich an eine Begebenheit von vor vielen Jahren. Sie öffnete die letzte Schublade der Kommode und steckte die Hand hinein, bis sie hinten die Schublade berührte, sie suchte, ohne nervös zu werden, ganz ruhig, weil sie sich eindeutig daran erinnerte. Sie fand eine kleine Schachtel, die sie nur an traurigen Tagen öffnete. Und da war sie: eine Kette aus Korallen mit einem goldenen Verschluss. Das erste Geschenk von Don Mimì. Vielleicht war es ein zu sommerliches Schmuckstück, vielleicht passte es nicht gut zu den Ohrringen und dem Armband, aber Ninella hatte das Gefühl, keine Wahl zu haben. Das würde ihre Liebeserklärung. Das würde ihr Ehering.

Aus der Küche hörte sie lautes Lachen, so dass sie schnell hinunterlief. Zio Modesto parodierte seine Frau, wie sie von Castelfranco Veneto und ihren Ayurvedamassagen erzählte. Und Zia Dora amüsierte sich unglaublicherweise.

»Aber bin ich wirklich so, Ninella?«

»Manchmal bist du sogar noch schlimmer, glaub mir …«

Ein eisiger Augenblick ließ das Zimmer erstarren, mit der Ausnahme von Pascal, der wie ein Panzer weitermachte.

»… aber du meinst es ja nicht ernst, das wissen wir doch alle …«

Die Küche atmete endlich wieder auf, und Zia Dora ließ es damit gut sein. Ja, sie tat sogar so, als sei sie nicht böse.

»Aber wann zeigst du uns denn endlich dein Kleid, Ninella?«

»Das einzige Kleid, das man sehen muss, ist das von Chiara.«

Aber nachdem sie das gesagt hatte, nahm sie Zia Dora an der Hand und führte sie in ihr Schlafzimmer. Das war ihre Art, sie um Entschuldigung zu bitten, und die Schwägerin nahm sie an, indem sie alle paar Sekunden »Was für ein Traum« sagte. Und während die beiden das Kriegsbeil begruben und sich ein bisschen entspannten, klopfte Zio Franco zwei Stunden früher als geplant an die Tür.

Er war ganz angespannt, wegen der Ehre, die er nicht zu verdienen glaubte und der er nicht gerecht zu werden befürchtete: Wie führt man eine Braut zum Altar? Lächelt man dabei? Wie geht man richtig? Man musste fast Mitleid mit ihm haben, so wie er angezogen war: ein Vertreter auf dem Weg zu seinem ersten Verkaufsgespräch. Aber Dankbarkeit strahlte aus allen Poren, und seine Augen leuchteten wie die von jemandem, der nie gedacht hätte, Vergebung zu verdienen. Seine Schwester vergab ihm tatsächlich nicht: Als sie ihn mit diesen alten Schuhen sah, wusste sie, dass man dafür eine Lösung finden musste. Sofort. Selbst Pascal schaltete den Föhn aus, um sein Befremden kundzutun.

Kapitel 28

Was meinst du damit, du hast ihm alles erzählt?«

»Alles. Ich habe ihm alles erzählt.«

»Von dir?«

»Von mir. Und auch von uns.«

»Du hast Damiano also erzählt, dass ich nicht deine Freundin bin? Und dass du schwul bist?«

»Genau.«

»Du bist verrückt. Und wie hat er es aufgenommen?«

»Gut. Im Grunde wusste er es ja … obwohl ich nicht sicher bin, ob er es wirklich begriffen hat … aber heute Morgen hat er sich das erste Mal wie ein Bruder angefühlt.«

»…«

»Vielleicht begreift man etwas immer erst am letzten Tag, wie wenn man im Urlaub Leute kennenlernt.«

Daniela war sprachlos, strahlte jedoch. Fast ein wenig zu sehr. Sie trug ein fluoreszierendes Kleid. Eine fuchsiafarbene Stola bedeckte ihre Schultern. Die Schuhe, Tasche und der Schmuck wirkten wie ein Triumph des Goldenen Zeitalters. Sie wollte weiblich wirken, aber vielleicht hatte sie übertrieben. »Du siehst aus wie Ru Paul«, dachte Orlando, aber er sagte es ihr nicht. Er war nach Mola gefahren, um sie abzuholen und um noch ein bisschen Zeit fern von neugierigen Blicken zu haben. Nach einer Limo bei Gegè setzten sie sich auf eine Bank, um noch mal alles durchzugehen. Am Ende hatten sie beschlossen:

- dass sie sich im Trappeto in Monopoli kennengelernt hatten, an einem höllisch heißen Abend, und er hatte ihr einen Gin Tonic ausgegeben
- dass sie sich aus den Augen verloren hatten, weil er ihre Nummer undeutlich notiert hatte und über Wochen jemand anderem SMS geschickt hatte
- dass sie sich an der Universität wiedergetroffen hatten, bei der Klausur zu Privatrecht, und dass es da so richtig gefunkt hatte
- dass ihr Lied *I will survive* von Gloria Gaynor war
- dass sie noch Zeit zum Heiraten hatten
- dass sie noch Zeit hatten, bis sie Kinder wollten, aber bereits einen Namen für eine Tochter im Kopf hatten: Rosa.

Sie wussten, dass viele ihnen Fragen stellen würden, deswegen wiederholten sie ihre Antworten noch einmal laut, als müssten sie vor Gericht aussagen. Auf eine gewisse Art war es ja auch so.

Orlando war schon perfekt in seinem Smoking, auch wenn die Rose am Jackett noch fehlte und er mit *Terre d'Hermès* etwas übertrieben hatte. Wenn man sie so betrachtete, waren sie nur ein bisschen auffallend. »Wie verliebt die doch sind«, dachte der Barista, als er ihnen zwei kleine Espresso servierte, ohne zu begreifen, dass Orlando ihn anbaggerte.

Zum Glück rief ihn sein Bruder an, der wissen wollte, wie weit er war. Eigentlich wollte er nur sichergehen, dass Daniela angekommen war. Aber nach dem Geständnis im Alpenkeller war für Orlando alles viel einfacher geworden. In der Hektik der Vorbereitungen hatte er nicht einmal mehr an den Namenlosen gedacht. Nach der »Taralli & Champagner«-SMS waren noch ein paar angekommen, das war mehr als genug, um die nächsten Stunden zu überstehen. Unglückliche Liebe ist aber immer ein bisschen giftig und braucht ständige Bestätigung, und schon auf dem Weg nach Hause war er wieder versucht, auf sein WhatsApp zu schielen.

Sie kamen in Polignano an und es schien, als sei es das Fest von San Vito, was ihn etwas rührte. Es war halt immer noch sein Heimatort, und den Ort, an dem man geboren wurde, liebt man immer, selbst wenn man zerstritten ist. Auf den Straßen herrschte bereits ein Hin und Her von geschäftigen Leuten, manche sogar schon bereit, sich zu zeigen, andere bereit zum Ausspionieren, wer da war und wer nicht, dazu die üblichen Deutschen in kurzen Ärmeln.

Der Mistral bewegte Danielas Stola unentwegt. Orlando nahm sie an der Hand und zwinkerte ihr zu, auch wenn sie ihm vorkam wie Nofretete zu Besuch im Tigristal.

Casa Scagliusi erinnerte heute mehr ans »Teatro Petruzzelli« denn je: Ein roter Teppich bedeckte den Bürgersteig und Blumen, Dekoration und hektisches Treiben beherrschten die Szene. Heute hatten sie sogar den Kode für den Aufzug deaktiviert, so dass jeder ihn problemlos benutzen konnte. Daniela war ein bisschen aufgeregt, und als sie Orlando, bevor sie eintraten, fragte: »Wie sehe ich aus?«, drehte er sie zum Aufzug und sagte: »Ich würde sagen, ganz toll.«

Während im Spiegelsaal die ersten Gläser klirrten, stand Damiano steif in seinem Anzug da, ganz schön weit abseits, dafür dass er der Bräutigam war, und sagte zu allen »vielen Dank«. Er sprach schneller als üblich, um nicht zu stottern.

Don Mimì war sensationell zu spät dran. Als er ohne Erklärung zurückgekommen war, war er nach oben gegangen, um noch einmal zu duschen. Er wollte vergessen, wie Ninella ihn behandelt hatte. Vor Nervosität hatte er sogar einen Frosch im Hals. Er fühlte sich dumm und überfordert. Ein Versager von vierundfünfzig Jahren, der versuchen musste, zu reagieren.

Deswegen pflegte er sich und seinen Schnurrbart, als müsse er zum wichtigsten Treffen seines Lebens.

Im Spiegelsaal befand sich auch die First Lady in einer Krise. Sie war nicht mehr von ihrem Kleid überzeugt. Ein graues Kostüm bester Machart, aber ohne Fantasie, bereit, zusammen mit ihr im Wachsfigurenkabinett ausgestellt zu werden. Sie hatte es allein gekauft, in einem Geschäft für Festkleidung, und hatte sich ganz in die Hände der Verkäuferin begeben. Die Uhr aus Weißgold reichte nicht aus, um diese Wahl aufzuwerten. Die einzige Sicherheit, die sie noch hatte, während sie die Putzfrau anwies, war das Buffet für Freunde und Verwandte. Ein Triumph aus regionalen Produkten. Nach wochenlangen Zweifeln, während derer sie sich mit niemandem ausgetauscht hatte, hatte sie beschlossen, Kaviar und Lachs zu meiden, um nicht wie eine Bäuerin dazustehen. Irgendwann wurde sie von einem grünen Fleck abgelenkt, der auf Stelzen herumspazierte, und ihr wurde klar, dass Orlando angekommen war.

»Mamma, das ist Daniela.«

»Daniela, ich kann gar nicht glauben, dass du tatsächlich gekommen bist … musst du dich noch umziehen?«

»Nein, eigentlich nicht …«

»Ah, umso besser. Du siehst sehr gut aus. Das ist ja wirklich eine nette Überraschung.«

»Und Orlando hat mich überrascht, weil er mich zu diesem für euch so wichtigen Tag eingeladen hat.«

Matilde bemühte sich, ihren Gesichtsausdruck zu kontrollieren, aber ein böser Blick auf den Sohn entwischte ihr doch. Besser allein als mit einer so übel aufgetakelten Frau mit einem zu auffälligen Kleid und zu großem Schmuck. Ihr wurde klar, dass sie im Moment nichts tun konnte, deswegen beschränkte sie sich darauf, passende Worte zu murmeln und nach einer

Idee zu grübeln. Sie glitt durch die neuen Verwandten, die der Aufzug in einem stetigen Rhythmus ausspuckte.

Nachdem sie bei einer ihrer Schwestern ein bisschen Dampf abgelassen hatte, merkte sie, dass der Bräutigam verschwunden war. Also ging sie in die obere Etage, um herauszufinden, was los war. Als sie ins Zimmer trat, sah sie Don Mimì und Damiano nebeneinander auf dem Ehebett sitzen. Sie waren so elegant, wie sie sie noch nie gesehen hatte: Damiano im schwarz gestreiften Anzug mit champagnerfarbener Krawatte, die Locken vom Friseur gebändigt, Don Mimì im Nadelstreifenanzug, die Haare voller Brillantine und den Schnurrbart frisch gelegt.

»Versprichst du es mir?« Mehr hörte sie nicht. »Versprichst du es mir?«, sagte er, während der Bräutigam nickte. Als sie sie sahen, lächelten sie nervös.

»Daniela ist angekommen, die Freundin von Orlando«, sagte sie, um ihr Auftauchen auch vor sich selbst zu rechtfertigen. Und die beiden, noch von diesem Geheimnis abgelenkt, standen rasch auf, als hätten sie das Bedürfnis, das Thema zu wechseln. »Sie fällt ein bisschen auf«, sagte sie auf der Treppe, und Damiano erschien das eine gute Neuigkeit.

Als er sie dann jedoch sah, war er eher perplex, sie sah aus wie ein Flittchen, wenn auch schick gemacht, und sie bewegte sich, als habe sie noch nie hohe Absätze getragen. Er sah seinen Bruder an und lächelte. Ihm wäre so etwas niemals eingefallen, und Daniela war zwar ein bisschen absurd, aber eine glaubwürdige Verlobte. Er machte seiner Mutter ein Zeichen, sie solle es gut sein lassen, während Don Mimì von der zukünftigen Schwiegertochter begeistert war und sie Onkel, Tanten und Cousins als »Orlandos Freundin« vorstellte.

Derjenige, der die Nase am stärksten rümpfte, war Cosimo, er war zu erfahren, um nicht zu merken, dass da etwas faul war, vor allem diese Geschichte, dass sie schon einen Namen für eine Tochter hatten. Damiano hatte es vorgezogen, ihm nichts anzuvertrauen, da er sich nicht einmal selbst die Wahrheit über seinen Bruder eingestehen wollte. Aber er begriff, dass er mitspielen musste. Er näherte sich ihr, gab ihr zwei Küsschen und überzeugte sich davon, dass sie seine zukünftige Schwägerin sei: »Ich wusste, dass Orlando einen ungewöhnlichen Geschmack hat«, sagte er ihr und zwinkerte ihr zu, was die Verwandten als Kritik an ihrem Kleid interpretierten. Zum Glück waren sie fast vollständig von den regionalen Spezialitäten eingenommen.

Zu sehen, wie sich die Schüsseln leerten, beruhigte Matilde, der mehr als allen anderen daran lag, dass dieser Tag gut lief. Sie entspannte sich erst, als sie merkte, dass Damiano sich endlich in seiner Hauptrolle wohlfühlte. Die Ankunft Danielas hatte ihn beruhigt. »Na los, lass uns ein Foto von uns dreien machen«, sagte er ihr und holte sein Handy hervor. Es dauerte ein bisschen, bis sie ein Bild hatten, auf dem alle drei gut aussahen, und als er sah, wie gekünstelt sie zu dritt wirkten, merkte der Bräutigam, dass er gern ein Foto nur mit seinem Bruder hätte.

Kapitel 29

Nach einer Stunde totaler Anarchie schien das Haus wieder unter Ninellas Kontrolle zu sein.
Wie üblich war sie es, die die Stimmung dominierte. Pascal hatte sie zuerst geschminkt und dann toupiert, ohne die Strähnchen von Lucia Coiffeur zu kommentieren. Er hatte ihr nur eingeschärft, nicht alles zu ruinieren, indem sie ständig an ihren Haaren herumfummelte, und sie hatte ihn etwas perplex angesehen. Sie hatte seit Jahren nicht mehr so gut ausgesehen, aber sie schaffte es nicht, mehr als »Danke« zu sagen. Sie war fest entschlossen, jetzt in Ruhe und ganz unauffällig dem großen Augenblick entgegenzufiebern. Ihr rotes Kleid widersprach dieser Absicht und verriet im Grunde viel mehr von ihr, als sie dachte. Aber Ninella war immer noch wütend auf die Welt, so dass sie sich keine Schwäche erlaubte und sich der Vorfreude und Aufregung nicht hingeben wollte. Die Hochzeit von Chiara und Damiano war ihre Rache, und Rache wird fehlerlos und emotionslos ausgespielt. Sonst ist es ein doppeltes Versagen.

Der Moment der Panik, den die Schuhe ihres Bruders ausgelöst hatten, war durch eine geniale und einfache Idee gelöst worden. Wären sie in irgendein Geschäft in Polignano gegangen, hätte sich sofort die Neuigkeit verbreitet, dass Franco nicht einmal vernünftige Schuhe besaß. Daher hatte Ninella ihren Stolz heruntergeschluckt und an die Tür von Signora Labbate geklopft: Deren Sohn arbeitete in Monopoli im »Mondo mocassino« und könnte ihnen helfen. Sie wusste, dass es riskant war, sich einer Vertreterin des »Gazzettino« anzuvertrauen, aber sie hatte keine Wahl. Signora Labbate fühlte sich durch dieses Vertrauen so geehrt, dass sie ihren Sohn anrief. »Dreiundvierzig, schwarz, festlich, ich brauche sie sofort.« Ninella hatte sie ungläubig angeschaut und gedacht, dass das Leben vielleicht doch nicht so feindselig war.

Nach einer halben Stunde tauchte Mario Labbate mit sechs Schuhen unterschiedlicher Form und Größe auf. In Ninellas Haus war daraufhin sofort eine Diskussion ausgebrochen, bei der alle gleichzeitig redeten, außer Zio Franco. Die hitzigsten waren Zia Dora und Nancy, die unbedingt das Paar mit der Schnalle wollten. Mariangela warf ein, dass die im englischen Stil nicht schlecht waren. Am Ende entschied Pascal: »Die einfachsten, ist doch klar. Oder wollt ihr, dass die Leute über die Schnallen des Onkels reden anstatt über Chiaras Schleppe?« Und damit war die Diskussion beendet.

Ninella war noch ganz beeindruckt von der Geste der Signora Labbate. Sie hatte es bereut, sie nicht zur Hochzeit eingeladen zu haben, aber jetzt war es zu spät. Sie würde noch einen Weg finden, ihre Schulden zu begleichen.

Zio Franco ging in der Küche mit seinen neuen Schuhen hin und her und fühlte sich unsicherer denn je, während Zia Dora den Kopf schüttelte und immer noch fand, dass die mit der Schnalle besser gewesen wären. Irgendwann führte Ninella ihn in Chiaras Zimmer, die hübsch und hektisch war, wie alle glücklichen Bräute. Vor ihren Augen ließ Ninella ihn den Einzug in die Kirche am Arm ihrer Tochter proben. »Du musst langsam, aber nicht zu langsam gehen«, sagte Ninella, als hätte sie schon immer Schauspieler dirigiert. »Und hör auf, ein Gesicht zu machen wie ein geprügelter Hund! Rücken gerade und los, Franco! Oder tun dir die Schuhe weh?«

Nancy streckte den Kopf rein, um zu verkünden, dass Vito Photographer angekommen war.

Chiara hatte ihr Kleid noch nicht angezogen, daher wurden sofort Pascal und Mariangela ins Zimmer beordert. Er hätte gern alles allein gemacht, weil das genau der Moment war, in dem die Mutter und die Trauzeugin zusammen die Katastrophe auslösen können: die Braut zum Weinen zu bringen. Aber Chiara schien ihre Lektion gelernt zu haben. *No more tears* war ihr Motto.

Pascal hielt ihre Haare hoch und benutzte ein Spray, das er wie eine Stichwaffe hielt. Mariangela und Ninella, deutlich gerührt, halfen, das Kleid anzuziehen. Chiara sah aus wie Sissi. Ninella dagegen fühlte sich wie Scarlett O'Hara, nachdem sie in Ungnade gefallen war und sich ein Kleid aus einem Vorhang genäht hatte. Schön, wunderschön, aber wenn man genau hinsah, erkannte man, dass es ein Vorhang war. Je näher der Zeitpunkt kam, umso stärker wurden die Zweifel an ihrem Kleid.

Nancy kam zurück und fragte, ob der Fotograf eintreten dürfe, und als sie ihre Schwester im Kleid sah, sagte sie nur: »Krass, Chiara, du siehst megageil aus«, und alle lachten. Eigentlich war Nancy angespannt, wegen ihres Auftritts, aber eine SMS von Tony – sie hatte ihm von ihrem großen Moment erzählt – hatte sie ein bisschen beruhigt. »Komme vielleicht vorbei«, hatte er ihr geschrieben, aber sie wollte sich nichts vormachen.

Ninella bat Vito nach oben, während Chiara ihn in all ihrer Pracht grüßte, als sei nichts gewesen. Sie wurde von Pascal ferngesteuert: »Jeden kleinen Fehler wirst du in Zukunft bereuen, wenn du dir das Fotoalbum ansiehst«, war sein letzter Ausspruch gewesen, und sie hatte beschlossen, alle Gefühle beiseitezulegen. Nacheinander rief Vito Ninella, Nancy, Mariangela und Zio Franco für erste Fotos mit der Braut. »So wärmen wir uns alle ein bisschen auf«, sagte er, und Pascal sah ihn verächtlich an.

Dann bat er darum, einen Moment allein mit Chiara bleiben zu dürfen, um ein paar Porträts ohne die anderen zu machen. Er musste reden, sich erklären, sich entschuldigen, und das war der einzige Augenblick, in dem sie unter sich sein konnten.

»Du bist wirklich schön, weißt du?«

»Das erzählst du allen Bräuten, nehme ich an.«

»Was sagst du denn da?«

»Gestern hast du mir einen Fleck auf dem Hals hinterlassen, der mich fast ruiniert hätte.«

»Sicher, dass ich es war?«

»Ich war's jedenfalls nicht.«

»Hast du es mit Essig probiert?«

»Ach, Essig ... jetzt sieht man ihn nicht mehr, Pascal hat mich gut geschminkt ... aber er ist trotzdem da.«

»Ich weiß nicht, was über mich gekommen ist ... entschuldige.«

»Schon gut, lassen wir das lieber ... da sind so viele Leute. Willst du jetzt diese Fotos machen oder nicht?«

Vito trafen diese Worte wie eine kalte Dusche, aber er reagierte gut. Wie alle Verführer interessierten ihn nur spontane Siege. Inzwischen klingelte Ninellas Telefon. Eine unbekannte Nummer.

»Pronto?«

»Wo bist du?«

»Was soll das heißen, wo ich bin? Wer sind Sie?«

Und während sie es aussprach, wusste sie es.

»Woher hast du meine Nummer?«

»In fünf Minuten kommen wir in der Kirche an, ihr könnt also bald losgehen. Wie geht's meiner Schwiegertochter?«

»Sie ist wunderschön, Mimì, wunderschön.«

Sie war so durcheinander, dass sie ganz vergaß, noch einmal nachzufragen, woher er ihre Handynummer hatte. Im Grunde war es ihr aber egal. Sie wollte Frieden schließen und auch Don Mimì hatte das an ihrem Tonfall erkannt. Sie sprachen über ihre Kinder, um das Gespräch noch etwas hinauszuzögern.

»Und bei euch, alles in Ordnung? Wie geht's Damiano?«

»Damiano geht's gut, auch wenn er jetzt ein bisschen aufgeregt ist. Und du musst Orlando mit seiner Freundin Daniela sehen! Es wird ein schönes Fest, Ninella, wir werden uns amüsieren.«

»Hoffen wir's, Mimì.«

»Du wirst wunderbar aussehen …«

»Na ja … ich habe mich bemüht, aber ganz überzeugt bin ich nicht.«

»Also, ich zweifle nicht daran.«

»Wenn du es sagst …«

»Entschuldige, wegen vorhin in der Kirche.«

»Nein, Mimì … du hast nichts falsch gemacht. Das war ganz normal …«

»Was heißt normal?«

»Es ist doch ganz normal, heute merkwürdig zu sein. Aber bald beginnt das Fest und jetzt zählt nichts anderes mehr.«

Sie legte auf und beschloss, nicht daran zu denken, aber im Spiegel sah sie ihre Korallenkette und es keimte neue Hoffnung in ihr.

»Es ist fast so weit«, sagte sie, als sie in Chiaras Zimmer trat, das rappelvoll wie eine Disco war. Alle bewunderten den tropfenförmigen Brautstrauß, den die Flowerdesignerin zusammen mit einer Karte der Schwiegermutter abgegeben hatte: »Beste Wünsche für eine glückliche Hochzeit«, hatte sie geschrieben. Und einen Augenblick lang war es Chiara eiskalt den Rücken runtergelaufen.

»Ist dieses Make-up nicht etwas gewagt, um in der Kirche zu singen?«, warf Ninella ein, als sie Nancys Augen sah.

»Ich wiederhole mich: Wenn ihr euch für Pascal entschieden habt, müsst ihr Pascal vertrauen. Niemals einem Mädchen, das bei der Hochzeit der Schwester singen soll, die Flügel stutzen«, entgegnete er pikiert.

Nancy liebte ihn bereits, ihre Mutter etwas weniger. »Wir müssen bald losgehen, weil die anderen schon da sind, sie haben angerufen«, sagte sie, um die Diskussion zu beenden.

Alle Frauen hatten das Bedürfnis, noch einmal einen Blick in den Spiegel zu werfen.

Alle Männer hatten das Bedürfnis, noch einmal auf die Toilette zu gehen.

Vito versuchte, ein paar Schnappschüsse für seine angekündigte Reportage zu machen. Chiara blieb einen Augenblick mit ihrer Schwester allein, die eindeutig aufgeregt war. Sie verbrachte die letzten Minuten damit, sie zu beruhigen.

»Hör mal: *Yes Jesus Loves Me* kennst du so gut. Wie oft hast du es schon gesungen?«

»Aber noch nie vor Publikum.«

»Aber das ist doch kein Publikum, das sind unsere Gäste!«

»Ich kenne noch nicht mal alle.«

»Wie soll ich mich denn da fühlen, wo ich doch die Braut bin?«

»Du bist wunderschön, Chiara. Du und Mamma seid die schönsten.«

»Und wo bleibt dann meine dünne Schwester?«

»Dünn??? Dann ist dir also aufgefallen, dass ich abgenommen habe?«

»Natürlich ist mir das aufgefallen … und ich habe mit dir gelitten, als ich all das gekochte Gemüse gesehen habe. Ich habe nur so getan, als wenn nichts wäre, damit du dein Ziel erreichst …«

Nancy begriff gar nichts mehr und wäre vor Glück fast umgekippt.

Die paar Oktaven wären kein Problem mehr. Vor Übereifer gab sie Chiara einen Kuss, der das Make-up etwas gefährdete, aber Pascal merkte nichts.

Ninella trieb alle an, sich zu beeilen, nur ihren Bruder behielt sie bei sich sowie Nancy und Chiara. Vito Photographer betrachtete die Braut durch das Objektiv, schaffte es aber nicht mehr, rechtzeitig abzudrücken.

Kapitel 30

Kaum aus dem Haus, hatte Chiara keine Angst mehr, sondern plötzlich das Gefühl, an einem freundlichen Ort zu sein.

Sie winkte der Signora Labbate zu, die gerührt am Fenster auf sie wartete. Auch Ninella grüßte sie etwas verlegen, aber sie hielt sich an Zia Dora fest, die ihr bereitwillig den Arm anbot. Der Mistral war noch da, aber man spürte ihn kaum noch.

Chiara hielt sich an Zio Franco fest und machte glückliche Schritte, während Nancy vor ihr ging und nach Carmelina Ausschau hielt, die ihr entgegenkommen wollte. Vor der Kirche war niemand mehr: Mariangela hatte auf Pascals Anweisung hin alle hineingescheucht, die Braut sollte ihren Auftritt schließlich nicht in einer halb leeren Kirche haben.

Ninella drückte ihrer Tochter die Hand und sagte nur: »Denk nicht drüber nach und lauf einfach los.« Dann ging sie mit Zio Modesto und Zia Dora und Nancy an der Hand über den Laufsteg. Das rote Kleid à la Susan Sarandon ließ jegliches Geflüster verstummen und traf Matilde wie ein Schlag.

Als er die Schwelle neben der Braut überschritten hatte, begann Zio Franco plötzlich zu zittern, aber er riss sich zusammen. Es trafen ihn weder Steine noch Beleidigungen. Nur Schweigen und die Töne der Orgel, die in seinem Kopf nach Vergebung klangen. Er nahm sie mit geradem Rücken an, mit Mut und Anerkennung, während er sich bemühte, Ninellas Tipps nicht zu vergessen.

Chiara neben ihm ging leichtfüßig, weniger wegen des Windes, sondern weil sie sich locker und entspannt fühlte.

Sie hatte gerade noch Zeit, die Calladekorationen zu sehen, und das war der Augenblick der größten Klarheit. Die Ellbogenstupser, als sie vorbeiging, bemerkte sie nicht, sie schritt langsam und selbstbewusst vor dem Clan der Scagliusi vorbei, der sie immer eingeschüchtert hatte. Doch jetzt war sie die Hauptdarstellerin und nichts auf der Welt konnte ihr die Freude an diesem roten Teppich nehmen, den sie und der Onkel mit einer gefassten Eleganz beschritten, während Ninella sie bewunderte, wohl wissend, dass alle sie anschauten.

Sie richtete nur kurz die Halskette, um sicherzustellen, dass sie noch da war. Nancy neben ihr strahlte in Rosa, war aber völlig aufgelöst. Die Vorstellung, dass das Zimmer ihrer Schwester jetzt leer blieb, hatte ihr den Boden unter den Füßen weggezogen. In den letzten Monaten hatte sie davon geträumt, es als Fitnessraum zu nutzen, mit Gewichten und Hometrainer oder vielleicht als Gästezimmer für ihre Freundinnen. Das interessierte sie jetzt nicht mehr. Ihre Schwester nun mit all der Eleganz, die sie selbst nicht besaß, strahlen zu sehen, machte ihr klar, wie wichtig sie ihr war. Und plötzlich vergaß sie selbst die Augen à la Amy Winehouse, so dass Pascal aus der Entfernung versuchte, sie zu beruhigen – Bitte jetzt nicht alles ruinieren! Sie suchte Trost und schaute ihre Mutter an, die die Braut ansah. Irgendwann spürte sie, wie Ninellas Hand nach ihrer griff, und sie packte sie so fest, dass es sich wie eine ganze Umarmung anfühlte. Sie hielten ihre Hände bis zum Ende der Zeremonie.

Auch die Augen des Bräutigams leuchteten, wenn auch in Richtung seines Cousins Cosimo, der auf alle möglichen Arten versuchte, ihn zum Lachen zu bringen. Orlando heulte ohne Zurückhaltung und Daniela versuchte angestrengt, es ihm nachzutun, aber sie machte sich mehr Sorgen wegen ihres fluoreszierenden Kleides. Matilde überlegte, ob das Kleid von Ninella außergewöhnlich schön oder außergewöhnlich ordinär war, aber sie konnte mit niemandem darüber diskutieren. Don Mimì litt von allen am meisten. Er hätte gern geweint, aber konnte nicht. Also kniff er sich fest ins Bein, so sehr, dass es fast wehtat, und sah auf die weiß gekleidete Braut und stellte sich vor, sie trüge Rot.

Alle im Ort, die ihre Geschichte kannten, und das waren nicht wenige, konnten es kaum erwarten, einen Blick zwischen den beiden zu erhaschen. Aber sie gaben sich Mühe, diese Neugier nicht zu befriedigen, als ob sie eine unausgesprochene Verabredung getroffen hätten, die nur zwischen den heimlich Verliebten gilt. Die beiden Brautleute wussten inzwischen offiziell Bescheid und waren stolz über dieses unerwartete Geschenk: die Wahrheit. Ninella hatte es Chiara auf der Treppe vor dem Haus erzählt, Don Mimì hatte mit Damiano auf seinem Bett geredet.

Es gibt Geschichten, die Dunkelheit und Ruhe brauchen. Wie manche Weine sind sie erst nach langer Zeit reif, erzählt zu werden. Dieses Geheimnis hatte Chiara und Damiano stärker und weniger ängstlich gemacht. Vielleicht auch verliebter. Auch deswegen versagte ihm die Stimme bei diesem Text, der einen immer berührte, egal, wie oft er schon wiederholt worden war.

»Ich, Damiano, nehme dich, Chiara, als meine Ehefrau. Ich verspreche, dir immer treu zu sein, in guten wie in schlechten T…«

»…«

»T…«

»…«

»T…«

»…«

»… Tagen, in Gesundheit und Krankheit, dich alle Tage meines Lebens zu lieben und zu ehren.«

Don Mimì betrachtete seinen Sohn und lächelte ihn an. Zum ersten Mal war ihm das Stottern völlig egal. Dann warf er Ninella einen Blick zu, den sie nicht erwiderte.

»Ich, Chiara, nehme dich, Damiano, als meinen Ehemann. Ich verspreche, dir immer treu zu sein, in guten wie in schlechten Tagen, in Gesundheit und Krankheit, dich alle Tage meines Lebens zu lieben und zu ehren.«

Ninella machte zunächst ihrer Tochter ein Zeichen und warf dann Don Mimì einen Blick zu, den dieser ignorierte.

Theoretisch war es eine Hochzeit zweier Personen.

Praktisch war es, als hätten alle vier geheiratet. Eltern und Kinder.

Es fehlten nur die Trauringe, die die beiden jungen Leute mit den üblichen Holprigkeiten austauschten, was zu den üblichen Lachern führte, die das von der ganzen Zeremonie etwas gelangweilte Publikum endlich auflockerte. Während des Applauses entspannten sich alle und legten ihre Fassaden ab. Pascal sah zu Chiara und machte eine aufmunternde Geste: Sie hatte fehlerlos gelesen, hatte nicht geweint, den Kopf nicht zu sehr bewegt. Ganz königlich, wie er es ihr geraten hatte: »Stell dir einfach vor, du wärst Kate Middleton.«

Vito Photographer bewegte sich wie eine Gazelle auf der Jagd nach dem perfekten Foto, denn bei Hochzeiten gibt es jedes Motiv nur einmal: Wenn man den magischen Moment verpasst, kann man ihn nicht mehr heraufbeschwören. Ninella ließ Nancys Hand los und ermutigte sie mit einem Klaps auf den Rücken. Sie war bereit, ihre große Chance zu nutzen, um das Tor zum Erfolg aufzustoßen.

Sie ging so hüftschwingend wie möglich zur Orgel, um ihre Rückseite am besten zur Geltung zu bringen. Das Make-up hielt noch, die Stimme schien wieder da zu sein, das Kleid betonte ihre schönsten Seiten. Pink war die Farbe des Jahres. Als sie sich umdrehte, zitterten ihre Beine, aber kaum dass sie die übervolle Kirche sah, ihre Schwester im Brautkleid, ihre Mamma in strahlendem Rot, wusste sie, dass der Moment gekommen war. Sie stellte sich vor, wie der Moderator ins Mikrofon schrie: »Sie kommt aus einem kleinen Ort in Apulien … aber sie hat ganz Amerika erobert … mit ihrem Debütalbum führt sie alle Hitlisten an … sie hat zwanzig Millionen Platten weltweit verkauft … Aretha Franklin hat sie als ihre einzige Erbin auserwählt … hier die neue Königin des R&B … die Whitney Houston aus Tavoliere … Ladies and Gentlemen … Nancy Casarano!«

Plötzlich wurde sie ganz ruhig, das Zeichen, dass sie ein echter Star war: zuerst furchtbar aufgeregt, aber entspannt genau auf den Punkt, wenn es losging. Sie fing an, und wundersamerweise schaffte sie es, technisch einwandfrei und trotzdem mit Gefühl zu singen. Vor allem achtete sie darauf, den Bauch einzuziehen, damit es auch unter ästhetischen Gesichtspunkten ein perfekter Auftritt war.

Leider übertraf ihre Eitelkeit dann doch ihr Talent, und ausgerechnet im schönsten Moment vergaß die neue Königin des R&B den Text. Komplett. Völlige Leere. Sie hatte keinen Notenständer gewollt, weil das etwas für Anfänger war. »Vielleicht einen Teleprompter«, hatte sie Padre Gianni gesagt, der sie mit einem neugierigen Gesichtsausdruck angesehen hatte. Sie stand einen Moment ganz still, während die Organistin ihr aufmunternd zunickte.

Irgendwann fiel ihr der Titel wieder ein: *Yes, Jesus Loves Me*. Und sie wiederholte ihn wie eine Litanei bis zum Ende. Irgendwann bekamen Daniela und Orlando einen Lachanfall, was niemand guthieß.

Anstatt an ihren Platz zurückzukehren, wäre Nancy lieber in den Himmel aufgestiegen, vielleicht zu der Melodie von *Angels*. Aber allein bei der Vorstellung, wie Pascal reagiert hätte, stieg sie von ihrer selbst ernannten Bühne, und zwar mit hoch erhobenem Kopf und sehr viel weniger Hinterngewackel. »Nancy Casarano, für dich endet ›X Factor‹ leider hier.«

Als sie schließlich den Mut hatte, sich umzuschauen, sah sie endlich Tony, ihren Tony, der auf der anderen Seite des Kirchenschiffs stand und den Daumen hoch hielt. Er war gekommen, um sie zu sehen, er hatte ihr zugehört und ihr schweigend applaudiert. Nancy konnte es kaum glauben. Nicht mal im Film passierten solche Dinge. Das war auch kein Film: Es war Liebe. Zum zweiten Mal in wenigen Minuten wäre sie gern in den Himmel aufgestiegen. Bis zum Ende der Zeremonie war sie wie in Trance, ihre Mutter hielt ihre Hand und sagte immer wieder »Du warst toll«, und ein bisschen hatte sie ihr sogar geglaubt. Sie wachte wieder auf, als Zio Franco, in seinen neuen Schuhen ganz selbstsicher, das Mikrofon nahm und vorlas: »Für meine Nichte Chiara und für Damiano, weil sie keine Angst haben, sich in die Augen zu sehen, und für euch alle, wie schön, dass ihr hier seid. Lasset uns beten.«

Dann kam der Moment, vor dem die Brautleute wirklich Angst hatten, weil er das echte Risiko barg, dass Padre Gianni einschlief: die Anrufung der Heiligen. Ganz bestimmte Heilige, die nach langen Recherchen ausgesucht worden waren, weil es Heilige waren, die mit der Ehe zu tun hatten und zudem dem kritischen Blick der First Lady standgehalten hatten. Nichts sollte dem Zufall überlassen werden. Das Einzige, worauf sie sich jetzt konzentrieren mussten, war, im Singular oder im Plural zu antworten. »Bitte für uns« oder »bittet für uns«.

»Santa Maria, Muttergottes«,
»Santa Maria, Mutter der Kirche«,
»Santa Maria, Königin der Familie«,
»Santa Maria von Carmelo«,
»San Giuseppe, Ehemann von Maria«,
»Santi Damiano und Anna«,
»Santi Zaccaria und Elisabetta«,
»Santi Aquila und Priscilla«,
»Santi Pietro und Paolo«,
»Santa Monica«,
»San Paolino«,
»Santa Brigida«,
»Santa Rita«,
»Santa Francesca Romana«,
»San Tommaso Moro«,
»Santa Giovanna Beretta Molla«,
»Santa Caterina von Siena«,
»San Damiano«,
»Santa Chiara«.
»Alle Heiligen Gottes. Bittet für uns.«

Am Ende gab es nur ein Opfer, und das war nicht Padre Gianni. Bei Santa Francesca Romana schlief Zio Modesto unter dem dunkel verschatteten Blick seiner Frau ein. Er war einfach noch zu müde nach der Reise von Castelfranco Veneto.

Kapitel 31

Die Piazza dell'Orologio war noch nie so voll mit Menschen gewesen.

Kein einziges Auto hatte noch Platz und an den Fenstern gegenüber der Kirche hatte man ein Transparent aufgehängt mit den Namen der Brautleute umrahmt von einem Herz. Kaum jemand kannte sie besonders gut, aber alle waren da, um ihnen zu applaudieren. Es wurde nicht nur Reis, sondern auch Rosenblätter geworfen, die die Flowerdesignerin als Überraschung den Gästen ausgeteilt hatte. Chiara war durcheinander, konnte es kaum glauben und fühlte sich wie ein Star. Nachdem sie die Odyssee aus Unterschriften hinter sich gebracht hatte, hatte Pascal sie mit einem Schwämmchen nachgeschminkt und sie kam sich vor wie im Fernsehen. Bevor er sie im Ruhm baden ließ, hatte er ihr gesagt: »Auch wenn der Reis im Gesicht wehtut, du lächelst, okay? Denk nur an die Fotos!«

Die Erste, die ihr gratulierte, war Zia Dora, die sie umarmte, als hätte sie sie aus einer Gefangenschaft befreit: »Du bist die Schönste, die Allerschönste«, wiederholte sie und hinterließ ein bisschen Lippenstift auf ihrer Wange. Nicht mal im Juli beim Festival del Libro Possibile hatten sich so viele Menschen versammelt. Alle wollten etwas sehen und gesehen werden, und auch die nicht Eingeladenen waren gekleidet, als wären sie eingeladen, was große Verwirrung stiftete, weil man die Auserwählten kaum mehr erkannte.

In einer ungewöhnlich großzügigen Geste, die alle ein

wenig überraschte, hatte Don Mimì auch in der Bar der Piazza einen kleinen Umtrunk für die Mitbürger organisiert, genau unter der Uhr. Der Mistral schien einen Augenblick nachzulassen, als stimme er in die Gratulationen und Grüße ein, in Wirklichkeit wurde er aber nur von den Häusern abgehalten.

Nachdem Tony sie gegrüßt hatte, war Nancy ihre Schwester egal, ihre Mutter, der Blackout während *Yes Jesus Loves Me* war ihr egal und auch ihre Freundin Carmelina, die mit dem Bus aus Conversano gekommen war. Für sie existierte nur noch er, sein Körper, sein Begehren und seine Liebe. Sie versuchte, Ninella zu fragen, ob sie denn wirklich unbedingt beim Empfang dabei sein müsse, da sie doch schon ihren Teil geleistet hatte. Nachdem sie ihr Gesicht gesehen hatte, schlug sie vor, Tony in die Masseria San Nicola einzuladen, sie fügte noch hinzu, dass ihnen beiden ein gemeinsamer Stuhl reichte. Ihre Mutter warf ihr einen eisigen Blick zu und sagte: »Denk dran, dass ich dich gemacht habe und ich dich auch ruinieren kann«, damit war die Diskussion beendet. Dann begrüßte sie Personen, die normalerweise kaum das Wort an sie richteten, aber jetzt, da sie mit dem »Kartoffelkönig« verwandt war, küssten sie sogar Zio Franco. Sie lächelte alle an, als wenn nichts wäre, aber im Innersten genoss sie es. »Idioten«, dachte sie, »ihr seid einfach nur Idioten.«

Als sie dann jedoch die Signora Labbate wiedersah, umarmte sie sie, als wäre sie eine Verwandte, und die Signora spürte es und war gerührt. Im Grunde spionierte sie ihr nur nach, weil sie ein bisschen einsam war und sich eine Nachbarin wünschte, mit der sie Zeit verbringen könnte.

Auch Chiara wurde bewusst, dass sie Karriere gemacht hatte, bloß dass sie es nicht darauf angelegt hatte. Ihr genügte es, zu heiraten. Wenigstens hatte sie das bis zum Vortag geglaubt. Und während innerlich eine Welle der Zufriedenheit hochstieg, fiel ihr jemand auf, der ihren Ehemann umarmte. Mit Locken. Langen Locken. Sie sah das Haar auf dem Armaturenbrett wieder vor sich und es schien ihr etwas zu ähnlich. Was macht Alessia denn hier? Die Einzige, der ihre Unruhe auffiel, war Mariangela, die sie kurz darauf ansprach.

»Sie ist nichts als eine Schlampe, und vor einer Schlampe brauchst du keine Angst zu haben. Es sind andere Frauen, die du fürchten solltest. Verstanden?« Aber Chiara beruhigte sich überhaupt nicht, während sie weiter Unbekannte küsste, die ihr sagten »Du siehst wunderschön aus«, »Die Callas sind originell« oder »Wie schade, dass dieser Wind weht …«.

Erst eine Nahaufnahme von Vito erinnerte sie an ihre eigenen Schuldgefühle, auch wenn sie Damiano weiter im Auge behielt. Alessia trug ein buntes Kleid, das besser in eine Disco als auf eine Feier gepasst hätte, und alle schauten sie an. Auch wenn er sie ohne Überschwang begrüßt hatte, hatte Damiano einen Schreck bekommen und Cosimo einen verzweifelten Blick zugeworfen. Allen war das aufgefallen und sie hatten einander zufrieden mit dem Ellbogen angestupst. Don Mimì, dem diese Szene nicht gefiel, befreite sich von seinen Angestellten, die ihn mit Beschlag belegt hatten, um zu Alessia zu gehen und sie zu umarmen. Er ging lächelnd auf sie zu – was für eine nette Überraschung –, bedankte sich bei ihr für ihr Kommen, und nachdem er ihr zwei Küsschen gegeben hatte, hielt er sie einen Augenblick fest und flüsterte ihr ins Ohr: »Dass du nicht eingeladen worden bist, war kein Versehen … es war unsere Entscheidung. Daher bitte ich dich, aus Respekt für meine Schwiegertochter, zu gehen.« Und obwohl sie kurz versucht war, eine Szene zu machen, erschreckte sie sich so sehr, dass sie auf dem Absatz kehrtmachte.

Mitten im Durcheinander war sie auch Orlando aufgefallen, der aber zu viel damit zu tun hatte, Daniela den Verwandten vorzustellen. »Steh ein bisschen breitbeiniger«, schlug sie ihm leise vor, »du musst männlicher wirken.« Und sofort warf er sich in die Brust und hustete, um ein echter Mann zu sein: »Wir haben uns in Monopoli kennengelernt, ich habe dich auf einen Gin Tonic eingeladen, stimmt's?« »Ja, ja«, bestätigte sie, die in ihrem fluoreszierenden Grün immer stärker leuchtete.

»Na, wer stellt uns denn diese tolle Frau vor?« Einer der Onkel kam mit dem üblichen Tonfall näher. Und er wiederholte: »Das ist Daniela ... wir haben uns in Monopoli kennengelernt ...« Das war ihr Lieblingsmoment. Sie schlug die Augen nieder und sah zu Orlando, richtete seine Krawatte und fügte hinzu: »Stell dir mal vor, du hättest mich nicht auf diesen Gin Tonic eingeladen!«

Onkel und Tanten hatten alles geschluckt.

Es war viel schwieriger, die Cousins zu überzeugen, besonders Cosimo, der immer genauer nachfragte: »Und nach Monopoli habt ihr euch in Bari wiedergetroffen?« Und sie teilten sich die Antwort so perfekt auf, dass es unecht klang. »Ja, an der Uni ... bei der Prüfung in Privatrecht.«

Die Einzige, die die Situation nicht genießen konnte, war Matilde. Trotz der Unmengen von Gratulationen trübte etwas ihre Freude. Sie hatte so lange von diesem Tag geträumt, auch wenn das niemand begriffen hatte. Ein Sohn am Altar, der andere mit Freundin. Ihr Mann jedoch war nicht mehr an ihrer Seite. Er hatte ihr in der Kirche die Hand gegeben und das Taschentuch gereicht, aber sie hatte das Gefühl, dass er sich verflüchtigte. Als hätte er sie verlassen, ohne sie tatsächlich zu verlassen. Jetzt suchte sie ihn, während die ersten »Hip Hip Hurra«- und Prosit-Rufe unter der Uhr aufkamen. Und Don Mimì, typisch für jemanden mit Schuldgefühlen, spürte intuitiv, dass seine Anwesenheit gefragt war, und bat Vito, ein Foto von ihm und seiner Frau zu machen. Er führte sie zurück auf die Kirchenstufen, die von der Sonne immer stärker angestrahlt wurden. Er hob ein paar Blütenblätter vom Boden auf und warf sie ihr auf den Kopf, in einem Anfall von kindischer Freude, die nur wenige an ihm kannten. Von außen betrachtet, wirkte es wie ein ganz normaler Moment, für Matilde jedoch bedeutete er viel, und für Ninella wurde er zu einem kleinen Drama.

Sie hatte die beiden von weitem beobachtet, beschloss aber, sich die Feier nicht ruinieren zu lassen. Sie hatte schließlich den überraschenden Anruf von Mimì erhalten und war ganz ruhig. Sie wiederholte sich immer wieder, dass es Vergangenheit war, außerdem hatte sie immer noch ihren Bofrost-Mann einmal pro Monat. Oder vielleicht würde sie Mitglied bei Facebook werden und dort irgendeinen Junggesellen kennenlernen.

Vito Photographer hatte inzwischen mit den traditionellen Fotoritualen begonnen: »Die Eltern! *Seine* Onkel und Tanten! *Ihre* Verwandten! Die Freunde des Paares! Die Mädchen aus dem Chor! Alle von ›Case di Puglia‹! Alle von Scagliusi & Figli! Alle aus dem Salento! Alle Kinder!«

Und schließlich, nachdem der letzte Gast geküsst war, fanden sich Damiano und Chiara allein auf einem Foto. Sie war immer noch etwas aufgewühlt, weil sie Alessia gesehen hatte, aber Damiano hielt sie so fest, dass sie sich beruhigte: »Du bist wunderschön«, sagte er ihr. »Habe ich dir schon gesagt, dass du wunderschön bist?«

Vito verlor langsam die Geduld, während er brüllte: »Stehen bleiben! Stehen bleiben! Schaut mich an! Jetzt beide zusammen … die Hände hoch! Ihr seid auf einer Hochzeit, keiner Beerdigung!«

Nach dem letzten Klick entspannte Chiara sich einen Moment und versuchte, sich die Beine etwas zu vertreten. Sie hatte es geschafft. Sie hatte geheiratet. Pascal, der ihr wie ein Schatten folgte, näherte sich ihr, ohne ein Wort zu sagen, und sie wurde wieder zu einer makellosen, englischen Lady.

Der Wind ließ nicht nach, aber der Himmel war blau und der Frühling schien die Leute fröhlich zu stimmen. Aber gerade als die Eltern und Brautleute wieder etwas Ruhe fanden, begann für Orlando die Verwirrung. Er riss die Augen auf, schüttelte den Kopf und wiederholte nur: »O Gott, nein.« Daniela versuchte, ihn zu beruhigen, ihm die Hand zu geben, irgendeine zärtliche Geste zu machen, und es war nicht klar, ob sie es als Freundin oder als Geliebte tat. Orlando blickte so panisch drein, als hätte er gerade einen Mörder entdeckt und keine Nerven zu reden. Ein Mann war zusammen mit seiner Frau aufgetaucht, um seinem Vater und seinem Bruder zu gratulieren. Er trug einen hellblauen Anzug, der ihn etwas dicker machte, aber am Hals blitzte eine Goldkette hervor, die er nur zu gut kannte, genau wie den Rest.

Der Namenlose war da.

Er war einer der 287 Gäste der Hochzeit von Chiara und Damiano Scagliusi.

Kapitel 32

Was ist los, Chiara?«

»Nichts.«

»Wenn du nichts sagst, ist immer irgendw...«

»...«

»w...«

»...«

»w...«

»was.«

»Aber dieses Mal ist nichts.«

»Du machst ein genervtes Gesicht und heute ist unsere Hochzeit. Es ist, weil Alessia gekommen ist, um mir zu gratulieren, stimmt's?«

»Sag mir nur, ob sie es immer noch versucht ... aber sei ehrlich.«

»Ach was, meiner Meinung nach wollte sie nur ein bisschen auffallen, hast du gesehen, wie sie zurechtgemacht war?«

Damiano zog es vor, die Flucht nach vorn zu wagen, und versuchte, sich in seine Frau hineinzuversetzen. Dieser Schachzug beruhigte sie tatsächlich. Wenn er so von seiner Ex sprach, konnte das Haar aus dem Auto nicht ihr gehören. Eigentlich fand sie schon, dass irgendetwas faul war, aber sie hatte keine Lust, darüber nachzudenken. Und dieser unerwartete Moment der Eifersucht hatte sie überrumpelt. Sie hatte ihre Beziehung immer für selbstverständlich hingenommen, dabei hatte sie vergessen, dass es nur zwei Lieben gibt, die man als selbstverständlich ansehen kann: Mutterliebe und die Liebe für deine Fußballmannschaft.

»Sie hat mir nicht einmal gratuliert, dieser Bauerntrampel …«

»Sie ist ein bisschen schüchtern … vielleicht hat sie sich geschämt.«

»Genau, sie wirkte wahnsinnig schüchtern, so aufgestylt, wie sie hier aufgekreuzt ist.«

Eigentlich wusste Damiano, dass Chiara recht hatte, deswegen ging er einer Diskussion lieber aus dem Weg. Er näherte sich ihrer Nase mit seiner, er sah sie aus so kurzer Distanz an, dass er es nicht schaffte, sie scharf zu sehen. Aber sie war noch nicht fertig.

»Zum Glück hat Mariangela mich zurückgehalten.«

»Mariangela ist toll. Gut, dass du sie als Trauzeugin ausgewählt hast.«

»Leute!!! Ihr könnt noch die ganzen nächsten Tage reden … jetzt konzentriert euch auf die Fotos! Das Licht ist gerade wunderbar und ich würde gerne noch ein paar überbelichtete machen. Na los! LOOOS!«

Damiano nahm sie an der Hand und sagte: »Vito hat recht. Du hast seit Monaten von dieser Feier geträumt und jetzt dürfen wir uns nicht ablenken lassen.« Sie nickte und fühlte sich wie in flagranti erwischt. Sie gingen an die Loggia und versuchten zu vergessen, dass sie sich vor einer Kamera befanden: Unter ihnen das aufgewühlte Meer, voller Grün, und die Kieselsteine am Strand. Sie waren zwei Herzen in der Gewalt des Windes. »Ja, so … so … als hättet ihr euch noch nie gesehen … schau ihn überraschter an, Chiara, überraschter!!! … Und du, Damiano, lauf vor ihr weg … du gehst zum Horizont … sieh dort, die Zukunft … die Zukunft!!!« Chiara und Damiano platzten vor Lachen und Vito war beleidigt: »Leute, die Fotos macht man entweder gut oder gar nicht ... beschwert euch hinterher nicht, dass die Poesie fehlt.« Sie bemühten sich, wieder ernst zu werden, aber jetzt hatten sie einen Lachkrampf und konnten nicht mehr aufhören: Sie hatten sich noch nie so amüsiert. Der Fotograf betrachtete sie betrübt, aber zum Glück tauchten Mariangela und Pascal auf und neutralisierten die Situation etwas. Sie hatten es geschafft, fast alle zur Masseria San Nicola zu schicken, als Erstes die Gäste von auswärts. Eigentlich war das Mariangelas Aufgabe gewesen, aber inzwischen war für Ninellas Familie Pascal zum einzigen Referenzpunkt geworden. Nach den Schuhen von Zio Franco wurde keine Entscheidung mehr ohne seine Zustimmung gefällt.

Pascal unterbrach das Fotoshooting, um die, wie er sagte, »Braut des Jahres« noch ein wenig nachzupudern.

Wieder wandte sich Chiara an Vito, als hätte es die Knutscherei vom Vortag nie gegeben, und sie spürte noch einen Rest Verlegenheit.

»Gut ... lockerer ... ja, so ... vertrau dir selbst ... vertrau dir selbst!«, feuerte er sie an, vor den entsetzten Augen von Pascal, der aber nicht lästern wollte. Ein paar Schritte weiter wiederholte eine andere Frau dieselbe Szene mit einem anderen Bräutigam und einem anderen Fotografen. In Polignano wanderten in diesem Moment mindestens vier Brautpaare herum und keines hatte im Ort geheiratet. Aber bei Hochzeiten zählt nicht die Wahrheit, es zählt nur die Schönheit.

Einen Augenblick lang betrachteten die beiden Frauen ihre Kleider, panisch, dass die andere vielleicht das bessere ausgewählt hatte. Sie waren so auf das Kleid konzentriert, dass sich ihre Blicke nicht einmal kreuzten. Schließlich waren beide erleichtert und dachten, dass die andere weniger elegant aussah. Erst als sie den kleinen Strauß Hortensien sah, zweifelte Chiara an ihren Callas. Den Männern kam es dagegen überhaupt nicht in den Sinn, sich zu vergleichen, sie tauschten nur Glückwünsche aus, wie an Weihnachten. Sie kehrten zu den Treppen unter der Statue von Domenico Modugno zurück und wagten sich auf die Felsen von Grottone, dem Lieblingsplatz der Polignaner, um im Meer zu baden.

Die unregelmäßigen Felsen machten das Gehen auf Absätzen schwer, aber laut Vito »war der Hyperrealismus der neueste Schrei in der Fotografie«.

»Meiner Meinung nach ist das Blödsinn«, dachte Damiano, aber er traute sich nicht, zu widersprechen. Das Wichtige war für ihn, dass Chiara zufrieden war. Er sah sie unbeholfen über diese Felsen stöckeln, die immer ihre Heimat gewesen waren, und dachte, sobald der Sommer da ist, kehren wir mit Flipflops hierhin zurück.

»Habe ich dir schon gesagt, wie gut du heute aussiehst?«

»Besser als Innocente Mazzone?«

»Besser als Innocente Mazzone.«

Innocente Mazzone galt seit ewigen Zeiten als schönster Mann Polignanos und als Maßstab für alle Jungs des Ortes.

Damiano nahm das Kompliment ernst und fuhr sich mit einer Hand durch die Locken. Er dachte eigentlich immer, dass seine Kartoffelfelder das Attraktivste an ihm waren. Diese Worte, ausgesprochen von seiner Frau in einem so wichtigen Moment, erfüllten ihn mit Glück.

»Und hast du Daniela gesehen? Die Freundin von meinem Bruder …«

»Die grüne Frau? Ja, ja, er hat sie mir vorgestellt … sie ist supersympathisch. Aber sie ist doch nur eine Alibiverlobte, oder?«

»Warum?«

Damiano hatte das Gefühl, die Felsen unter seinen Füßen würden zerbersten.

»Ich kenne sie von früher, auch wenn sie sich nicht an mich erinnert. Sie ist ein paar Mal bei uns in der Agentur gewesen, weil sie mit einer anderen Frau zusammen eine Wohnung mieten wollte … sie haben mir damals ein bisschen von sich erzählt … aber hier im Ort kennt sie niemand, glaube ich. Du hast doch mit deinem Bruder gesprochen, nicht wahr?«

»Worüber?«

»Über ihn. Über seine Homosexualität …«

»Aber wusstest du es?«

»Na komm, das sieht man doch. Erinnerst du dich, wie er letztes Jahr die Augenbrauen hatte?«

»Nein, darauf habe ich nicht geachtet.«

»Meine Kosmetikerin hat mir gesagt, dass man immer auf die Augenbrauen achten soll. Wenn sie zu sehr nach Möwenflügeln aussehen, sollte man sich Fragen stellen.«

»Er hat mir heute Morgen jedenfalls alles erzählt. Woher wusstest du das?«

»Ich hab's daran erkannt, wie ihr euch in der Kirche angesehen habt. Zum ersten Mal habt ihr wie echte Brüder gewirkt, und meiner Meinung nach ist Cosimo deswegen ein bisschen beleidigt.«

»Glaubst du?«

»Ich hatte den Eindruck. Aber es ist schön, dass ihr euch ausgesprochen habt: Nur ein Geheimnis konnte euch vereinen.«

»Du darfst aber …«

»Du weißt doch, dass ich niemals etwas verraten würde.«

»Versprichst du es?«

»Ich verspreche es.«

Damiano sah aufs Meer und fühlte sich ermutigt. Er hatte geheiratet, ohne groß darüber nachzudenken, aber jetzt entdeckte er plötzlich eine Frau, die er nur rein körperlich gut kannte. Er hatte sie immer sexy gefunden und gedacht, das reichte, um sie auszuwählen, neben der Tatsache, dass sie aus guter Familie stammte. Cosimo sagte ihm immer: Das Wichtigste ist, dass es im Bett läuft. Jetzt stellte er jedoch fest, dass Chiara nicht nur mehr als gut im Bett war, sondern dass sie seinen Blick lesen konnte.

Vito hustete, was einem Verweis durchs Megafon gleichkam. Er war langsam genervt, weil die Aufnahmen ständig von persönlichen Intermezzi unterbrochen wurden, und die Freude, die in ihren Augen strahlte, provozierte ihn. Im Grunde war er nur ein bisschen eifersüchtig. Er bemühte sich, sich auf Licht und Objektiv zu konzentrieren und den bösen Gedanken aus dem Weg zu gehen. Er hielt sich immer noch für den besten Fotografen von Conversano, und wenn er die Hochzeit von Damiano Scagliusi vergeigen würde, wäre sein Ruf ruiniert.

»Sehe ich wirklich besser aus als Innocente Mazzone?«

Damiano fragte immer weiter dasselbe, wie ein Kind, und Chiara antwortete in einem singenden Tonfall »Ja«. Die Frage war so kindisch, dass er am Ende selbst überzeugt war: Zumindest heute sah Damiano Scagliusi besser aus als Innocente Mazzone.

Kapitel 33

Die Masseria San Nicola war ein weißer Pinselstrich inmitten eines jahrhundertealten Olivenhains, blühender Kirschbäume und Feigenkakteen. Sie hatte einen mit Zinnen bewehrten Turm mit einigen wenigen extraluxuriösen Zimmern, einen Mittelbau mit mehreren Stockwerken und eine kleine, romantische Kirche, in der sich uralte Reliquien befanden. Die Salons im Mittelbau waren über Monate für Restaurierungsarbeiten geschlossen gewesen, und Chiara und Damianos Hochzeit war die erste, die die neue Saison eröffnete. Abgesehen von ein paar Details, die durchgesickert waren, wusste noch niemand, wie der neue Saal aussehen würde, weswegen Chiara, Ninella und die First Lady ihn ausgewählt hatten.

Sie hatten vier Monate für diese Entscheidung gebraucht, jedes Wochenende waren sie von Villa zu Villa gefahren, in der Hoffnung, etwas Einmaliges, Spektakuläres, Elegantes, Unnachahmliches, Unvergessliches zu finden. Und schließlich hatten sie es gefunden: den Swarovskikronleuchter in der Sala dei Leoni. Als man ihnen den als Vorschau gezeigt hatte, hatten alle drei kapituliert, sie hatten sich Fotos, Ovationen und Fernsehberichte vorgestellt. Chiara hatte es geschafft, ein Foto zu bekommen, das sie ihrem Modedesigner gezeigt hatte, um ihr Kleid auf die Lampe abzustimmen. Aber er hatte sich auf ein paar Kristalle an der Schulter beschränkt, weil er meinte, dass sie auch schon genug aus sich heraus strahlte. In Wahrheit fand er es einfach »billig«, wie er seinen Assistenten sagte.

Der Aperitif wurde in der Sala Gattopardo serviert, der neu gestrichen war, in Pompejirot, und das allein rief schon erste Kritiken hervor: »Vorher war's schöner, jetzt wirkt der Raum so klein, diese Farbe erdrückt mich, ich finde sie etwas vulgär.« Der Rede von Giancarlo Showman, der alle willkommen hieß, wurde eine allgemeine Gleichgültigkeit entgegengebracht, was ihm natürlich nicht passte.

In einer Nische des Saals begleitete ein Streichquartett die Panzerottini: »Überraschen, wir müssen alle überraschen«, hatte die First Lady gesagt, ohne auf die Vernunft zu hören. Jetzt lauschte sie Bachs Geigen, während ihre Schwestern über Ninellas Kleid tuschelten: Entsetzlich ordinär. Und was soll diese Korallenkette im April?

Ninella machte sich weniger Sorgen um ihr Kleid als um ihren Bruder. Sie befürchtete, dass es für ihn traumatisch sein könnte, nach Jahren so ins Zentrum der Aufmerksamkeit zu rücken. Doch er kam sehr gut damit klar: Der Einzug in die Kirche war perfekt gelaufen und die Glückwünsche hinterher hatten sein Selbstbewusstsein gestärkt. Besser noch, er hatte eine unverheiratete Signora aus Locorotondo kennengelernt, mit der er sich vergnüglich einen antialkoholischen Cocktail teilte.

Die beiden Schwiegermütter hatten nach den Höflichkeiten vor der Kirche und ganz Polignano – man hatte sie schon »die Rote« und »die Graue« getauft – kein Wort mehr miteinander gewechselt, aber jetzt konnten sie sich nicht mehr aus dem Weg gehen.

»Ich wollte Ihnen noch ein Kompliment wegen der Änderungen am Kleid machen. Man sieht sie fast nicht.«

Ninella hätte ihr am liebsten den Hals umgedreht, aber sie lächelte sie an.

»Ich bin zufrieden.«

»… so hat das hübsche Dekolleté also doch noch seinen Erfolg gehabt.«

Sie hätte ihr noch mal gern den Hals umgedreht, aber stattdessen lächelte sie nur.

»Da wir gerade von Änderungen sprechen … ich hätte da ein paar Kleidungsstücke, die in Ordnung gebracht werden müssten … wie sieht es nächste Woche bei Ihnen aus?«

»Leider habe ich im Moment viel zu tun. Aber vielleicht habe ich in vierzehn Tagen etwas Zeit. Und jetzt entschuldigen Sie mich bitte, aber da ist eine Cousine von mir, die ich noch nicht richtig begrüßt habe … nicht, dass sie es mir übel nimmt …«

Jetzt herrschte Krieg und Ninella hatte langsam genug von diesen Provokationen voller Neid. Denn Neid ist eine Bestie, die sich auch mitten in einem Meer von Komplimenten zu erkennen gibt.

Und oft waren die Anzeichen Wörter wie »fast«, »doch noch« und »hübsch«. Aber niemand konnte der Brautmutter etwas anhaben, die in ihrem roten Kleid zwischen den Gästen hindurchschwebte. Die Zustimmung, die sie in den Blicken der Gäste las, gab ihr Rückhalt, so dass sie nicht in Matildes Fallen ging. Sie wusste ja, dass die Hochzeit mit Don Mimì nicht wegen ihr geplatzt war. Der Verantwortung trug ganz allein er, der seine wahren Gefühle geopfert hatte, um die illegalen Geschäfte der Familie zu vertuschen. Aber Ninella brauchte einen Sündenbock. Und wer eignete sich dafür besser als diejenige, die einen ersetzt hat?

Don Mimì beobachtete sie von weitem, und feige, wie er war, ging er ihr lieber aus dem Weg. Er schien zufrieden, aber konnte es nicht zeigen. Sogar diese Freude, von der er so oft geträumt hatte, die sich nun aber ganz anders darstellte, als er es sich gewünscht hatte, erlebte er allein. Er strich nervös über seinen Schnurrbart und war immer mehr davon überzeugt, dass seine Söhne eine glücklichere Wahl getroffen hätten, wenn er ein besserer Vater gewesen wäre. Denn am Ende blieben nur die Küsse und nicht die Autos. Das Fest schien ihm sehr gut zu laufen und Orlando hatte anscheinend Vernunft angenommen. Tatsächlich redete man weiterhin über ihn, weil Danielas Outfit so auffallend war, dass alle sie ansahen. Doch nur wenige trauten sich, es zu kommentieren. Don Mimì spürte im Vorbeigehen, wie die Angst zwischen den Gläsern klirrte, und genoss die Stille. Er hasste sie und gleichzeitig brauchte er ihre Bestätigung. Ninella feierte weiter, als existierte er gar nicht, während fast alle anderen Frauen ihm freundliche Blicke zuwarfen, wenn auch heimlich. Manche nannten ihn »Mimì der Metallarbeiter«, weil er an Giancarlo Giannini erinnerte, der, als er noch der schönste Mann der Welt war, in einem Film so hieß. Er flirtete kaum, wie jeder respektable Narzisst.

Nur der Wind ärgerte ihn etwas, aber er hatte sich inzwischen damit abgefunden.

Dann wurde halt drinnen gefeiert, was machte es schon, wenn das große Süßspeisenbuffet nicht auf der Terrasse serviert wurde.

Nancy stand abseits, ein bisschen melancholisch. »Nichts«, antwortete sie alle zehn Minuten ihren Tanten, die fragten »Was hast du denn?«. Sie hatte keine Lust, mit den Cousinen zu plaudern, die sie so selten sah und die wie kleine Mädchen angezogen waren. Als sie sie gefragt hatten, wieso ihre Mutter ihr erlaubt hatte, sich die Augen so zu schminken, hatte sie erwidert: »Das ist das Werk eines Make-up-Artists.« Und auch wenn sie ihre Schwester wirklich sehr gern hatte, wollte sie am liebsten abhauen. Tony hatte ihr gesagt, wenn es nicht zu spät würde, könnte er ihr den Trullo zeigen, und sie hatte angefangen, alle Kellner zu fragen: »Was meinst du, um wie viel Uhr ist diese Quälerei zu Ende?« Sie konnte nicht mal bei Carmelina Dampf ablassen, weil die beleidigt war, dass Nancy sie in der Kirche hatte stehen lassen, und jetzt ging sie nicht ans Telefon. Daher lauschte sie verzaubert dem Streichquartett, sie folgte ihnen mit nickendem Kopf: Das waren Künstler und nur ein Künstler könnte ihren Seelenzustand begreifen.

Gegen halb zwei ließ Mariangela wissen, dass Chiara und Damiano bald kämen. Don Mimì beeilte sich, um bei der Ankunft der Brautleute am mittelalterlichen Eingang zu sein, bereit, die letzten zu spät kommenden Gäste zu empfangen, als sei er der Bürgermeister. Vom Bürgermeister war noch nichts zu sehen und er wurde fast stärker erwartet als das Brautpaar.

Der Einzige, der tatsächlich richtig unruhig war, auch wenn er lächelte, war Orlando. Mit all seinem Seelenschmerz. Seitdem er den Namenlosen vor der Kirche gesehen hatte, konnte er nicht mehr klar denken.

Daniela hatte es geschafft, ihn zu beruhigen, indem sie ihm gut zuredete: So wüsste er endlich, mit wem er es zu tun hatte, was er machte und vor allem, warum er bei der Hochzeit seines Bruders war. Orlando war sich nicht sicher, ob er ihn überhaupt gesehen hatte, und wollte erst mal mit Daniela üben, bevor er ihn begrüßte. Nur dass sie so sehr im Zentrum der Aufmerksamkeit stand, dass sie nichts Ungewöhnliches machen konnten, sonst wären sie aufgefallen. Also übte Orlando in seinem Kopf. Es gefiel ihm, sich die Angst des Namenlosen vorzustellen. Er, der immer so selbstsicher war, würde jetzt verstehen, was es bedeutete, sich jemandem unterlegen zu fühlen. Oder vielleicht würde er ihn anlächeln und ihn bitten, alles stehen und liegen zu lassen und mit ihm durchzubrennen. Aber Orlando war wie immer zu optimistisch. Als er vor ihm stand, Hand in Hand mit einer Frau, die fast so auffällig war wie Daniela, zuckte der Mann seines Lebens nicht mit der Wimper und sah einfach durch ihn hindurch. Der perfekte Unbekannte, der neben einem am Buffet steht und zu sehr darauf konzentriert ist, sich den Teller vollzupacken. Es war die blonde Ehefrau, die ihn stutzig ansah, weil Orlando sie mit großen Augen anstarrte, er konnte einfach nicht anders. »Und das bist du also«, dachte er, »du bist mit ihm im Bett, während er von mir träumt.«

Daniela zog ihn an der Hand, als wäre er ein Hund, und die Onkel und Tanten tuschelten schon, dass Orlando sich von seiner Freundin »gängeln« ließ. Tatsächlich fand sie die Situation ein bisschen lustig. Den Beschreibungen ihres besten Freundes nach war der Namenlose ein einnehmender Mann, groß, dunkel, muskulös und vor allem gut aussehend: energisches Kinn, schwarze Augen, ein paar Falten, die er mit Stil trug. Jetzt, da sie ihn gesehen hatte, wurde ihr bewusst, wie sehr die rosarote Brille die Wirklichkeit verändern konnte. Ein durchschnittlicher Mann mit mehr Bauch als Muskeln, mehr Haaren am Körper als auf dem Kopf und die berühmte Goldkette, die unter dem Hemd hervorblitzte, sah aus wie aus den Achtzigern. Wie konnte sich Orlando von jemandem so den Kopf verdrehen lassen? »Das verstehst du nicht«, mehr fiel ihm nicht ein: »Das verstehst du nicht.«

Sie stürzten sich beide auf die Getränke. Orlando trank mehrere Gläser Wein ohne Pause hintereinanderweg. Auch wenn er es nicht zeigte, war er eigentlich glücklich. Denn jetzt konnte er die Wahrheit erfahren. Und so amüsierten die beiden sich, indem sie so taten, als seien sie verlobt. Sie berührten sich, pickten sich gegenseitig die Oliven vom Teller, stießen mit verschränkten Armen an, auch wenn es nur mit Ananassaft war. Und die Gäste fingen an, daran zu glauben, alle außer Cosimo. Was für ein schönes Paar. Sieh nur, wie sie lachen.

Wie vertraut sie doch schon sind, dafür dass sie sich gerade erst kennengelernt haben. Auch wenn schon bald das Brautpaar ihnen die Schau stehlen würde.

Giancarlo Showman bereitete sich auf einen neuen Auftritt vor, wenn auch etwas angespannt. Der Restaurantchef hatte ihm gesagt, dass sich die Brautleute bei seinen letzten Auftritten über seine Show beschwert hatten, und er machte sich aufrichtige Sorgen: Wenn sich das herumsprechen würde, wäre das schlecht fürs Business. Außerdem hatte er gerade eintausend neue Visitenkarten drucken lassen, mit den großen Initialen »G. S.« und darunter, etwas kleiner: »Giancarlo Showman«. Viele in der Masseria nannten ihn einfach »den Showman«, weil er gut improvisieren konnte. Aber seit seine Frau ihn verlassen hatte, war er nicht mehr so brillant wie früher. Er wusste, dass er sich einen Ruck geben musste – die Konkurrenz schlief nicht –, und das machte alles nur noch schwieriger. Er ging in den Saal zurück und bemühte sich, nicht nur den Smoking, sondern auch sein fröhlichstes Lächeln zur Schau zu stellen. Seine Stimme klang etwas heller und er bat, das Trinkgelage für einen Moment zu unterbrechen. Alle verstanden, worum es ging, aber sie aßen weiter, als wenn nichts wäre. Er versuchte, nicht den Mut zu verlieren, und machte einfach weiter, als stünde er vor dem ruhigsten Publikum. Es war die allererste Regel eines jeden Showman: »Wenn das Publikum dir nicht zuhört, redest du einfach weiter.«

»Und es heißt, dass es fast so weit ist, Signore und Signori … die Braut ist schon hier hinter der Bühne, bereit für Ihren Applaus … wollt ihr die Braut sehen? … Ich höre nichts … Wollt ihr die Braut sehen?«

Nur ein paar alte Tanten nickten, und er hatte das Gefühl, wenigstens einen Teil des Publikums in der Hand zu haben.

Ninella merkte, dass er ein paar Schwierigkeiten hatte, und beschloss, die Brautleute etwas anzutreiben, bevor die First Lady stänkern könnte.

Ein paar Schritte entfernt, in einem winzigen Saal korrigierte Pascal Chiaras Make-up und machte dabei die üblichen Mundbewegungen: »Denk daran, dass die Gäste dir alles verzeihen, außer den Empfang im Saal. Achte also darauf, die Situation nicht noch dadurch zu verschlimmern, indem du die Schminke mit Tränen verschmierst, okay?«

»Bis jetzt war ich doch ziemlich gut.«

»Ja, aber denk daran, dass Tränen nur einen winzigen Augenblick brauchen. Ein Augenblick und sie fließen! Ich werde erst dann ruhig sein, wenn wir die Gastgeschenke verteilen, und das dauert noch.«

Chiara überlegte, ob eine Antipastiera von Brandani nicht besser als ihre gewesen wäre.

»Hörst du mir zu, Chiara?«

»Ja, ja, die Gastgeschenke.«

»Die Gastgeschenke kommen später. Vorher kommt dein Auftritt. Du musst alle begrüßen, essen, neben deinem Mann bleiben. Denk daran, dass jede deiner Gesten beobachtet wird, iss also so wenig wie möglich. Je weniger du isst, umso weniger machst du falsch. Dann, nach dem Essen, machen wir eine neue Frisur.«

»Eine neue Frisur?«

»Ich weiß, das war nicht geplant, aber das wird mein kleines Hochzeitsgeschenk. So überraschen wir sie alle. Erinnerst du dich an Olivia Newton-John am Ende von *Grease*?«

»Nein.«

»Du bist jung, das vergesse ich immer. Egal, du wirst sehen. Jetzt schau etwas nach oben, damit ich dir die Augen machen kann.«

Neben ihm stand Mariangela, von so viel Selbstsicherheit völlig begeistert, während Damiano langsam die Geduld verlor. Es nervte ihn, dass seine Frau ständig entweder mit dem neuen Guru tuschelte oder mit Vito Photographer, der alles festhielt, als sei er ein Kriegsreporter. Als Ninella auftauchte und ihnen sagte, dass sie sich beeilen sollten, merkte selbst Pascal, dass es spät war. »Es ist an der Zeit«, sagte er, nicht ohne vorher noch etwas Spray auf die Strähnchen zu sprühen, und plötzlich hatte sie es nicht mehr eilig.

Da gab einer der Kellner ihr ein Zeichen, Giancarlo Showman – immer verschwitzter – schaffte es endlich, sein Publikum zu fesseln, indem er mit lauter Stimme ausrief: »Empfangen wir mit einem schönen Applaus Chiara und Damiano, die frisch Vermählten … evviva … lasst sie hören, wie gern ihr sie habt, los … los … Applaus!«

Sie kamen zu Geigenklängen herein, die von langem Applaudieren übertönt wurden, und Giancarlo war sich sicher, dass seine Worte der Grund für diese Wärme waren.

Chiara schaute zu Boden, um nicht zu gerührt zu sein. Orlando war der Einzige, der die Braut nicht bewunderte. Er dachte in diesem Moment, dass der einzige Mensch, der ihm helfen könnte, sein Bruder war.

Kapitel 34

Gran Buffet di Antipasti

CRUDO DI MARE
COZZE GRATINATE
SUSHI RIVISITATO
OSTRICHE AL GRATIN
TEMPURA DI VERDURE
GAMBERI CROCCANTI
CALZONCINI DI RICOTTA
ROMBINI AL GROVIERA
POLPETTINE
MOZZARELLINE ALLA MILANESE
I SALUMI DEL BUONGUSTAIO CON DELIZIE DEL CASARO
CAPONATINA LEGGERA DI ZUCCHINE
CRUDITÉ DI VERDURE

Das Antipastibuffet war ein Triumph. Die Auswahl und überbordende Menge an Köstlichkeiten war das Ergebnis von Verhandlungen, die fast noch zermürbender gewesen waren als die Restaurantwahl. Beim Swarovskikronleuchter waren die Frauen immer einer Meinung gewesen, bei den Gerichten war der »Crudo di mare« der einzige gemeinsame Nenner. Der Rest das Resultat langwieriger Verhandlungen, an denen sich alle beteiligten, inklusive Nancy. Jede hatte einen kleinen Sieg davongetragen: Matilde gewann bei den Polpettine, Ninella bei den Mozzarelline alla milanese, um Zia Dora zu beeindrucken, Chiara beim Sushi rivisitato, weil ihr die Idee der Neuinterpretation gefiel, Nancy bei den Crudité di verdure, um etwas Französisches und Kalorienarmes auf dem Buffet zu haben. Das Ergebnis war ein »etwas inkohärentes« Menü, wie der Restaurantchef es nannte, um sich dann sofort zu korrigieren, als er ihre entgeisterten Gesichter sah: »Inkohärent, aber eindeutig interessant!«

Es gab genug Kalorien, um das Weihnachtsessen in den Schatten zu stellen, aber die Scagliusi zogen es im Zweifel vor, zu übertreiben: besser drei Gerichte zu viel, als eines zu wenig. Sie hatten beschlossen, das gesamte Bankett zu übernehmen, Ninellas Stolz hin oder her. Für sie war eine Hochzeit auch eine öffentliche Veranstaltung, daher wollten sie keine Kompromisse aufgrund des Budgets.

Obwohl sie an Nobelrestaurants gewöhnt waren, hatten die Gäste nicht so viel erwartet. »Warte mal ab, dafür haben sie sicher bei den Primi gespart«, sagte eine. »Ich kann mir nicht vorstellen, dass sie vier Primi servieren, wie bei meiner Tochter«, erwiderte die andere. Und da klar war, dass sie sich nicht über die Menge beschweren konnten, fingen sie an, nach anderen Fehlern zu suchen: Man saß zu eng, die Kellner waren zu langsam, die Senioren zu weit weg vom Buffet, die Tische zu hoch für die Kinder. In der Zwischenzeit hatte sich der Rest, bewaffnet mit Tellern und Besteck, längst auf die Schüsseln gestürzt, dabei versuchten sie, noch etwas gutes Benehmen an den Tag zu legen. Nichts schafft es, die Menschen zu so niederen Kreaturen werden zu lassen wie ein Buffet, sie sind dann zu den schlimmsten Dingen fähig, nur um die letzte überbackene Auster zu erwischen, »dabei sind Austern mit Zitrone viel besser«.

Die Einzige, der das völlig egal war, war Nancy. Als sie das Essen sah, verschwand ihre Melancholie, weil sie ihre Diät unterbrach. Sie würde Tony ja sowieso wiedersehen, er mochte sie so, wie sie war, auch ohne Stimme und ohne Gedächtnis. Außerdem war sie über die verlorenen Kilo so froh, dass sie dachte, sie könne sich ein bisschen Tempura leisten, einfach weil es ihr Spaß machte, es auszusprechen.

Während der Vorspeisen stellte Giancarlo Showman die Mitglieder des Streichquartetts vor und zum Glück zeigte wenigstens Nancy – die immer in der Nähe war, es waren schließlich Künstler – ihre Wertschätzung mit Applaus. Nach dem Anfang mit Bach gingen sie jetzt zunächst zu Mozart über, dann zu den Klassikern der achtziger Jahre. »Es wird ein raffiniertes Revival«, hatte der Restaurantchef gesagt, »eine Mischung aus Vergnügen und Nostalgie, was eigentlich das Ziel aller Hochzeiten ist.« Giancarlo wurde immer nachdenklicher, auch wenn er es geschafft hatte, eine Überraschung zu organisieren, um die Damiano ihn gebeten hatte. Er ging noch einmal die zweite Animateur-Faustregel durch: »Denk daran, dass ein einzelner Funke genügt, um das Publikum zu entflammen«. Pascal und Vito saßen mit ihm am Tisch, ein bisschen abseits von den geladenen Gästen. Sie sahen ihn mit Argwohn und Gleichgültigkeit an, auch Pascal, der immerhin eine gewisse Sympathie für ihn hegte: Er liebte Herausforderungen und es hätte ihm gefallen, ihn unter seine Fittiche zu nehmen und aus ihm wenn schon keinen Showstar, dann wenigstens einen guten Animateur zu machen. Er war inzwischen davon überzeugt, über Superkräfte zu verfügen: Mit Lidschatten und Wimperntusche in der Hand konnte er jede Art von Problem lösen, dachte er. Aber an diesem Tag musste Pascal sich erst mal um das Bild von Chiara kümmern.

In einem der seltenen Momente der Ruhe, während dem auch die Brautleute ein bisschen was zwischen die Zähne bekommen konnten, stritten sich zwei Frauen wegen eines Kinderwagen-Unfalls. Keine der beiden hatte der anderen den Vortritt lassen wollen, so dass die Wagen sich berührt und die Neugeborenen geweckt hatten, die wie besessen zu schreien begannen. Es entspann sich eine diplomatische Krise und Zia Dora musste sich einschalten, um die Signore zum Schweigen zu bringen. Die Gäste genossen diesen lautstarken Zwischenfall, und Zia Dora träumte für einen Moment, sie könne für die Botschaft arbeiten. Sie hatte gerade erst erfahren, dass sie am Tisch Tramontana saß, zusammen mit Ninella, und das hatte ihr neuen Auftrieb gegeben. Als sie ein paar böse Zungen hörte: »Ich hätte ja mehr Eleganz erwartet … mehr schwarz!«, unterbrach sie sie mit den Worten: »Seid schlau und kommt mal hoch ins Veneto … ich zieh euch dann an …«, ohne Zeit für eine Antwort zu lassen.

Vor der Tafel mit der Tischordnung entstanden natürlich nicht wenige Diskussionen. Niemand wollte an den Mistral, weil das an einem solchen Tag zu makaber schien. Also wandte Matilde ein paar Tricks an und sprach sich mit ihren Schwestern und Don Mimì ab.

Und während Chiara sich die Komplimente der Tanten über ihren Swarovskischulterschmuck anhörte, wurde Damiano von seinem Bruder in einer weit entfernten Ecke festgehalten.

»Du musst mir sagen, wer das ist, Damiano. Bitte!«

»Wer wer ist?«

»Dieser Mann, nicht sehr groß, mit dem blauen Zweireiher, mit einer Frau, die so was Auberginefarbenes anhat …«

»Ach Antonino! Er hat ein Restaurant in Monopoli, er ist einer unserer Kunden. Warum, kennst du ihn?«

Der Mann seines Lebens trug ein Diminutiv im Namen.

»Das ist er, Damiano. Er! Der Namenlose! Begreifst du, was für ein Glück das ist? Der Mann, den ich ab und zu treffe … aber immer heimlich. Ich wusste nicht mal, wie er heißt.«

Damiano sah sich um, er hatte panische Angst, dass ein Gast in der Nähe war. Er richtete seine Krawatte, senkte die Stimme und sagte ihm: »Heute bleibst du nur bei Daniela. Daniela ist deine Freundin. Sie ist die Frau deines Lebens. Also gehst du jetzt zu ihr und vergisst diese Geschichte, okay?«

»Du musst mir helfen. Du bist mein Bruder.«

»Ich bin dein Bruder und möchte dir helfen, aber nicht jetzt. Nicht hier. Es ist meine Hochzeit.«

»Mir ist egal, ob es deine Hochzeit ist … du musst mir jetzt helfen.«

»Du bist verrückt, Orlando. Und du riskierst, alle ins Chaos zu stürzen. Du gehst jetzt also sofort zu ihr, ich bitte dich, tu mir diesen Gefallen.«

Sie versuchten, zurück in den Saal zu gehen, als wenn nichts wäre, auch wenn sie beide ziemlich angespannt waren. Zum Glück hatte Damiano immer noch viel mit den Gratulationen zu tun und er fing an, Gefallen an all diesen Höflichkeitsfloskeln zu finden.

Orlando war wütend zu Daniela zurückgekehrt, die dem Bräutigam recht gab. »Du bist verrückt. Es ist sein Hochzeitstag … da kann niemand ihn einfach um einen Gefallen bitten …« Aber Orlando war völlig außer sich und ließ den Namenlosen – Antonino! Antonino! – nicht aus den Augen, jedes Mal, wenn er sein Glas füllte. Er wirkte ruhig, seine Frau klebte immer an ihm. Orlando hatte versucht, ihn auf der Tischordnung zu finden, aber es gab mindestens vier »Antoninos«.

Damiano beobachtete ihn diskret, während er stärker als sonst stotterte. Er hatte Angst, dass sein unglückseliger Bruder ihm die Feier ruinieren würde, und Chiara spürte, dass irgendetwas faul war. Je mehr Zeit verging, umso höher stieg die Spannung, auch wenn Pascal ständig da war, um sie daran zu erinnern, dass das die gefährlichsten Momente seien. Sie schaute zu Damiano herüber mit einem Blick, der sagte: »Erzähl schon«, aber er hatte nicht den Mut, sich ihr anzuvertrauen, als würde es ihn unwiderruflich diskreditieren, wenn er irgendwem etwas sagte – inklusive der eigenen Frau. »Alles in Ordnung«, wiederholte er, »alles in Ordnung. Ich bin ein bisschen angespannt, weil mir der Empfang wichtig ist.«

In diesen hoch nervösen Augenblick platzte Matilde herein und machte alles nur noch schlimmer.

Die Sala dei Leoni sollte endlich für das eigentliche Mittagessen geöffnet werden, und es gab noch zwei Gäste, die keinen Platz hatten. Sie hatten sich die Tischordnung mehrmals angeschaut und sie waren nirgendwo zu finden. Die First Lady warf ihrer Schwiegertochter den ersten offiziell tödlichen Blick zu: Es handelte sich um zwei Cousinen von Ninella.

Nach fünf Minuten der völligen Verwirrung – der Albtraum der Tische war Realität geworden – fiel Chiara auf den Takt zurück, den sie sich in den Jahren als Immobilienmaklerin angeeignet hatte.

Sie ging zu ihrer Mutter.

Gemeinsam gingen sie zum Restaurantchef.

Und alle drei gingen sie zum Besitzer.

Sie nahmen die Zurechtweisung mit gesenkten Köpfen hin. Und sie holten die zwei Cousinen an den eigenen Tisch, rückten enger zusammen.

»Es sollte eine Überraschung für euch sein«, behauptete Chiara. Die beiden, die die Einladung an den Tisch zwar annahmen, waren beleidigt und zogen eine Flappe bis zu den Strigoli mit Zucchiniblüten und Speck.

Die Wütendste war jedoch Zia Dora. Zunächst Herrscherin des Tischs Tramontana, war sie jetzt gezwungen, die Ellbogen einzuklappen, um Platz für die unvorhergesehenen Gäste zu machen. »So etwas passiert nur in Süditalien«, hatte sie sagen wollen, bevor Zio Modesto ihr unter dem Tisch einen Tritt versetzte.

Ihre schlechte Laune wurde glücklicherweise von Giancarlo Showmans Mikrofon überdeckt. Er war immer besorgter wegen dieses Auftritts, der sich eventuell auf den Rest seiner Karriere auswirken würde, er hatte den Mut gefunden, sich Pascal anzuvertrauen, der die Chance nutzte, auch ihm einen Ratschlag zu erteilen: »Sei du selbst und setz dich durch, selbst wenn du dafür schreien musst. Du musst nicht um Gehör bitten, du musst es verlangen. Hypnotisier sie! Und vertrau im Zweifel auf deinen Instinkt.«

Aber der Showman traute sich nicht zu improvisieren und setzte auf sein altes Zugpferd: das Märchen der zwei Brautleute. Die Gäste, die sich bereits mit Antipasti vollgestopft hatten, waren bereit, alles anzuhören, außer dieser Geschichte. Nachdem er erzählt hatte, dass die Prinzessin von Polignano ihren König in einem Kartoffelfeld gefunden hatte – es lachten nur die Kinder –, lud er die Leute dazu ein, Chiara und Damiano zu gratulieren, bevor sie sich zu den Primi hinsetzten.

Niemand rührte sich. Das Brautpaar sah ihn verblüfft an, der Restaurantchef sah ihn finster an und Matilde wandte ihren Blick ab. Nur Pascal ermutigte ihn, und er nahm schließlich Anlauf, bevor er rief: »GRATULIERT DEM BRAUTPAAR, NA LOS!«

Endlich hatten alle verstanden und stellten sich in einer Schlange an. Es war der Moment gekommen, die Umschläge abzugeben.

Kapitel 35

Die Aufstellung erinnerte an ein Treffen von Staatsoberhäuptern.

In der Mitte das Brautpaar. An einer Seite Don Mimì und Matilde. Auf der anderen Seite Ninella und Zio Franco. Auch in diesem so wichtigen Augenblick – die Übergabe der Umschläge mit Geld und Glückwünschen – hatte Ninella es vorgezogen, den Scagliusi und ganz Polignano zu trotzen und alle zu zwingen, auch ihren Bruder zu begrüßen. Für ihn war es eine Strafe, vor allem, weil ihm die Füße wehtaten. Die neuen Schuhe hatten ihm Blasen beschert, so dass er anfing zu humpeln. Ninella und Don Mimì sahen sich immer noch nicht an und versuchten es auch gar nicht erst, jeder ganz steif in seiner öffentlichen Rolle. Nur ihre Kinder trennten sie, aber Matilde ließ die beiden keinen Moment aus den Augen. Und sie spürten diesen Blick wie ein zielendes Gewehr auf sich.

Die Geschwister des Brautpaars standen einen Schritt hinter ihnen, bereit, die Umschläge entgegenzunehmen und sie in einen Korb zu legen. Während Nancy mit dieser wichtigen Rolle glücklich war, musste Orlando all seine Kraft zusammennehmen, um einen annehmbaren Gesichtsausdruck hinzukriegen. Er stand am Rande eines Abgrunds, der ihn Richtung Glück oder Richtung Hölle führen konnte, und er wusste nicht, was er sich wünschen sollte. Er wusste nur, dass es ihm schlecht ging und es nichts Schmerzhafteres gibt, als miese Laune auf einer Feier zu haben. Daniela war ihm nah, aber das genügte nicht.

Inzwischen hatte die Prozession der Verwandten begonnen, in einer fast religiösen Ordnung verteilten sie Küsse an Eltern und Kinder, um dann beim Bräutigam stehen zu bleiben, dem das Familienoberhaupt dann den Umschlag überreichte. Die Gesten waren so geheimnistuerisch, als ob etwas Unanständiges oder Kindisches dahintersteckte.

Und Damiano selbst gab die Umschläge ohne hinzusehen über die Schulter an seinen Bruder weiter, wie ein Drogendealer. Orlando nahm sie und legte sie in den Korb und fragte sich, wie lange dieser Kreuzweg noch dauern würde. Bis vor kurzem hatte er noch mit Daniela darüber nachgedacht, ein paar Umschläge verschwinden zu lassen, um damit Ferien in Gallipoli zu machen.

Plötzlich offenbarte sich die Entscheidung Paradies/Hölle vor ihm. Der Namenlose – Antonino! Ausgerechnet Antonino! – war in der Schlange jetzt vorn, begleitet von seiner Auberginenfrau. Die Spannung des Bräutigams stieg. Er hatte seinen Bruder unglaublich gern, jetzt wo er ihn verstanden hatte, aber er wusste, dass er eine tickende Zeitbombe war. Er drehte sich zu ihm um und sah ihn eher flehend als drohend an. Orlando bemühte sich, sich aus der Erstarrung zu lösen und aus dieser schockierenden Situation, und zwang sich, zu lächeln. Er wollte ihm die Feier nicht ruinieren, aber er hätte sich nie vorstellen können, in so einer Situation zu landen. Im nächsten Augenblick war Antonino bereits da: »Herzlichen Glückwunsch, Damiano. Das ist meine Frau und dieser Umschlag ist für euch.«

Orlando betrachtete die Szene und bemühte sich, natürlich zu bleiben, aber ihn juckte die Nase und er fing an, wie ein Besessener zu kratzen. Dann juckte ihn plötzlich der Kopf. Fehlte nur noch, dass ihn auch der Hintern juckte! Er war wie ein Teenie, der zum allerersten Mal betrunken ist, und vielleicht war es auch so. Er wartete auf ein Zeichen, eine hochgezogene Augenbraue, aber nichts. Der Namenlose, den er noch einen Tag vorher geliebt und geküsst und mit Taralli und Champagner verwöhnt hatte, erkannte ihn nicht mehr. Eine Maske, die keinerlei Gefühle durchließ. In Wirklichkeit beobachtete er ihn genau, eine Vene an seinem Hals pulsierte deutlich.

Endlich war die Prozession zu Ende. Die Umschläge wurden Matilde übergeben, die in den zinnenbewehrten Turm stieg und sie in der Hochzeitssuite in den Tresor legte. Giancarlo Showman hatte langsam begonnen, wieder an sich zu glauben. Vielleicht schaffte er es doch. Es reichte schon, eine andere Persönlichkeit anzunehmen. Daran erkennt man doch einen guten Schauspieler, oder nicht?

Er betrat die Bühne hinten im Saal, wo die Instrumente für die Livemusik schon bereitstanden.

»Wie geht's, Signore und Signori? Fühlen Sie sich jetzt erleichtert? ... Ich höre Sie nicht ... FÜHLEN SIE SICH ERLEICHTERT?«

Irgendjemand nickte schüchtern.

»Gut ... jetzt können Sie sich an Ihre Tische setzen, weil wir ein paar Kostproben vorbereitet haben. Wir sehen uns in der nächsten Pause zum Hochzeitstanz wieder.«

Er legte das Mikrofon ab und kehrte an seinen Tisch hinter den Kulissen zurück. Pascal war weniger streng, als er es gern gewesen wäre, aber er war mit seiner Verbesserung schon zufrieden, auch wenn er ihm nichts sagte. Vito Photographer musterte ihn von oben nach unten. Giancarlo blieb nichts anderes übrig, als sich mit den Primi zu trösten.

GNOCCHETTI TRICOLORE CON GAMBERETTI
E ASPARAGI IN SALSA BIANCA
LINGUINE AI RICCI DI MARE

STRIGOLI AI FIORI DI ZUCCA E SPECK
RISOTTO ALLO CHAMPAGNE

Im Saal hörte man nur die Kinder, das Besteck und Gemurmel. Matilde hatte keinen Tanz zwischen Antipasti und Primi gewollt und auch keine Musik zu den Linguine, weil das ihrer Meinung nach provinziell war. Daher hatte sie einen Moment der Stille kreiert, der nun unpassend wirkte. Anstatt als elegante Einlage wurde die Situation als knauserig interpretiert: Wenn man ein Cello engagiert hat, muss man anscheinend auf irgendetwas anderes verzichten.

Am sauersten war Vito Photographer. Es ärgerte ihn richtig, dass Giancarlo Geld verdiente, indem er zwischen zwei Gängen drei Witzchen riss, dabei machte er ein erschöpftes Gesicht, als würde er superanstrengende Arbeit verrichten. Und er war ein bisschen genervt von Chiara, die keine Entscheidung mehr traf, ohne vorher mit Pascal gesprochen zu haben, dem wahren Sonnenkönig des Festes. Der Schminker, wie er ihn nannte, hatte sich sogar erlaubt, dem Brautpaar ein paar Posen für Fotos zu empfehlen, die sie mit solchem Enthusiasmus aufnahmen, dass es ihn umgehauen hatte. Als reiche es nicht schon, dass von 287 Gästen ihn gerade mal eine Frau um seine Visitenkarte gebeten hatte. Aber den Todesstoß verpasste ihm der Bürgermeister: Er kam zu den Gnocchetti tricolore und bat darum, aus Gründen der Privatsphäre nicht fotografiert zu werden.

Chiara und Damiano spazierten währenddessen Hand in Hand von einem Tisch zum anderen, und je mehr Zeit verging, umso schöner fanden sie diese Geste. Pascal war inzwischen auch der Bräutigam sympathisch geworden, und er erlaubte es sich ab und an, dessen Haltung zu korrigieren oder seine Jackenknöpfe zu öffnen.

Jedes Mal, wenn die Gäste für einen Trinkspruch aufstanden, was sie schrecklich provinziell fand, empfand die First Lady eine gewisse Genugtuung, wenn sie Ninellas Tisch sah, der vor Onkel, Tanten und Cousins überquoll. Der Wein hatte geholfen, auch Zio Franco lockerer werden zu lassen: Nach zwanzig Jahren der Isolation erschien es ihm unwirklich, so viele Menschen um sich zu haben. Aber ein Teil seiner guten Laune lag an seinen Füßen. Die Signora aus Locorotondo hatte ihm vorgeschlagen, die Schuhe auszuziehen, damit er sich ein bisschen entspannen konnte. Und er war wie neugeboren. Er schlüpfte nur hinein, wenn er zum Anstoßen aufstehen musste, für die paar Sekunden ließ er die Fersen draußen.

Das Brautpaar nutzte einen ruhigen Moment, um eine erste Bilanz des Tages zu ziehen.

»Es läuft doch alles gut, nicht wahr?«

»Ja, abgesehen von Mammas Tisch. Ich habe keine Ahnung, wie wir diese zwei Cousinen vergessen konnten ... sieh nur, wie wütend Zia Dora ist. Wir haben mit diesen Tischen, die nach Winden heißen, alles falsch gemacht. Nie wieder.«

»Nie wieder? Hast du schon vor, dich scheiden zu lassen?«

»Hör auf, du Quatschkopf.«

»Ach komm, es hat doch niemand gemerkt. Sie sitzen nur etwas enger. Das Wichtige ist, dass der Bürgermeister noch gekommen ist, hast du ihn gesehen?«

»Ja, aber er hätte sich wenigstens einen feinen Anzug anziehen können.«

»Immer diese Ansprüche. Sei dankbar, dass er gekommen ist, das erspart uns einige Kritik.«

»Oder sie kritisieren genau das ... am wichtigsten ist, dass man darüber spricht!«

Pascal hörte die letzten Worte und war stolz. Seine Leute

lernten schnell. Tatsächlich kam kurz darauf eine neue Diskussion auf. Ein Kind hatte es geschafft, eine Dose Coca-Cola zu bekommen, und im Dominoeffekt wollten jetzt alle am Tisch eine.

Nach dem Risotto allo Champagne, bei dem Zia Dora vermutete, dass es mit Prosecco aus Valdobbiadene gemacht worden war, betraten *Jonathan Music* die Bühne, eine Band aus dem Salentino, die noch nie nördlich von Brindisi aufgetreten war. Chiara hatte sie mal live gesehen und sich in sie verliebt. Damiano hatte nichts dagegen, Ninella hatte ihr blind vertraut und Matilde hatte im Gegenzug die Stille während der Primi verlangt.

Jetzt jedoch trug sie die gesamte Verantwortung. Die Sängerin nannte sich Alicia, weil ihre Stimme an Alicia Keys erinnerte. Sie trug ein elegantes Schlauchkleid, während ihre Bandkollegen im Smoking auftraten und die Bewunderung aller auf sich zogen. Giancarlo Showman nahm das Mikrofon und kündigte die Gruppe an, die die Herzen des Brautpaares höherschlagen ließ. Und während er die Kinder zu einem Ringelreihen aufforderte – die Kinder folgten ihm immer –, hatte Alicia begonnen, *La solitudine* von Laura Pausini auf Französisch zu singen. Das Lied zum ersten Tanz provozierte ein paar Kommentare, sowohl wegen des Titels als auch weil »Marco ist gegangen und kehrt nicht wieder« kein gutes Omen war. Doch Alicia sang wunderbar, was auch Nancys entrückter Blick bestätigte.

Giancarlo rief das Brautpaar in die Mitte der Tanzfläche und gewann langsam die Aufmerksamkeit wie zu »alten Zeiten«. Chiara war zu Anfang ein bisschen schüchtern – wie es sich für jede wohlerzogene Braut gehört –, aber Ninellas Blick und Damianos Hand überzeugten sie, praktisch sofort aufzustehen. Pascal ließ die Chance nicht verstreichen, noch mal zu bekräftigen, dass sie den Rücken gerade halten solle, und sie bemühte sich, Gisele Bündchen zu imitieren. Sie beide hatten nie eine Tanzschule besucht, so dass sie sich wie zwei Teenager, die nicht wissen, wie man sich einem Publikum präsentiert, zum Engtanz aufstellten. Der Beifall war überwältigend, und da war er endlich, der Kuss. Die Tische, die nahe den Lautsprechern standen, fühlten sich natürlich von den Dezibel gestört, und ein paar Signore versuchten zu protestieren, aber ihre Ehemänner schafften es gut, sie zu beruhigen. »Es ist doch nur ein Hochzeitsessen«, sagte einer unpassenderweise.

Am Ende des Liedes ging Giancarlo Showman auf das Paar zu, um die erste Überraschung ihrer Hochzeitsfeier zu enthüllen. Er bat um etwas Ruhe, die er mit einigen Schwierigkeiten auch erhielt. Es war ganz objektiv ein schwieriges Publikum.

»Lieber Damiano, liebe Chiara, diesen wichtigen Tag hätte es ohne eure Eltern niemals gegeben … und du, Chiara … du … hast eine wirklich außergewöhnliche Mutter … die dich fast ganz allein aufgezogen hat …«

Giancarlo Showman zeigte auf Ninella und sie winkte.

»Deswegen möchte ich sie hierherbitten, um den nächsten Tanz einzuleiten … ja, ich meine Sie, Ninella … kommen Sie nach vorne … und dazu bitte ich jetzt …«

Er schaute sich um, als hätte er sich noch nicht entschieden, wodurch er maximale Aufmerksamkeit bekam.

»… den Vater des Bräutigams … Don Mimì … ja, genau … für die große Familienzusammenführung!!!«

Nach einem ersten »Oh« verstummte der Saal.

Ninella hatte das Gefühl, der Stuhl verschwände unter ihr, und spürte die Augen der ganzen Welt auf sich.

Auch Don Mimì erschreckte sich furchtbar. Er verstand nicht, was vor sich ging und wie es dazu kam, dass jemand am Mikrofon seine Gedanken laut vorlas. Es gab, neben Ninella, nur eine einzige Person, die sie beide gut kannte und der er sich an diesem Morgen anvertraut hatte. Und das war Damiano. Er suchte nach ihm, während der Animateur sie weiterhin aufforderte, aufzustehen, und der Saal begann, verlegen zu applaudieren. Sein Sohn zwinkerte ihm zu, aber er war gerührt, das sah man. Er hatte Giancarlo den Tipp gegeben. An dem Tag, an dem Mimì glaubte, als Vater versagt zu haben, zeigte Damiano ihm eine Geste der Liebe. Er nahm seinen Mut zusammen, und ohne seine Frau auch nur anzusehen, stand er vom Tisch auf und ging in Richtung Tanzfläche.

Sie sah das Leben, das sie hätte haben wollen, mit langsamen Schritten auf sich zukommen. Der Applaus verschwand allmählich und in ihrem Kopf klang alles gedämpft wie unter Wasser.

Sie drehte sich ungläubig um und blickte zu Nancy, die sagte: »Na los, Mamma, geh.« Ninella stand auf, als hätte sie einen Oscar gewonnen, und reichte ihrem Mimì die Hand.

Kapitel 36

In diesem Moment schienen selbst die Kinder zu verstummen.
Sie beschlossen, ein anderes Spiel zu spielen und sich auf der Toilette zu verstecken, ein paar Mütter folgten ihnen. In den Augen Ninellas, immer noch nah an ihrem Tisch, wirkte die Tanzfläche riesig. Eine zu große Bühne, selbst für sie, obwohl sie von dieser Revanche geträumt hatte. Don Mimì dagegen fühlte sich wie zu Hause und ihm war es ziemlich wurscht, dass seine Frau kurz vor einem Nervenzusammenbruch stand, ihre Schwestern, die sie ansahen, als wollten sie »Tu doch was« sagen, und sie saß da, mit gebrochenem Herzen und starrem Blick, als wäre sie der Innenminister auf einer Beerdigung. Ab und an drehte sie den Kopf, um zu zeigen, dass sie keine Angst vor dem Publikum hatte. Und die Leute machten im Moment keinen Mucks.

Ninella und Don Mimì gingen langsam zur Saalmitte. Er hielt sie ganz neutral an der Hand, den Kopf erhoben und stolz. Sie folgte ihm einen Schritt dahinter, und mit dem Blick suchte sie nach den Fugen im Marmorboden. Ihre Nase roch die Wolke seines Aftershaves, das immer noch das gleiche war. Die Lästermäuler hatten bisher keinen Grund zur Kritik. Ganz formal gesehen waren sie zwei Schwiegereltern auf der Hochzeit ihrer Kinder, welche ihnen zusahen, Arm in Arm schwankend und ohne auf Pascal zu achten, der sie gerne etwas gerader stehen sehen würde.

»Und jetzt, da sich die Eltern der Brautleute endlich zu diesem Tanz entschlossen haben, gibt es eine besondere Überraschung … besonders für Ninella … der Dame in Rot … einen Applaus bitte, damit sie sich ein bisschen entspannt …«

Alle klatschten und sie wäre am liebsten im Boden versunken.

»… nur für Sie haben wir ein Lied aus dem Salentino vorbereitet, das unsere Alicia in einer Version singt, die viele Preise gewonnen hat … die süße Version eines Klassikers unserer Heimat … Signore und Signori … für Sie *Ninella mia* … Los, Alicia!«

Die Stimme des Animateurs hallte im Saal wie die eines Kirmesschaustellers. Er fand den alten Mut wieder, diese Geschichte hatte ihn begeistert. Bei Hochzeiten passierte immer alles Mögliche, aber noch nie hatte ihn ein Bräutigam darum gebeten, den eigenen Vater mit der Mutter der Braut tanzen zu lassen. Und als Giancarlo es mit der Band besprochen hatte, hatte Alicia sofort begriffen, dass dahinter eine besondere Geschichte steckte.

Quannu te llai la facce la matina
l'acqua Ninella mia nu l'hai menare
nu l'hai menare no …
l'acqua Ninella mia nu l'hai menare.

Wenn du dir morgens das Gesicht wäschst
schütte das Wasser nicht weg, meine Ninella,
schütte es nicht weg, nein …
Schütte das Wasser nicht weg, meine Ninella.

Alle blieben stehen und sogar die Kinder kehrten zurück.

Zio Modesto war der Erste, der gerührt war, er dachte an seinen verstorbenen Bruder und an das Salento seiner Kindheit. Zia Dora träumte davon, dass jemand auch sie bat, das Wasser, mit dem sie sich morgens das Gesicht wusch, nicht wegzuschütten. Sie beneidete Ninella vor allem um das rote Kleid, das noch toller aussah, wenn sie sich bewegte.

Ninella hatte beschlossen, diesen Tanz bis zum Ende zu genießen. Sie konnte nicht mehr wütend auf Don Mimì sein, dessen linke Hand sie am Rücken hielt, als wäre es ein Tango. Sie wusste, dass die Scheinwerfer auf sie gerichtet waren, aber es war ihr egal, sollten ruhig alle hinsehen. Hier ist er, meine große Liebe. Er ist dicker geworden, hat einen Bauch bekommen und seine Schultern sind etwas schmaler. Aber für mich hat er nie besser ausgesehen als heute. Spürt ihr, wie er glüht? Ganz tief drinnen glüht er. Aber man muss ihn berühren, sonst erscheint er wie ein kühler rationaler Kopf. Und trotz allem, was ihr alle gesagt habt, was ihr alle gedacht habt, könnt ihr jetzt nicht mehr auseinanderreißen, was früher einmal nicht hatte sein sollen.

Im Saal bewegte sich nicht einmal eine Gabel. Es war ein poetischer Augenblick, der die volle Aufmerksamkeit forderte, während eine junge Frau diese Geschichte in einer herzzerreißenden Version sang. »Ninella mia«, wiederholte sie. »Ninella mia.«

Chiara und Damiano standen da und spürten, dass ihre Liebe im Vergleich nicht so groß war, aber gerade das ermutigte sie, noch mehr daran zu glauben. Diese große Liebe wirkte fast angsteinflößend. Ihre Eltern bewegten sich wie Libellen, ohne je einen Schritt geprobt zu haben, ohne auch nur ein einziges Mal zusammen getanzt zu haben.

Wie im Märchen war es ein Tanz ohne Probe. Und wenn man darüber nachdachte, dann trat eine Prinzessin nie jemandem auf den Fuß. Sie verlor höchstens mal einen Schuh. Aber Ninella stand sicher auf ihren Absätzen, da sie die Schuhe tagelang heimlich zu Hause getragen hatte. Die beiden schauten sich nur ein paar Mal in die Augen, wenn Don Mimì die Schritte ändern wollte und sich eine Pirouette ausdachte. Und es waren glückliche Blicke.

Alle Worte, die sie einander hätten sagen wollen, überließen sie der Fantasie der Anwesenden. Sie waren so begeistert, dass sie sich zu einer für Schwiegereltern etwas zu gewagten Tanzfigur hinreißen ließen, er ließ sie über seine Arme sinken. Es war ihre Vendetta. Und da erkannte er endlich die Kette wieder, die er ihr von seinem ersten Lohn geschenkt hatte. Sie zu sehen war, wie die Worte zu hören, die sie ihm nicht hatte sagen können.

Damiano und Chiara begriffen, dass sie eingreifen mussten. Auch Cosimo, der alle Cousins koordinierte, machte Damiano ziemlich deutliche Zeichen. Giancarlo Showman wusste, dass der richtige Moment gekommen war, und betrat beherzt die Tanzfläche, um das Brautpaar nach vorne zu bitten.

Die Geste führte zu Geraune. Ihm und Pascal war als Profis sofort klar, was diese Darbietung zu bedeuten hatte. Der romantischste Tanz, den sie je gesehen hatten. Einen Augenblick lang vergaßen sie, dass sie zum Arbeiten hier waren. Sie sahen nur die Liebe und applaudierten ihr, um die Tränen zu vertreiben. Denn auf Hochzeiten darf man nur weinen, wenn man eingeladen ist. Giancarlo Showman bemühte sich, nicht an seine Exfrau zu denken und die Szene zu genießen. Pascal machte dasselbe. Mariangela stellte sich neben ihn und er nahm ihre Hand, damit sie nicht wieder ging. Sie zweifelte plötzlich daran, dass er schwul war, und diese Geste veränderte die Perspektive völlig. Die Leidenschaftlichste bei dieser Szene war Nancy, die hinsah und währenddessen ein paar Herzchen an Tony schickte und Frieden mit Carmelina schloss.

Im Wirbel des »Es lebe das Brautpaar!«, der nun folgte, blieb die First Lady stehen, umringt von ihren Schwestern, und tat so, als klatsche sie. Sie war beleidigt und wertlos war der Blick, den Don Mimì ihr zusammen mit einem Kuss zuwarf, um sie unter dem *Tsch – ge – tsche – ge – tsch – ge,* das Alicia plötzlich hören ließ, auf die Tanzfläche zu bitten.

Da ließ der Namenlose seine Frau am Tisch sitzen, um auf die Toilette zu gehen. Orlando, der ihn keine Sekunde aus den Augen gelassen hatte, folgte ihm, auch wenn Daniela ihn auf Teufel komm raus zurückhalten wollte. Dieser Glückstag musste doch auch für ihn eine Chance in petto halten.

Kapitel 37

Der Namenlose betrachtete sich gerade im Spiegel, als er Orlando eintreten sah, verstohlen wie ein Mörder. Aber er ließ sich nicht aus der Ruhe bringen. Er bemühte sich, keine Anspannung zu zeigen und grüßte ihn sogar gefasst, um ihn zu beruhigen.

Während er sich die Hände wusch, dachte er nur daran, wie er hier rauskam. Denn auch wenn niemand Bescheid wusste – zu entdecken, dass sein Liebhaber zu »Scagliusi & figli Import Export« gehörte, hatte ihn durcheinandergebracht. Er hatte zu schwitzen begonnen und hatte Glück, dass noch niemand das Jackett abgelegt hatte, weil sein Hemd komplett voller Schweißränder war.

Seine Frau ahnte natürlich etwas, mit diesem Blick, den nur Frauen haben, wenn sie genau hinsehen. Dann hatte sie beschlossen, das etwas merkwürdige Verhalten ihres Mannes zu übersehen, und hatte sich damit getröstet, dass niemand sonst die Auberginenfarbe ihres Outfits gewählt hatte, die sie »Blauviolett« nannte.

»Komm mit«, sagte Orlando zu ihm, während er die Tür der letzten Toilette öffnete. »Komm mit, Antonino«, sagte er zum ersten Mal. Antonino sah sich um – soll ich oder soll ich nicht? – und konnte der Versuchung nicht widerstehen. Kaum, dass sie die Tür geschlossen hatten, stürzte er sich auf Orlando: »Du bist verrückt, verrückt!«, und hing ihm schon am Hals. Ihn in Jackett und Krawatte mit diesem Jungsgesicht zu sehen, verdrehte ihm noch mehr den Kopf. Diese blauen

Augen vertrieben schließlich die letzten Zweifel. Er dachte nicht an seinen makellosen Anzug, an Flecken oder Falten. Er dachte nur an den Genuss. Der Sex brachte beiden diese Euphorie, die jegliche Angst vertreibt, auch wenn der Namenlose alle zwei Minuten innehielt, von irgendeinem Geräusch alarmiert.

Sie kamen gleichzeitig und hektisch, ohne den Mut, sich länger anzusehen. Was haben wir getan, dachten sie, aber der Einzige, der es bereute, war der Namenlose. Orlando versuchte, ihn zu küssen und ihm das Gesicht zu streicheln, aber er wich ihm verlegen aus: »Jetzt lass.« Sie atmeten noch schwer, als jemand an die Tür klopfte.

Stille und Panik.

Erneutes Klopfen.

Stille und Panik.

Orlando wollte bereits etwas sagen, während Antonino panisch Zeichen machte, den Mund zu halten. Zum Glück hörten sie, wie die Tür der Toilette nebenan geöffnet wurde, während aus dem Saal Alicias Stimme drang, die ihren Stolz geschluckt hatte und »Maracaibo, mare forza nove« sang, als würde es ihr gefallen.

Nach einer weiteren Reihe von Spülungen, Schritten, Wasserrauschen herrschte wieder Stille. Der Namenlose, die Hose wieder geschlossen, entschied, dass der Moment gekommen war, um die Flucht zu wagen. Er öffnete schnell die Tür, um als Erster hinauszugehen, und schloss sie sofort hinter sich. Er hatte nicht mehr die Zeit, sich zu entspannen, da tauchte Don Mimì vor ihm auf.

Schluck.

Der mächtigste Mann im ganzen Saal, der Vater des Bräutigams, der Vater seines Liebhabers sah ihn fest an. Er versuchte, so langsam wie möglich wegzugehen, damit es natürlich wirkte. Er grüßte ihn mit einem Kopfnicken und kehrte an seinen Tisch zurück, dabei bemühte er sich, nicht loszurennen. Es war einer der schwierigsten Wege seines Lebens. Seine Frau aß gerade ihre Linguine ai Ricci auf, als sie ihn kommen sah.

Don Mimì war vor der Toilettentür stehen geblieben. Er konnte sich noch dafür entscheiden, so zu tun, als wenn nichts wäre, ein anderes Klo betreten und das Thema ein für alle Mal vergessen. Aber an diesem Tag wollte er der Realität ins Auge sehen. Er musste nur noch überprüfen, was er im Grunde immer gewusst hatte. Er klopfte heftig, ohne ein Wort zu sagen, aber niemand antwortete. Er versuchte, die Tür zu öffnen, aber sie war verschlossen. Er klopfte weiter so laut, dass er die Tür fast einschlug. Seine Schultern waren zwar etwas schmaler geworden, aber seine Arme waren noch kräftig und mit den Händen hätte er jemanden zermalmen können. Nach dem x-ten Versuch hörte er seinen Sohn sagen: »Einen Moment … es ist besetzt!«, als wäre nichts.

Aber Don Mimì klopfte weiter wie ein Irrer, ohne zu reden und ohne aufzuhören. Und nach einer Weile öffnete Orlando die Tür und kam heraus, er hatte ja keine Alternative – das Fenster war zu klein und zu hoch.

Schluck.

Er sah seinen Vater mit aufgerissenen Augen und dachte sofort an die Ohrfeigen, die er als Kind abbekommen hatte und wegen derer er Sterne gesehen hatte. Doch nichts geschah. Don Mimì betrachtete ihn mit einem fragenden Blick, aber schließlich sagte er: »Hast du fertig gepinkelt?«

Er war so verlegen, dass er nickte, ohne etwas hinzuzufügen, und ging zum Waschbecken. Er sah sich im Spiegel an und dachte, dass ihm jetzt alles egal war: sein Vater, sein Bruder, diese heuchlerische Feier. Er kehrte in den Saal zurück, ordnete seine Haare, stolz, einen Augenblick des Rausches erlebt zu haben, der sicher ein paar Stunden anhielte. Daniela merkte, was los war, und spürte, dass es bald Probleme geben würde. Sie gab ihm einen Kuss, um Lästermäulern den Mund zu stopfen, aber er reagierte mit einem »Lass mich in Ruhe«, das viele sahen. Mindestens fünf Personen begannen, sie plötzlich ganz genau zu beobachten.

Don Mimì war jedoch immer noch im Bad, ohne zu wissen, was er tun sollte. Schließlich schloss er sich in der Toilette ein. Er wollte die Welt hinter sich lassen.

Einer seiner Söhne hatte sich genau hier mit einem anderen Mann versteckt und wahrscheinlich Sex gehabt. Etwas, das jeden Vater umwerfen würde, ließ ihn fast völlig kalt. Das Wichtigste war, dass niemand es bemerkt hatte, denn in diesem Moment interessierte es ihn nicht mehr, Vater zu sein. Ihm lag vor allem am Herzen, sich selbst wiederzufinden. Er lehnte sich mit dem Rücken an die Wand, strich sich über den Schnurrbart und kehrte zu den gerade eben wie mit angehaltenem Atem erlebten Momenten zurück, in denen Ninellas Kette sein Gesicht berührt hatte.

Nach dem Tanz hatte er sie ihren Verwandten überlassen und war zu Matilde zurückgekehrt, die weder Wut noch irgendein anderes Lebenszeichen zeigte. Er hatte es mit »Wie habe ich mich geschlagen?« versucht, jedoch keine Antwort erhalten. Aber er fühlte sich nicht schuldig. Er hatte gerade einen großen Glücksmoment erlebt und Ninella am liebsten gar nicht loslassen wollen. Da er nicht länger mit ihr tanzen konnte, hatte er es vorgezogen, auf die Toilette zu flüchten. Er überließ sich der noch frischen Erinnerung an ihre Schritte und hatte immer noch »*Ninella mia nu l'hai menare*« im Ohr. Seine Augen füllten sich mit Tränen, die er fließen ließ, genau wie wenn er *Die Brücken am Fluss* sah. »Die alten Träume waren gute Träume. Sie gingen nicht in Erfüllung, aber ich bin froh, dass ich sie hatte.«

Nur der Namenlose war noch verwirrter als er, er fühlte sich wie ein Angeklagter nach dem Urteilsspruch, neben einer Frau, die lieber mit anderen reden wollte. Er war erschüttert, er konnte mit niemandem darüber sprechen und auf keinen Fall konnte er Orlando gegenübertreten. Er sah ihn neben Daniela, die in ihrem Grün aus mehreren Kilometern Entfernung sichtbar war, und dachte, dass es alle möglichen Anzeichen gegeben hatte, um zu begreifen, dass dieser Junge ein Scagliusi war. Es passte alles zusammen: die Villa am Meer, die Autos, das Agrarunternehmen seiner Familie in Polignano, von dem er nie mehr wissen wollte. Er musste seine Ruhe wiederfinden, er tat daher so, als bekäme er einen Anruf und entfernte sich vom Tisch. Zwei Schritte allein würden ihm helfen. Am Ende des Korridors kam Don Mimì auf ihn zu, wie in einer schlechten Komödie.

Schluck.

Es gab keinen Ausweg. Anscheinend konnte er aus diesem Albtraum nicht erwachen.

Wie bei *Die Brautleute*: Don Abbondio gegen Don Rodrigo. Er zwang sich, ein Lächeln aufzusetzen und weiter am Telefon zu sprechen, aber sein Gegenüber hielt ihn am Arm fest, ohne sich auf Diskussionen einzulassen:

»Komm mal her, Tonino, hör mir zu …«

Der Namenlose tat so, als lege er auf.

»Du kannst bei mir einkaufen, und ich gebe dir auch mehr Skonto, aber wehe, du fasst meinen Sohn noch einmal an.«

Antonino antwortete nicht, aber sagte sich selbst immer wieder: »Nicht den Kopf senken, nicht den Kopf senken, nicht den Kopf senken …«

Don Mimì war jedoch noch nicht fertig.

»Deine Frau wartet am Tisch auf dich. Du solltest in den Saal zurückkehren, bevor dich noch jemand anderes sieht.«

Der Namenlose dachte, wie schön es doch wäre, auf der Stelle im Erdboden zu versinken, ohne Spuren zu hinterlassen, nicht mal ein bisschen Asche, die im Meer verstreut würde. Einfach verschwinden. Er nickte und ging in den Saal zurück, dabei verfluchte er die Arroganz, die ihn im absolut schlimmsten Moment erwischt hatte. Diese Sicherheit, die man verspürt, wenn man eine Person an der Hand hält, die Illusion, dass man auch die Umwelt kontrollieren könne. Aber die Welt gehört schließlich allen und folgt ihren eigenen Regeln.

Seine Frau verlor langsam die Geduld. »Es muss wohl das Crudo di mare gewesen sein«, grummelte er und berührte seinen Bauch, und sie sah ihn streng an, ermutigte ihn, weiterzuessen, weil man bei einem Hochzeitsessen nicht aufgeben darf. Man muss stark sein, stark, stark. Er versuchte es und fand, es sei die gerechte Strafe. Als er jedoch sah, dass Orlando weiter beharrlich seinen Blick suchte, begriff er, dass die einzige Lösung war, zu flüchten. Er sagte seiner Frau, dass er es wirklich nicht schaffe und lieber nach Monopoli zurückkehren wolle. Also verabschiedeten sie sich von den anderen Gästen am Tisch und dann vom Brautpaar.

Damiano schüttelte ihm kühl die Hand, was ihn noch mehr verwirrte. Sein Bruder hatte ihm wohl gestanden, wer er war, und er wollte ihn seine Abscheu spüren lassen. Chiara besaß zu viel Anstand, um einen Widerspruch zu wagen: »Wieso gehen Sie denn schon?«

Aber ein Glöckchen klingelte in ihrem Kopf, das wie eine Alarmsirene dröhnte. Sie stand kurz davor, ihr erstes Gastgeschenk zu verteilen. Sie waren in ganz Apulien herumgefahren, um das Passende zu finden. Und auch wenn ihr Budget dafür recht groß war, war es eine schwierige Aufgabe gewesen, weil das perfekte Gastgeschenk folgende zehn Regeln befolgen musste:

- unvergesslich (im Positiven),
- wiedererkennbar,
- nützlich,
- schön,
- neu,
- überraschend,
- elegant,
- relativ teuer, aber nicht zu sehr,
- modern,
- klassisch.

Nach einem zermürbenden Hin und Her hatte Chiara schließlich ein silbernes Schmuckkästchen ausgewählt, in das ihre Initialen eingraviert waren, als Schutz vorm Weiterverschenken.

All das schien den Namenlosen nur wenig zu interessieren, der das Gastgeschenk entgegennahm, ohne dass ihm auch nur der Faden auffiel, mit dem es eingebunden war. Er bedankte sich ein bisschen schnell, schaffte es aber noch zu sagen, dass es »eine unvergessliche Hochzeit« gewesen war, und das meinte er ernst. Er nahm seine Frau an die Hand und wandte sich dem Ausgang zu. Bevor er ging, sah er noch einmal zu Orlando herüber, der ihn mit seinem Blick verfolgte. Er senkte den Kopf und verschwand durch die Tür.

Giancarlo Showman lud alle ein, zur Verdauung ein bisschen Macarena zu tanzen.

Kapitel 38

DENTICCE ALLA MEDITERRANEA
DORSO DI OMBRINA STECCATA AL TIMO
FILETTO RIPIENO CON FORMAGGI
FANTASIA DI VERDURINE
INSALATINA DI GERMOGLI
PATATE ARROSTO

Für Don Mimì war eine Scagliusi-Hochzeit ohne Kartoffeln undenkbar, daher hatte er erst im Menü darauf bestanden und sie dann persönlich im Restaurant abgeliefert. Nach den Dentice alla mediterranea hatten *Jonathan Music* die Tanzfläche für alle geöffnet. Die Männer lockerten die Krawatten, manche zogen das Jackett aus und die Frauen hörten auf, in jedem weiblichen Gast eine Rivalin zu sehen. Am aufgedrehtesten waren die Kinder, die überall herumliefen, auch unter den Tischen.

Einer amüsierte sich jedoch nicht. Zio Franco genoss gerade das Fest, indem er von weitem mit der Signora aus Locorotondo flirtete, als ihm einer seiner Schuhe auf der Tanzfläche auffiel. Giancarlo Showman sah in diesem Gegenstand die Steilvorlage für einen Witz, daher rief er übers Mikrofon das »Aschenputtel« aus, er nannte ihn tatsächlich so, und forderte ihn auf, mitten auf der Tanzfläche den Schuh anzuprobieren. Alle lachten, selbst der Restaurantchef. Die Einzige, die ernst blieb, war Ninella, die sofort den fraglichen Schuh erkannte. Sie sah zu ihrem Bruder, der lieber wieder im Gefängnis gesessen hätte, als diese Erniedrigung durchmachen zu müssen. Aber alles im Leben hat seinen Preis. Und vielleicht war ihm tatsächlich zu schnell vergeben worden. Er stand auf und ging zu seinem Schuh, während Matilde allen ihre riesigen Zeichentrickfilmaugen zeigte: Sie sah aus wie ein Mangamädchen. Zio Franco lächelte verlegen und in der Sala dei Leoni fingen alle an, höhnisch zu lachen. Ninella war schon betrübt genug, aber Zia Dora musste noch eins draufsetzen, sie habe es ja immer gesagt, die mit den Schnallen wären besser gewesen: »Die wären schwieriger auszuziehen gewesen.«

Zum Glück beschloss der Animateur, der immer stärker Herr der Lage war, eine Polonaise auszurufen. Im allgemeinen Chaos wollten Pascal und Mariangela sich unbedingt küssen, aber konnten es nicht. »Ich weiß, viele glauben, ich sei schwul«, flüsterte er ihr ins Ohr. »Aber ich bin bloß ein bisschen hysterisch! Ich habe deswegen sogar schon Aufträge verloren … Wenn man in gewissen Umgebungen nicht schwul ist, kommt man nicht weiter … aber nicht alle Visagisten sind schwul! Außerdem bin ich wirklich gut …«, wisperte er ihr vieldeutig zu.

Die Stimmung schwankte zwischen ausgelassen und surreal. Zerstrittene Familien fanden sich beim Tanzen plötzlich Arm in Arm wieder und umkreisten Tische, die bis vor kurzem noch Feindesland gewesen waren. Auch der Bürgermeister mischte sich unter die Menschenmenge, was ihm ehrliche Ovationen einbrachte. Chiara und Damiano sahen sich lachend an und fragten sich: »Wie konnte es nur so weit kommen?« Aber sie hätten ihre Eltern auf keinen Fall enttäuschen wollen: »Eine Hochzeit ohne Polonaise bedeutet Unglück in der Ehe«, hatte Don Mimì gesagt, als er noch klar im Kopf war.

Jonathan Music waren gut darin, die Musikstile zu variieren, sie wechselten von den Achtzigern zu Volksliedern, von der

Pizzica zum Schlager. Und Alicia, immer noch eingequetscht in ihrem Schlauchkleid, genoss den Auftritt in diesem Saal, der so sehr mitging.

Nancy wurde immer fröhlicher, während Ninella, abgesehen vom Schuh ihres Bruders, sich noch immer nicht ganz erholt hatte. Nach dem Tanz musste sie an den Tisch der vergessenen Cousinen zurück, die sie mit warmen Worten empfangen hatte. Etwas quälte sie jedoch, das sie nicht einmal ihrer Tochter hatte gestehen können. All die Gefühle, die bei *Ninella mia* wach wurden, hatte sie verborgen, hatte so getan, als ob nichts wäre. Aber nach der letzten Polonaise schaffte sie es nicht mehr. Sie musste diese Zweifel aus dem Kopf kriegen, daher ging sie zu Vito Photographer.

»Glauben Sie, dass es ein Foto vom Tanz gibt?«

»Von der Tanzfläche habe ich, so viele Sie wollen …«

»Nein, ich meine den Tanz mit mir.«

Vito sah sie mit einem Ausdruck an, als habe er plötzlich alles begriffen.

»Natürlich, Signora, ich habe davon ein besonders schönes, schauen Sie hier.«

Ninella starb vor Neugier. Eigentlich hätte sie ihre Brille gebraucht, aber sie hielt den kleinen Bildschirm so weit entfernt, dass sie das Bild scharf sah: Sie und Mimì eng umschlungen zu diesem Lied, das sie niemals vergessen würde. Sie bekäme also eine Erinnerung, wenigstens eine, an die wahre Liebe. Es gibt Liebespaare, denen nicht mal ein Foto bleibt, und dann fällt es noch schwerer zu vergessen. Sie hätte jetzt endlich eines.

Vito hatte sich jetzt eine Pause gegönnt vor dem Endspurt: dem Anschneiden der Torte und dem Wurf des tropfenförmigen Brautstraußes. Um ehrlich zu sein, hatte er sich ein bisschen abgesetzt. Er ärgerte sich, mit einer Frau rumgemacht zu haben, die über solch einen Einfluss verfügte. *Egoïste!*, schrie ihm die Werbung in die Ohren: *Egoïste!* Und er hatte das Bedürfnis, noch einmal alles zu klären.

Am Vormittag war er zu schnell abgefertigt worden, und er wollte, dass sie ihm vergab. Also ging er hinüber zu Chiara, die gerade über ihre neue Frisur für das große Finale diskutierte. Sie war inzwischen so in ihrer Rolle aufgegangen, dass sie in Vito nicht mehr den Mann sah, der sie am Vortag noch hatte erzittern lassen. Vor ihr stand ein komplett in Schwarz gekleideter Typ mit stumpfen Schuhen. Der Fotograf zog sie aus dem Restaurant, und ohne dass sie etwas begriff, fragte er sie: »Verzeihst du mir?«

Chiara sah ihn verwirrt an und spürte Widerwillen in sich aufsteigen. Sie wollte am liebsten gar nicht mehr an den gestrigen Nachmittag denken. Sie beschloss allerdings, dass sie für Dramen jetzt keine Zeit hatte, und vor allem, dass es auch gar nicht so schlimm war. Wenn es Vito nicht gegeben hätte, hätte sie schließlich nie verstanden, wie viel ihr nicht nur an der Hochzeit, sondern auch an Damiano lag. Als sie dann auch noch ihre Mutter hatte tanzen sehen, wurde sie ganz euphorisch.

Vito schaute sie erwartungsvoll an.

Eigentlich wollte er nur ihre Aufmerksamkeit erregen, und sie ließ sich darauf ein, ohne es wirklich zu bemerken. Sie umarmten sich ganz unschuldig, obwohl Damiano, der die Szene aus der Distanz betrachtete, es anders sah: »Was macht deine Frau denn da in den Armen des Fotografen?«, zischte Cosimo. »Los, hol sie dir zurück, nicht, dass er sie dir wegnimmt … los … beeil dich!«, veräppelte er ihn vor den anderen Cousins. Und er ging mit so schnellen Schritten auf sie zu, dass es wirkte, als renne er auf einem Laufband. Die Locken lagen nicht mehr perfekt, aber sein Gang vermittelte Entschlossenheit.

Kaum, dass die beiden ihn kommen sahen, erstarrten sie.

Zum Glück war Vito ans Lügen gewöhnt, und er kramte sofort die Geschichte von der Wohnung heraus, die Chiara für ihn gefunden hatte, und dass er es gar nicht erwarten konnte, zu heiraten, um sie einzuladen und all so was. Das rechtfertigte zwar noch keine Umarmung, aber Damiano musste vor allem seinen Cousins beweisen, dass er sich seine Frau wiederholen konnte. Also ließ er den Fotografen gehen, nahm Chiara an die Hand und führte sie zurück in den Saal.

»Ich hab eine Erklärung, Damiano, was machst du?«

»Darüber reden wir m…«

»…«

»M…«

»…«

»M…«

»…«

»Morgen. Jetzt tanz, tanz mit mir, es gucken schon alle.«

Und er zwang sie dazu, *Aserejé* zu tanzen, arme Chiara, und die Arme zu heben, und forderte alle auf, das Kartoffelgratin stehen zu lassen und mitzumachen.

Die Gäste verstanden gar nichts mehr, aber das ist ja das Schöne an Hochzeiten: Es kommt ein Moment, an dem das Fest von allein weiterläuft, praktisch aus Trägheit, angetrieben allein vom Wunsch, dass am Schluss der Applaus und ein Digestif kommt. Als die Leute langsam wirklich verschwitzt waren, beschloss Giancarlo Showman, das Video zu zeigen, das Vito erst an dem Morgen fertig geschnitten hatte. Alle kehrten an ihre Plätze zurück und vor der Bühne tauchte wie von Zauberhand ein Bildschirm auf: »Chiara & Damiano – Eine Love Story«. Das Brautpaar sah sich den Film stehend an, unter den Augen aller, sie hielten sich wie immer an der Hand. Sie hörten den Vorzügen des einen und den Fehlern der anderen zu, dem Lieblingsessen, dem schönsten Geschenk. Der

Kuss in Zeitlupe auf den Felsen wurde von einem lauten »Hipp Hipp Hurra!« unterbrochen, das die Hintergrundmusik, *My Heart Will Go On*, übertönte. Und zu dem Lied, das niemand mehr hörte, erschien der Schriftzug »Just Married«.

Kaum dass die Lichter wieder angeschaltet waren, geschah das, was nie passieren sollte: Die Braut war gerührt und zwei Tränen ließen die Wimperntusche übers Gesicht laufen. Pascal konnte sich nicht allzu sehr aufregen, weil Mariangela ihn davon überzeugte, dass auch das zum Fest gehörte. Also tupfte er ihr Gesicht ab, so gut es ging, da sie jetzt ja für den Tortenanschnitt den Look sowieso ändern sollte. Doch vorher nahm Giancarlo Showman noch mal das Mikrofon in die Hand, weil Orlando beschlossen hatte, dem Brautpaar eine Rede zu halten. Die allgemeine, alkoholisierte Begeisterung ließ alle applaudieren und der Animateur, der das Publikum jetzt in der Hand hatte, schenkte ihm Ovationen wie im Stadion.

Doch am Ende der Rede senkte sich zum zweiten Mal Eiseskälte über den Saal.

Kapitel 39

Gran Buffet di Frutta e Dolci

MERINGATA
TORTA DI FRAGOLINE DI BOSCO CON
CREMA CHANTILLY
TORTA MIMOSA
CHEESECAKE ALLA FRAGOLA
TORTA DI FRUTTA SECCA CON GLASSA AL CIOCCOLATO
TORTA DELLA FORESTA NERA
BICCHIERINI CON PANNA MONTATA, MERINGHE
E FRUTTI DI BOSCO
TORTA ALL'ARANCIA E CIOCCOLATO BIANCO
MOUSSE DI MARRON GLACÉ
BISCOTTINI DELLA FELICITÀ AL COCCO E VANIGLIA
SPIEDINI DI FRUTTA CARAMELLATA
TIRAMISÙ ALLA SAN NICOLA
SFOGLIATELLE DI PERE, CIOCCOLATO E CANNELLA
BIGNÈ ALLO ZABAIONE
TORTA AL GRAND MARNIER E LAMPONI
MILLEFOGLIE ALLE SETTE CRÈME
CRÈME CARAMAL ALLO ZENZERO
TAZZINE DI FRUTTA SCIROPPATA CON PANNA
TORTA ZEBRATA

Es war weniger ein Dessert- und Obstbuffet als eine Allmachtsfantasie.

Kilometerweise Kalorien, bei denen selbst das pflichtbewussteste Model schwach würde. Triumphe aus Erdbeeren, Creme, Baiser und Blätterteig, die unschuldig dastanden und dem Gewisper der Menge zuhörten, die das Finale von Orlandos Rede interpretierte.

Ein leidenschaftlicher Dank an die Eltern, der seiner Mutter Matilde ein Lächeln entlockt hatte – deine Polpette sind die besten der Welt! –, die damit zum ersten Mal im Mittelpunkt stand und einen ordentlichen Applaus bekam, den sie auch zu verdienen glaubte. Dann hatte er mit seinem Bruder weitergemacht, mit einer fröhlichen Stimme und einem lustigen Rat: »Wenn du keine Probleme mit Chiara haben willst … überlass ihr einfach achtzig Prozent des Kleiderschranks!« An dieser Stelle bekam er sogar ein paar zustimmende Pfiffe. Dann ein paar Worte über die Braut, die zufrieden lachte: »Ich bin mir sicher, dass Damiano ein guter Ehemann für dich wird … auch wenn er dich montags allein lassen wird, um zum Kicker zu gehen … aber nur die Ruhe: Es reicht, wenn du ihm eine Packung Pringles und eine Flasche Cola bereitstellst, damit beruhigt er sich sofort!«

Damiano sah ihn an und lachte, dabei hielt er Chiara an der Hand: Sie wirkten wie das Präsidentenpaar bei einer amerikanischen Veranstaltung. Genau durch diese Geste verlor Orlando den Kopf. Alle sind glücklich, nur ich nicht. Alle lachen, auch wenn es nichts zu lachen gibt. Er hatte absichtlich viel getrunken, um nicht zu weinen, nachdem der Namenlose gegangen war, ohne sich zu verabschieden. Daniela hatte ihn gezwungen mitzumachen, und er hatte versucht, in der Polonaise zu verschwinden. Er hatte *Aserejé* mit Tränen in den Augen getanzt. Aber nach einer perfekten Rede das Brautpaar gerührt zu sehen, hatte ihn schrecklich traurig gemacht. Und durch den Saal donnerte das große Finale vor der Torte: »An diesem Tag so voller Liebe für meinen Bruder und Chiara wünsche ich mir, dass auch ich eines Tages dieselbe Freude empfinden werde. Leider … ist das im Moment nicht möglich … für jemanden wie mich … ist es nicht möglich … glücklich zu sein … wie für alle anderen … indem man heiratet.«

Zwischen »wie alle anderen« und »indem man heiratet« lag eine unendliche Stille. Die Verlegenheit war so fassbar, dass manche Kinder fragten, was denn passiert sei.

Ein Coming-out bei einer Hochzeit war eine der wenigen Erfahrungen, die Giancarlo Showman noch fehlten. Er musste schnell entscheiden, was zu tun war, weil die Situation außer Kontrolle geraten war. Aber er zog es vor, ein paar Sekunden zu warten, und ins Mikrofon sagte er: »Orlando, danke für deine schönen Worte …«

Niemand applaudierte.

Daher beschloss er, diese ohrenbetäubende Stille zu unterbrechen, indem er als Erster in die Hände klatschte, aber nur Daniela machte mit, sozusagen aus Verzweiflung. Die anderen waren geschockt, aber der Animateur machte unerschütterlich weiter und sah allen furchtlos in die Augen, bis der Saal Orlando langsam ein bisschen Wärme spüren ließ. Niemand erinnerte sich an etwas Vergleichbares bei einer Feierlichkeit. »Jemand wie ich« wurde zum am meisten wiederholten Satz bei den Kinderwagen, wohin sich die Frauen geflüchtet hatten, um in Ruhe zu tratschen. Alle hatten es verstanden, weil die meisten längst Bescheid wussten, auch wenn diese Formulierung Spielraum für Interpretationen ließ. Daran hielt sich Matilde fest, um nicht vor Scham im Erdboden zu versinken. »Jemand wie ich« bedeutet, »Jemand, der so sensibel ist wie ich«, hatte sie es versuchsweise in ihrem Kopf übersetzt, aber es passte nicht recht.

Einzig Zia Dora hatte gute Laune: Sie erzählte allen, dass in ihrem Haus in Castelfranco ein schwules Paar wohnte und dass das ganz wunderbare Leute seien. Niemand hörte ihr richtig zu, außer Nancy, die an die Liebe in all ihren Schattierungen glaubte.

Am enttäuschtesten war der Bräutigam, der von Orlando grundlos öffentlich verraten worden war, nachdem sie einander gerade erst wiedergefunden und umarmt hatten. Er hatte angefangen zu stottern: »Wie konnte mein Bruder mir das antun?«, aber Chiara schaffte es, ihn aufzuhalten. In diesem Moment interessierte sie die »perfekte Hochzeit« viel weniger. Sie war nur allzu zufrieden, einen Ehemann zu haben, der ihr nicht nur nackt, sondern auch angezogen gefiel. Sie hätte ihn am liebsten geschnappt, in den zinnengeschmückten Turm geführt und mit Küssen überhäuft, während die anderen über die zu süßen oder zu trockenen Desserts meckerten.

Damiano litt vor allem darunter, dass sich diese Szene vor den Augen seines Vaters abgespielt hatte. Aber Don Mimì und Ninella hatten praktisch gar nicht mitbekommen, was vorgefallen war. Sie dachten immer noch an ihren Tanz und hatten Orlandos Rede als Gelegenheit genutzt, ihren eigenen Geheimnissen nachzuhängen. Don Mimì hatte die ganze Zeit über seinen Schnurrbart gestrichen. Ninella hatte überlegt, wohin sie das Foto hängen könnte. Erst das Schweigen am Ende hatte sie alarmiert, und als Giancarlo Showman zu klatschen begann, war Don Mimì der Erste, der sich Daniela anschloss, ihm war sogar ein »Bravo Orlando, bravo« rausgerutscht, das der ganze Saal, der noch unter Schock stand, übernahm. »Bravo Orlando, bravo« riefen sie, halb spottend, halb unter Schock.

Für den verlorenen Sohn war das ein Glücksfall, weil niemand mehr den Mut aufbrachte, Don Mimì den exakten Wortlaut seiner Rede zu wiederholen.

Nachdem der schwierige Moment überwunden war, eröffnete Giancarlo Showman das Dessert- und Obstbuffet. Und während Zia Dora sich an die Torta zebrata wagte, nahm er die Komplimente von Pascal und Mariangela entgegen, wie gut er die Situation gemeistert hatte. Und auch wenn die beiden es kaum erwarten konnten, zu verschwinden und zu knutschen, wollte Pascal die Hochzeitsfeier zumindest auf einem gewissen Niveau beenden. Daher schnappte er Chiara, Mariangela und Ninella, während die Gäste noch Kraft für einen letzten Sprint auf die Eclairs fanden, und führte sie in den Salottino, den sie für seine restaurierenden Arbeiten benutzt hatten.

»Du willst also die Frisur ändern?«

»Ja, Chiara … hör auf mich. Davon werden sie monatelang sprechen. Nur echte Stars verändern ihre Frisur während eines Festes.«

»Und warum hast du mir das nicht früher gesagt?«

»Weil du nicht hättest widerstehen können und es irgendjemandem erzählt hättest … dabei muss das eine echte Überraschung sein. Und da dieses halboffene Haar jetzt ein bisschen an Glanz verliert …«

Während er redete, hatte er sie schon hingesetzt und steckte Haarnadeln.

»… stecken wir es ganz zu einem ländlichen Knoten hoch …«

»Ein ländlicher Knoten?«

»Meine Liebe, du bist ein Mädchen vom Land, das sieht man aus einer Meile Entfernung! Du bist bodenständig, hast keine Allüren … mit ein paar Blümchen im Haar wirst du daher wie die *Primavera* von Botticelli aussehen … es wird ein unvergesslicher Tortenanschnitt werden.«

Mariangela wagte es kaum, zu atmen, dieser Mann, der ihr Sicherheit vermittelte und sie zum Lachen brachte, faszinierte sie immer mehr. Ninella betrachtete ihre Tochter, die wieder unter dem Kamm saß, ohne zu verstehen, warum ihre Anwesenheit nötig war. Ninella war zufrieden in Chiaras Nähe, aber am allerliebsten wäre sie allein gewesen.

»Pascal, würdest du auch mir die Frisur ändern? Ich bin zwar von meinen Strähnchen überzeugt …«

»Na, das fehlte auch noch, dass du davon nicht überzeugt wärst, du siehst wunderbar aus … aber ich brauche deine Hilfe: Ich weiß, dass dieses Hochzeitskleid nicht so aussah … gestern musstest du die Spitze am Dekolleté annähen, weil diese Hexe es von dir verlangt hat … stimmt's?«

»Aber woher weißt du das?«

»Denk daran, Pascal weiß immer alles.«

»Und was soll ich machen?«

»Dort in meiner Tasche ist eine Schere. Trenn sie ab … lassen wir sie verschwinden. Lass uns allen zeigen, wie die Braut vorher war … *The Original*! Schockieren wir sie! Weißt du, wie Olivia Newton-John am Ende von *Grease* aussieht?«

»Natürlich weiß ich das. Wie sie die Zigarette mit dem Absatz ausdrückt. Damals habe ich angefangen zu rauchen …«

Und von diesem Bild begeistert, begann Ninella die Spitze abzutrennen, die sie gestern angenäht hatte, während sich der Kopf ihrer Tochter mit Röschen füllte. Es war eine befreiende Tat. Als bedeutete das Entfernen des Stoffes auch eine Trennung von der Vergangenheit. Nie wieder, sagte sie sich, nie wieder, während Chiara sie stolz ansah. Sie sah ihr Kleid wieder, wie sie es ausgesucht und von dem sie geträumt hatte, und fast liefen ihr wieder Tränen.

»Pass auf. Dir waren zwei Tränen erlaubt und die hast du bei dem Film verbraucht, den du dir, wenn ich das sagen darf, hättest sparen können …«

»Hat er dir nicht gefallen?«

»Na hör mal, er war geschmacklos! Was sollte denn dieses ›Just Married‹ auf Englisch?«

»Und warum hast du mir das nicht schon früher gesagt?«

»Es hat mich niemand nach meiner Meinung gefragt ...«

»...«

»Jetzt sei nicht beleidigt. Bräute sind immer so empfindlich, ach ... Hauptsache, allen anderen hat der Film gefallen. Aber für das Anschneiden der Torte und das Werfen des Brautstraußes musst du perfekt sein, okay?«

Sie lächelten zufrieden und Chiara umarmte spontan diesen Mann, durch den sie sich zum ersten Mal im Leben richtig selbstsicher fühlte. Sie kehrte nach oben zurück mit derselben Haltung wie Olivia Newton-John am Ende von *Grease*, ohne es zu wissen. Allen fiel zuerst das Dekolleté auf, dann die Haare, dann die Röschen auf dem Kopf. Und es kam zu spontanem Applaus. Ein ehrlicher Applaus, der von Herzen kam, ein Applaus, von dem alle träumen und den nur wenige bekommen. Ein Applaus, durch den man sich geliebt fühlt.

Matilde fiel als Erster der Ausschnitt auf, aber sie war zu müde, um weiter zu kämpfen. Außerdem dachte sie vor allem an Orlando und diese rätselhaften Worte. Ein bisschen aus Scham, ein bisschen, weil niemand etwas mit ihm zu tun haben wollte, war er in einer Ecke geblieben, von wo aus er den Nachtisch betrachtete und so tat, als äße er. Wenn er gekonnt hätte, wäre er nach Bari zurückgefahren. Aber Daniela zwang ihn, ein angstlösendes Xanax zu nehmen, was alles einfacher machte, und sie tröstete ihn, dass wir alle mal etwas Dummes sagen, wenn wir getrunken haben. Eigentlich hätte sie ihn am liebsten erwürgt.

Cosimo wollte den Saal wieder aufmuntern und kam mit zwei Gläsern Champagner auf sie zu. Daniela antwortete unüberlegt: »Nein danke, ich trinke keinen Alkohol.«

»Wie, du trinkst keinen Alkohol? Aber als ihr euch in Monopoli kennengelernt habt, hat er dir doch einen Gin Tonic ausgegeben?«

»… was?«

»Du hast mir doch erzählt, dass Orlando dich auf einen Gin Tonic eingeladen hat, als ihr euch in Monopoli kennengelernt habt … das hast du vorhin gesagt …«

»Richtig, richtig … der Gin Tonic bei unserer ersten Begegnung … wer vergisst den schon? Danach habe ich aufgehört, Alkohol zu trinken. An dem Abend habe ich wirklich zu viel getrunken … aber es war es wert.«

Cosimo sagte nur »Nette Geschichte« und ließ sie stehen, um sich den Tortenanschnitt anzusehen, der typischerweise in der Saalmitte stattfand.

Und während jeder noch ein Plätzchen im Magen für diese unvergleichliche Köstlichkeit fand, entspannten sich die beiden Brüder endlich, auch wenn sie weit entfernt voneinander standen. Der Blätterteig ließ sie alles vergessen, während Alicia *The Long and Winding Road* sang.

Die First Lady lächelte stoisch weiter. Die komatöse Ruhe ihres Mannes beruhigte sie einerseits, andererseits war sie der Beweis dafür, dass alles, was sie immer gespürt und vorhergesehen hatte, keine Hirngespinste waren. Die beiden liebten sich immer noch. Sie war zu misstrauisch, um diesen Verdacht mit jemandem zu teilen, daher entriss sie Giancarlo Showman das Mikrofon, um ihren Schmerz zu exorzieren. »Es lebe das Brautpaar!«, rief sie. »Es lebe das schönste Brautpaar von Polignano!« Und alle drehten sich zu ihr um, als sei sie betrunken, bevor sie im Chor einfielen. »Komische Leute, die Scagliusi«, murmelten die Frauen hinter den Kinderwagen. »Sie mögen Geld haben, aber sie sind komisch.«

Kapitel 40

Als sie ihr Zimmer betraten, waren die Brautleute so müde, dass sie nicht einmal mehr reden konnten.
Damiano war immer noch nervös, aber der Champagner hatte ihn entspannt, und jetzt wollte er nur noch den finalen Ruhm genießen. Er dachte an die Cousins, die von weit her gekommen waren, an Cosimo, mit dem er gar nicht richtig hatte reden können, und an die vielen Freunde, die für ihn Kilometer gefahren waren. Er versuchte, nicht mehr an Orlando zu denken, auch wenn seine Gedanken immer wieder dorthin zurückkehrten. Und es war unglaublich, aber er empfand keine Wut, sondern eher Reue. Sein Bruder hatte ihn gebeten, ihm mit dem Namenlosen zu helfen, er hatte sich ihm anvertraut, und er hatte nur daran gedacht, was die Leute wohl sagen würden. Hätte er ihm direkt geholfen, hätte er wahrscheinlich diese peinliche Rede verhindert, die seine Eltern anscheinend zum Glück nicht richtig verstanden hatten. Vor allem sein Vater. Der Tanz, den er ihm mit seiner Schwiegermutter geschenkt hatte, war eine echte Verrücktheit gewesen. Kann ein Sohn seinen Vater in die Arme einer anderen Frau schubsen?

Es war nie seine Absicht gewesen, aber der Wunsch nach diesem Tanz war aus tiefstem Herzen gekommen. Er hatte das Gefühl, ihm wegen des großen Geheimnisses etwas zu schulden, und Giancarlo Showman war sehr gut darin gewesen, ihm zu helfen, er hatte noch nicht mal nachgefragt.

Diese Schritte waren eine Lektion in unerfüllter Liebe gewesen. Blicke anstelle von Worten. Gewagte Tanzfiguren anstelle von Küssen.

»Woran denkst du?«

Chiara roch noch den Duft des Weichspülers in seinem Hemd.

»An meinen Bruder und seine Rede ... vielleicht habe ich falsch reagiert ...«

»Mag sein, dass du nur ein bisschen angespannt warst, aber du hast ja gesehen, dass ihm niemand zugehört hat. Alle waren mit den Desserts beschäftigt.«

»Das stimmt.«

»...«

»...«

»Ich bin froh, dass Mariangela den Strauß gefangen hat ... es war wirklich Schicksal, dass es deine Trauzeugin war.«

»Ach was, wir hatten uns abgesprochen! Sie hat mir gesagt, dass sie sich rechts hinstellt, und ich habe ihn ganz nach rechts geworfen ... ausnahmsweise habe ich rechts und links mal nicht verwechselt.«

»Ihr zwei Heuchlerinnen!«

Sie küssten sich, mussten aber lachen. Damiano traute sich, ihr zu sagen, dass »die Callas vielleicht nicht die beste Wahl waren«, um dann aber sofort wieder alles zurückzunehmen. Aber jetzt befand sich der Strauß in Mariangelas Händen, die ihrerseits in Pascals Armen lag.

Die Suite der Masseria war ein neobarockes Schmuckstück mit einem verblüffend unbequemen Himmelbett. Auch das Badezimmer, das so groß war wie Ninellas Küche, war prächtig, aber völlig unpraktisch. Um ein altmodisches Gefühl zu vermitteln, gab es keine Dusche, nur eine Badewanne, die mitten im Raum stand, noch dazu ohne Mischbatterie: »Bei unserer nächsten Hochzeit nehmen wir ein normales Zimmer!«, hatte Damiano zwischen Atemzügen gesagt, die bereits den Schlaf ankündigten. Aber der Gedanke an Alessia versetzte ihm einen letzten Schock. Sie hätte ihnen das Fest ruinieren und sein Leben ändern können, und das verstörte ihn.

Chiara war besser gelaunt. Sie ließ die Melodien von *Macarena* und *Maracaibo* hinter sich, zog die hohen Schuhe aus und entspannte sich. Es war alles viel schöner gewesen, als sie es sich ausgemalt hatte.

Ihre Schwester war eine echte Entdeckung gewesen, nicht schlimm, wenn sie bei *Yes, Jesus Loves Me* hängen geblieben war. Niemand hatte es über sich gebracht, sie zu kritisieren, dieser Moment der Menschlichkeit hatte sie sogar allen sympathischer gemacht. An Zio Franco würde man sich nicht wegen seines Auftritts in der Kirche erinnern, sondern wegen des Auftritts auf der Tanzfläche, um seinen Schuh zurückzuholen.

Und sie konnte nicht anders, als an ihre Mutter zu denken. Jetzt, da der Druck von ihr abgefallen war und sie nicht mehr im Mittelpunkt der Aufmerksamkeit stand, konnte sie diesen Tanz endlich noch einmal in ihrem Kopf ablaufen lassen. Eigentlich erinnerte sie sich an wenig. Wie wenn man ein Fußballspiel sieht und dabei nur die Uhr im Auge behält, weil der Schlusspfiff das einzig Wichtige ist. Sie wusste, dass dieser Zauber beendet wäre, je mehr sich das Lied seinem Ende näherte. Am liebsten hätte sie diese Gedanken mit Damiano geteilt, sie sah, dass er verstört war, aber es waren schließlich immer noch ihre Eltern, und sie wussten beide, dass sie sich nicht einmischen durften. Vor allem, nachdem sie den Gesichtsausdruck der First Lady gesehen hatten, der ihnen beiden aufgefallen war.

»Was meinst du, machen wir es jetzt?«

»Ich bin wirklich müde.«

»Du glaubst doch nicht, dass ich dir so eine Ankündigung machen würde, wenn ich Sex meine? Ich meinte, ob wir die Umschläge öffnen sollen.«

Sein Tonfall war kindlich und machte Komplizen aus ihnen. Die Vorstellung, ihren Schatz gemeinsam zu enthüllen, hatte sie tatsächlich etwas neugierig gemacht. Über Jahre hatten sie andere Paare gefragt: »Und, wie viel habt ihr bekommen?«, und jetzt waren sie an der Reihe. Also schubste Damiano seine Frau vom Bett und überredete sie, den Tresor zu leeren. Sie fühlten sich ein bisschen wie Bankräuber: Es waren viele Umschläge, sehr viele und prall mit Euros, Grußkarten und Schecks gefüllt. Unglaublicherweise gab es jedoch mehr Euros als Karten.

Er nahm das Heft, das die First Lady im Zimmer zurückgelassen hatte, und bat Chiara, die Karten laut vorzulesen und das Geld zu zählen. So begann eine fröhliche Litanei von Namen und Zahlen: »Annamaria und Michele, 600 Euro«, »Antonella und Onofrio, 1000 Euro«, »Gianni und Annamaria Polignana, 1200 Euro«, »Cono und Tiziana, 400 Euro«, »Zia Rosa, 300 Euro«, »Valentina und Giuseppe, 1000 Euro«, »Donatella und Antonio, 500 Euro« und so weiter.

Es gab auch einen leeren Umschlag mit nur einem Wort: »Entschuldigung.« Unterschrieben von Zio Modesto. Sie hatten sich durch Aktienverluste so sehr verschuldet, dass sie kein Geld mehr hatten. Der Zio hatte versucht, seine Frau dazu zu überreden, ihnen die alten drei toskanischen Lire zu schenken, die sie in einem Antiquitätenladen in Ägypten gefunden hatten, aber Zia Dora hatte sich geweigert, weil es erst recht auf ihre missliche Lage hinwies. Der leichte Umschlag dagegen würde im Licht der letzten Diskussionen viel sinnvoller erscheinen: Die Zia hatte jedoch nicht verstanden und würde auch nie erfahren, dass sie einen komplett leeren abgegeben hatten.

Die Braut fühlte sich in diesem Augenblick schlecht, weil es Verwandte von ihr waren und sie nichts gewusst hatte. Aber Damiano interessierte es gar nicht, weil Geld für ihn noch nie wichtig gewesen war. Das wäre ihr erstes Geheimnis. Er schwor, es niemandem zu verraten, und fügte hinzu: »Man sollte nie darauf vertrauen, wie die Leute wirken.«

Er sagte es, ohne zu stottern, als hätte ihm der Ring am Finger die Erlaubnis gegeben, das zu sagen, was er dachte. Und die Vorstellung, nicht mehr ins »Teatro Petruzzelli« zurückkehren zu müssen, gab ihm ein Gefühl der Freiheit. Dieses Haus war zu weitläufig, und er zog Zimmer in menschlichen Proportionen vor. Außerdem würde er nicht mehr seine Mutter beim Polpettebraten sehen und nicht mehr unter dem Schweigen von Don Mimì leiden, der ins Leere starrte.

Chiara machte mit dem Auflisten von Glückwünschen und Zahlen weiter, die nach und nach die Müdigkeit vertrieben. Geld hat immer die Macht, Menschen wiederzubeleben. Als Damiano schließlich mit einem Taschenrechner die Gesamtsumme ausrechnete, konnte er seinen Augen kaum glauben. Es waren 103 750 Euro. Er wusste, dass sie noch mal nachzählen mussten, wie bei den Wahlen, aber das Ergebnis übertraf alle Erwartungen. Das, was sie am meisten rührte, war jedoch das Geschenk seines Bruders.

Bevor er sich an dem Tag, der zu den schlimmsten seines Lebens gehören würde, betrunken hatte und in Verzweiflung geraten war, hatte Orlando ihm diese Worte geschrieben:

Ich hätte nie gedacht, dass ich dir mal einen Brief schreiben würde, Bruder.

Während ich dir schreibe, sitzt Daniela hier neben mir und tut so, als wäre sie meine Verlobte, und du bist unten und bist nett zu allen, sprichst aber nur mit Cosimo, der sicher der perfekte Bruder für dich gewesen wäre – er hat dir ja auch die Krawatte geknotet –, stattdessen hast du mich als Bruder bekommen, aber teilweise musst du das Mamma vorwerfen. Apropos: Wie viel Angst sie heute hat, dass die Leute ihr Buffet nicht mögen? – Dabei hätte es genügt, wenn sie der Fernsehköchin Benedetta Parodi gefolgt wäre, das wäre auf jeden Fall ein Volltreffer geworden

Weißt du, dass dir dieser Anzug supergut steht? Auch die champagnerfarbene Krawatte! Wo ich gerade dabei bin, erzähle ich dir noch, dass ich schon immer deine Locken haben wollte. Wenn ich so darüber nachdenke, vielleicht haben sie mich ja adoptiert, wer weiß, bei uns zu Hause wird ja nie über irgendwas geredet. Deswegen will ich dir heute sagen, dass ich dich lieb habe, und entschuldige, wenn ich es nie geschafft habe, es dir zu sagen. Aber ich schreibe es dir, und ich will es mit Großbuchstaben schreiben: ICH HABE DICH LIEB. *Es tut mir leid, dass ich dich enttäuscht habe, als ich dir erzählt habe, dass ich schwul bin, aber so ist es … ich war es schon immer. Ich hätte mir eine Dauerwelle machen lassen können, um dir ähnlicher zu sehen. Aber hättest du mich so lieber gehabt? Ich wäre ja doch nur eine Kopie gewesen.*

Entschuldige, wenn ich abgehauen bin, nachdem wir das Foto mit Daniela gemacht haben, aber es hat mich gerührt, dass du mich darum gebeten hast, auch wenn ich gern eins nur mit dir gehabt hätte.

Herzlichen Glückwunsch, Bruder. Und denk daran, dass ich immer für euch da sein werde.

Orlando

Neben dem Brief lag ein Scheck über 4000 Euro. Die Tränen liefen Damiano übers Gesicht und er konnte sie nicht aufhalten. Chiara sah es, aber machte nichts, sie respektierte diesen so intimen Augenblick. Jede Liebe muss mindestens ein Geheimnis haben. Sie schloss die Augen und tat so, als würde sie schlafen, bis sie hörte, wie ihr Mann ins weitläufige, barocke Bad ging. Sofort danach stand sie auf und ging noch mal in ihrem Kleid zum Spiegel. Sie hatte Lust, ihre Mutter anzurufen, um ihr zu sagen, wie stolz sie auf sie war und wie glücklich über diesen unvergesslichen Tag. Sie tat es dann doch nicht, weil sie dachte, dass sie wohl immer noch von Onkel und Tante bequasselt würde.

Ninella hatte sich jedoch im Bad eingeschlossen, weil sie angerufen worden war. Es war Don Mimì, der nicht schlafen konnte und sie wiedersehen musste.

Kapitel 41

Als Ninella die Küche betrat, hatte niemand mehr Lust auf Kaffee oder noch mehr Gerede von Zia Dora. Ihre Kommentare ließen Zio Modesto taub werden, der keine Kraft mehr hatte, sie aufzuhalten. Im Grunde hatte ihr alles gefallen, aber jede Einzelheit hätte »ein bisschen mehr« oder »ein bisschen weniger« sein können: Die Zeremonie in der Kirche »ein bisschen kürzer«, der Blumenschmuck »ein bisschen weniger protzig«, der Wagen der Brautleute »ein bisschen dunkler«, der Saal für den Aperitif »ein bisschen leerer«, die Cousinen »ein bisschen eleganter«, das Mittagessen »ein bisschen leichter«, die Gastgeschenke »ein bisschen weniger … ein bisschen weniger …«.

Zia Dora fand für die Gastgeschenke nicht das richtige Wort. Sie sah sich das Schmuckkästchen immer wieder an und fand es einfach perfekt. Silbern, mattiert, raffiniert, nicht zu groß, nicht zu klein, nicht banal. Und sowohl das Konfekt also auch die Verpackung waren elegant und nobel. Die Initialen, die von Hand eingraviert waren, waren weder zu plump noch zu fein. Deutlich, aber diskret. Das »D« von Damiano und das »C« von Chiara. Sie las noch einmal genau: D. C. Democrazia Cristiana. Und da fand Zia Dora das passende Wort, sie hätten »ein bisschen vorsichtiger« sein müssen, denn die Partei D. C. gab es zwar nicht mehr, aber es war trotzdem sicher nicht schön, die politische Meinung der Damen zu beeinflussen.

»Was ist, Dora, gefällt dir das Gastgeschenk nicht?«

»Machst du Witze? Es ist wunderschön. Es erinnert mich an eins von einer Signora aus Castelfranco, als deren Tochter geheiratet hat ... aber die war nicht so schön ...«

»...«

»... obwohl ...«

»Obwohl?«

»D. C., die Initialen ... erinnern die dich nicht an die Democrazia Christiana?«

»Dora, ich glaube, du bist müde.«

»Hui, wie empfindlich du bist, Ninella ... ich habe ja nicht gesagt, dass das Gastgeschenk verkehrt ist!«

Eigentlich doch. Hätte Ninella gewusst, dass ihr Umschlag leer gewesen war, hätte sie sie bei lebendigem Leib gefressen.

Nancy hörte den Gesprächen nur mit halbem Ohr zu und ihre Mutter kam ihr vor wie eine alte Dame: Sie würde niemals so werden: auf jede Provokation so empfindlich zu reagieren, ein Kleid oder eine Einladung gleich zu verurteilen, um dann im nächsten Moment einem Bruder zu vergeben, der einem das Leben ruiniert hat. Und was macht er? Kommt zur Hochzeit, lässt sich Schuhe schenken, fährt mit der Signora aus Locorotondo nach Hause und vergisst sogar sein Gastgeschenk. Ihre Mutter hatte einen Fehler gemacht, ihm zu verzeihen.

Aber immer wenn Nancy zu hart wurde, bedeutete das, dass etwas nicht in Ordnung war. Und sie hatte am Telefon herausgehört, dass Tony immer noch Lust hatte, sie zu treffen, aber nicht so sehr, wie sie es gehofft hatte. Irgendwann war sie von den Nachrichten, die ja doch nur Variationen von »Ich will dich sofort« waren, genervt und hatte ihn angerufen. Er hatte zuerst aufgelegt und sie dann, zwölf Minuten später, zurückgerufen, ohne die Verzögerung zu kommentieren. Er hatte ihr gesagt, dass es ihm eiskalt den Rücken runtergelaufen war, als er sie singen gehört hatte. Nancy hatte vor lauter Aufregung nichts geantwortet und das hatte er ihr etwas übel genommen. Es war der einzige Punkt, an dem er sich nicht sicher war, sie in der Hand zu haben, und das machte ihm Lust, sie wiederzusehen. Außerdem war sie ein Mädchen, das laut lachte, und Mädchen, die lachen können, sind besser im Bett, weil sie nicht die Augen schließen. Und genau während eines solchen Lachens betrat Ninella das Zimmer und sagte: »Was gibt's zu lachen?«, und Nancy hatte schnell aufgelegt und per SMS weitergemacht:

»Entschuldige, das war meine alte Mutter.«

»Wie alt ist sie?«

»50.«

»Mann. Meine ist 44. Schnapszahl.«

»;-)«

»Hast du morgen frei oder musst du in der Kirche singen?«

»Ich singe auch nur für dich, du junger Gott.«

Nachdem sie auf Senden gedrückt hatte, wurde ihr klar, dass sie übertrieben hatte, und schrieb daher sofort:

»Das *du* sollte eigentlich nicht dahin.«

Das bereute sie auch.

»Du gefällst mir auch sehr und ich habe Lust, dich … mmm … entschuldige, mein Handy ist fast leer, bis morgen.«

»O. k., Kuss.«

Er schickte ihr nichts mehr, und einen Moment dachte sie, hätte sie nicht dieses »O. k.« geschrieben, wäre die Nachricht schöner gewesen. Nichts ist heikler als die letzte Nachricht in einem Gespräch unter Liebenden.

Das wusste auch Ninella, an diesem Tag, der nicht enden wollte, als hätte er beschlossen, sie das ganze Leben auf einmal leben zu lassen. Sie bekam Don Mimì, der sie heimlich angerufen hatte, nicht mehr aus dem Kopf. Er hatte nur ein paar Worte zu ihr gesagt. Mehr aus Liebe denn aus Schüchternheit.

Denn Liebe braucht manchmal lange Pausen und kurze Phrasen, als ginge man gerade einen Berg hinauf. Und das Einzige, was Ninella verstanden hatte und was ihr große Angst machte, war, dass Don Mimì sie wiedersehen musste. Er hatte »musste« gesagt, nicht »wollte«, und das hatte ihr keinen Ausweg gelassen. »Du musst mir jetzt zusagen, morgen sehen wir uns dann.« Und sie hatte keinen Widerstand geleistet.

»Ja«, hatte sie gemurmelt. Und jetzt hätte sie gern einfach nur dem vom Mistral aufgewühlten Meer gelauscht, aber sie musste sich die Monologe von Zia Dora anhören, sie würde ihr nie die überzähligen Cousinen am Tisch verzeihen. Um sich abzulenken, wollte sie dem Problem direkt gegenübertreten, auch wenn es spät war, so könnte sie die Erschöpfung der Schwägerin ausnutzen.

»Dora, ich weiß, dass es ziemlich schrecklich war, dass ich die beiden Cousinen vergessen habe … Man versucht, alles in jedem Detail vorauszusehen, und dann vergisst man immer jemanden.«

»…«

»Oder bist du noch beleidigt, weil ich meinen Bruder gebeten habe, Chiara zum Altar zu führen?«

»Nein, das war richtig von dir, was hat es damit zu tun? Das war deine Entscheidung. Natürlich hätte er im Saal etwas aufmerksamer sein können, als man ihm den Schuh weggenommen hat.« Zio Modesto ertrug all dieses Geschwätz nicht mehr. »Basta«, »Bastaaa!« schrie es in seinem Kopf. Aber er schaffte es nicht, etwas zu sagen.

»Reden wir bitte nicht mehr von diesem Schuh.«

»Du hast recht, es war ja nicht einmal der mit der Schnalle … Es hat mir aber wehgetan, dass du meinen Mann nicht vorher angerufen hast, Ninella. Besonders, da du ihn ja schon eingeladen hattest. Aber ich verstehe auch, dass du dich für alles rächen wolltest, was du damals erlitten hast … daher bin ich dir nicht mehr böse.«

»Verstehst du meine Entscheidung denn?«

»Ja, und ich bewundere dich ziemlich. Ich hätte nicht deinen Mut aufgebracht.«

»Können wir es dabei bewenden lassen? Ich schaffe es nicht mehr, aber ich will ruhig schlafen gehen.«

Sie umarmten sich, ohne noch auf ihre Haare zu achten, ihre Frisuren waren jetzt sowieso ruiniert, besonders Ninellas Strähnchen. Unter der Küchenlampe sahen sie wirklich orange aus. Zio Modesto sagte sich: »Einfach ruhig bleiben, vielleicht ist es jetzt vorbei.« Ninella wollte aber noch eine letzte Zigarette rauchen, daher zog sie sich die Jacke an und trat in den Sturm auf den Balkon. Sie lehnte sich einen Augenblick vor, um das Meer zu hören, und ließ sich vom nächtlichen Wind mitreißen. In ihren Ohren klang noch das »L'acqua Ninella mia nu l'hai menare«, das sie so glücklich gemacht hatte.

Zia Dora saß auf dem Sofa und sah sie dort draußen, verwegen und allein. Sie beobachtete sie, um sie zu verstehen. Wer auf einer Klippe geboren wurde, weiß es: Das Meer hat immer eine Antwort und eine nette Geste für dich. Auch sie spürte, dass etwas Schönes geschehen war. Aber sosehr sie sich auch bemühte, Zia Dora konnte nicht länger als fünf Minuten still sein, daher bat sie sie, wieder reinzukommen. »Das Meer wird sich nicht beruhigen, wenn du draufstarrst«, sagte sie und wollte philosophisch klingen. Ninella zog noch ein letztes Mal an der Zigarette, trat ein und schnaubte heimlich.

Sie brachten die Wohnung in Ordnung, während Zio Modesto auf dem Sofa schlief und Nancy in ihrem Bett von Tony träumte, um für das Vergnügen des nächsten Tages zu trainieren.

Zia Dora fiel schließlich auf, dass der Teller, den sie von der Côte d'Azur mitgebracht hatte, nicht mehr an der Wand hing. Menton, Cannes, Nizza und Antibes waren verschwunden und hatten nur einen runden Fleck an der weißen Wand hinterlassen. Ninella hatte nicht den Mut, zuzugeben, dass sie ihn kaputt gemacht hatte und dass sie zwei Stunden lang das Quecksilber aufgeputzt hatte. Stattdessen improvisierte sie: Chiara hätte er so gut gefallen, dass sie ihn in ihre neue Wohnung hatte mitnehmen wollen.

Dann hatte sie wirklich keinen Nerv mehr, dem Leben gegenüberzutreten. Sie wünschte gute Nacht und ging in ihr Zimmer, in der Hoffnung, früher oder später alles zu vergessen.

Sonntag

Kapitel 42

Der Erste, der in der Villa in San Vito aufwachte, war Orlando. Er wusste nicht einmal mehr, wie er hergekommen war, und das Kopfweh lenkte ihn einen Moment lang ab. Aber als er aufstand, erkannte er das Zimmer seiner Eltern, und langsam tauchten Erinnerungen an das, was am vorigen Tag geschehen war, auf: der Namenlose auf der Toilette, Danielas fluoreszierendes Grün, die zu vielen Gläser, der Blick seines Vaters, eine Tablette Xanax und ein Stück Torte, das weder runter noch hoch wollte. Die Reihenfolge war ihm nicht klar, aber ihm war bewusst, dass alles wahr war. Er rief laut nach Daniela, die ihm nicht antwortete. Er versuchte es noch einmal, aber ohne Kraft, überzeugt, dass ihn jetzt alle verlassen hatten und das zu Recht. Denn jetzt wurden die Szenen des vorigen Abends immer deutlicher, und rückblickend kam es ihm unmöglich vor, dass er gewisse Dinge gesagt hatte.

Aber Orlando hatte vergessen, dass die Villa groß war, und Daniela hatte die Küchentür geschlossen, damit er in Ruhe schlafen konnte. Sie hatte auf dem Tisch einen halben Kuchen gefunden, mit dem ihr Freund vor zwei Tagen den Namenlosen bewirtet hatte. Er war noch gut, daher aß sie ihn mit den Fingern, sie war zu faul, eine Scheibe auf einen Teller zu legen. Die Überreste dieser Affäre zu sehen rührte sie. Sie überlegte, dass sie viel mehr Glück mit ihrer Beziehung hatte, auch wenn sie sie ebenfalls nur heimlich ausleben durfte. Sie konnte ihre Freundin immer sehen, wann sie wollte, sie schliefen zusammen, sie gingen zusammen einkaufen. Sie konnten nur nicht

Hand in Hand durchs Stadtzentrum spazieren, sie konnten sich im Restaurant nicht zärtlich berühren und auch der Tante keine Antwort geben, wenn sie fragte: »Wann heiratest du?« Details, die für die meisten Paare selbstverständlich sind, waren es nicht für Daniela und Lilia. Aus lauter Solidarität hatte Daniela also keine Lust, mit ihrem Freund zu schimpfen, als der in Unterhose und Pantoffeln auftauchte, mit dem verwirrten Gesichtsausdruck von jemandem, der glaubte, für immer allein bleiben zu müssen. Sie lächelte ihn an und machte ihm dann einen Kaffee mit Pads, weil die Scagliusi den Tick hatten, in allen Häusern Pads zu benutzen.

Und während er versuchte, die letzten Stunden in der Masseria San Nicola zu rekonstruieren, war Daniela gut darin, die grellen Farben etwas zu dämpfen, ein paar Details auszulassen und einige Einzelheiten sogar zu leugnen. Nur wahre Freunde wissen, wann der richtige Moment ist, um einem die Wahrheit zu sagen. Sie traute sich sogar, zu sagen, dass seine Rede gar nicht so schlecht gewesen war.

»Du meinst also, mein Vater hat das gar nicht richtig verstanden?«

»Ich glaube nicht, auf jeden Fall war er sehr gut darin, so zu tun, als sei nichts. Ich würde ihn aber um Entschuldigung bitten. Zuerst ihn und dann deinen Bruder, der es nicht verdient hat.«

»Ich habe mich blamiert.«

»Stimmt … aber weißt du, wie langweilig das Leben ohne Blamagen wäre?«

»Aber hättest du denn gedacht, dass der Namenlose einer unserer Kunden ist und ich ihm bei der Hochzeit über den Weg laufen würde?«

»Apulien ist groß, aber gleichzeitig wie ein Dorf. Wenn man ein bisschen nachbohrt, kennt jeder jeden.«

»Glaubst du, er wird sich noch mal bei mir melden?«

»Wenn er keine Angst mehr hat, ja. Die wahre Frage lautet anders: Was machst du mit so einer Affäre? Und lass es dir sagen: Er ist wirklich hässlich.«

Orlando schaffte es nicht mal, darüber zu lachen. Er nippte am Kaffee und suchte nach einer Antwort, die es nicht gab. Der Nachgeschmack nach Amaretto gefiel ihm gar nicht und einen Augenblick lang dachte er nicht an seine Liebesprobleme. Dann schüttelte er den Kopf, um ihr recht zu geben, dabei wusste er nur zu gut, dass er, kaum dass er allein wäre, versuchen würde, ihm eine Nachricht zu schicken. Vor zwei Tagen hatte er ihm jedenfalls gesagt, dass er ihn wiedersehen wollte, nicht wahr? Die Hochzeitsfeier wäre ein Zwischenspiel, das man leicht vergessen könnte. Oder vielleicht hatte es dem Namenlosen dabei geholfen, zu verstehen, was er im Leben tatsächlich wollte: mit Orlando zusammen sein. Er würde seine Frau verlassen, auch weil sie nicht zu ihm passte, und nach ein paar Monaten würden sie darüber lachen, wie Don Mimì sie auf dem Klo erwischt hatte.

Daniela sah den endlich fröhlichen Blick ihres Freundes und beschloss, sich bereit zu machen, um nach Bari zu ihrer Lilia zurückzukehren. Es war Sonntag und der Sonntag war der Tag, an dem sie endlich ein bisschen Zeit zusammen verbringen konnten: »Ich bitte dich, mach heute keinen weiteren Mist mehr, ich bin nämlich müde«, sagte sie ihm an der Tür. Er nickte und sie wusste schon, dass er ihr nicht einmal zuhörte. Sie ging in ihr Zimmer und packte ihr Kleid, das die Aufmerksamkeit aller auf sich gezogen hatte, in eine Tasche. Plötzlich erschien es ihr zu grell, zu bunt, zu unpassend für ein Hochzeitsfest. Leider war es zu spät. Orlando war schlau genug, keinen Kommentar abzugeben, er sagte ihr sogar, wenn er je eine Frau heiraten würde, dann sie. »Na, das fehlte gerade noch!«, erwiderte sie gereizt und drückte ihm einen Kuss auf die Wange, bevor sie verschwand.

Eine warme Dusche brachte Orlando in die Wirklichkeit zurück und ins Unbehagen. Er versuchte, seinen Bruder anzurufen, aber der hatte das Handy ausgeschaltet. Er rief in der Masseria San Nicola an, um sich zu ihm durchstellen zu lassen, aber er ging nicht ans Telefon.

Er schlief nämlich gerade mit seiner Frau. Die Hochzeitsnacht geschah also erst am Morgen danach, unerwartet und verschwitzt, viele Stunden nach dem eleganten Fest. Endlich konnten sie sich entspannen und sich gehen lassen und beide fühlten sich so frei und glücklich wie nie. Die Vorstellung, sofort ein Kind zu machen, löste Chiara von den wenigen Tabus, die sie im Bett noch gehabt hatte, zur Freude Damianos und vor allem ihrer selbst. Sie ließen sich Zeit, als wäre es die einzige wichtige Sache an ihrem ersten gemeinsamen Tag.

Es war tatsächlich ein Neuanfang. Damiano hätte eigentlich gern noch mal wegen der Umarmung des Fotografen nachgefragt, aber vor lauter Erregung vergaß er die Sache komplett. Der Genuss in Chiaras Blick war das schönste Hochzeitsgeschenk.

Nach dem Orgasmus blieben sie noch etwas liegen, eng umschlungen wie verschmolzen. Damiano hatte nicht die übliche Eile, aufzustehen und ins Bad zu gehen. Er blieb im Bett und schlief fast wieder ein, während sie ihn streichelte und dabei sagte: »Wie schön du bist.«

Sie genossen in Ruhe das Frühstück, das die Masseria auf ihrem Zimmer servierte, zusammen mit einem Strauß Rosen und allen möglichen Leckereien. Nach dem Frühstück küssten sie sich, liebten sich noch ein bisschen, öffneten noch einmal den Tresor, um nachzusehen, ob alles wahr war, und beschlossen, die Handys nicht anzuschalten. Ihre neue Wohnung erwartete sie und die Koffer für die Kreuzfahrt waren noch zu packen. Am Empfang lag eine Nachricht von Giancarlo Showman bereit:

Ihr Lieben, ich weiß, dass ihr noch auf dem Zimmer seid, aber ich muss bald eine Erstkommunion in Ostuni begleiten. Ich wollte euch nur sagen, dass ich schon viele Hochzeiten betreut habe, aber nur wenige haben so einen Eindruck auf mich gemacht wie eure Feier. Es war magisch. Und ohne es zu wissen, habt ihr mir Glück gebracht: Der Restaurantchef hat mir Komplimente gemacht und mir bestätigt, dass ich noch zum Team gehöre! Ich werde es nie vergessen!

Giancarlo

PS: Wenn Verwandte oder Freunde von euch heiraten oder Erstkommunion feiern oder einen Uniabschluss … denkt an mich!

Gerührt faltete Damiano den Brief zusammen. Dann gab er ein Trinkgeld für den Restaurantchef und die Kellner und lobte Giancarlo noch einmal.

Die beiden Frischvermählten ließen diesen Ort hinter sich, ohne sich zu sehr umzusehen. Nur Chiara war einen Moment stehen geblieben, um die Burg anzuschauen, auf der sie Königin für eine Nacht gewesen war: Der zinnenbewehrte Turm brachte sie zum Lächeln, weil sie an das riesige Bad ohne Dusche dachte, aber schon bald wurde er von den groß gewachsenen Olivenbäumen geschluckt.

Auf dem Rückweg erinnerte sich Chiara daran, dass sie immer noch Immobilienmaklerin war, und fing an, ihrem Mann die Gegend zu beschreiben:

»Wie Sie sehen, ist es hier sehr grün und ruhig. Schauen Sie nur, diese hübschen Mandelbäume … leider weht heute ein leichter Wind, sonst kann man zu dieser Jahreszeit auch draußen essen.«

»Aber hat das Haus eine Terrasse?«

Damiano schlüpfte sofort in seine Rolle.

»Sicher, und man sieht ganz Polignano von dort. Neue Türen und Fenster, Parkettböden in den Wohnräumen, Carraramarmor in den Bädern, natürlich mit Dusche ... ruhige Nachbarn ... es ist wirklich ein Schnäppchen.«

»Gibt's noch Verhandlungsspielraum?«

»Ein bisschen, aber nicht viel. Und es gibt vor allem dann keinen Verhandlungsspielraum, wenn man bei seiner Hochzeit 103 000 Euro eingenommen hat ... der Eigentümer will eine bestimmte Summe nicht unterschreiten! Aber Sie müssen sich beeilen, weil die Russen es sich schon angesehen haben ... und wenn die Russen etwas wollen, dann nehmen sie es sich ohne viele Worte. Sie bezahlen das Doppelte und das war's.«

Sie kehrten nach Polignano zurück, als seien sie einen Monat weg gewesen. Sie sahen alles mit einem neuen Blick, sogar die Ampeln. Kaum, dass sie das Gartentor hinter sich schlossen, stand Orlando da, wie der traurige Protagonist eines Romans. Damiano zog es das Herz zusammen, aber er war noch nicht so weit, sich etwas anmerken zu lassen.

»Warte, ich bringe erst noch meine Frau hoch, dann komme ich zu dir.«

Chiara hatte den Augenblick, in dem sie mit ihrem Ehemann das Haus betrat, zwar sehnsüchtig erwartet und wollte ihn ganz genießen. Sie wusste aber, wie heikel solche Fragen waren, und hielt sich lieber zurück. Ihre Mutter hatte ihr immer gesagt: »Im Zweifel kümmere dich um deinen Kram.«

»Lass es uns so machen, Damiano. Ich schaue mal, ob meine Mutter und meine Schwester schon auf sind, und dann komme ich zurück und du bringst mich rein, wie es sich gehört.«

»Soll ich dich hinfahren?«

»Nein, ich gehe gern ein paar Schritte, das entspannt mich. Wenn du fertig bist, hol mich ab und führ mich ins Haus wie bei *Pretty Woman*. Was meinst du?«

»In Ordnung … Orlando und ich gehen dann mal in der Bar nebenan eine Cola trinken. Und du, lass dich nicht von Fremden ansprechen …«

»Mach dir keine Sorgen, ich pass schon auf mich auf.«

»Und achte auf F …«

»…«

»F…«

»…«

»F…«

»…«

»Fotografen.«

Nach dieser Stichelei schauten sie sich an, aber Chiara hatte keine Angst mehr, ihm in die Augen zu sehen. Sie umarmte Orlando fester, als sie wollte, aber bei Begrüßungen war sie immer etwas unbeholfen. Sie bedankte sich bei ihm für die 4000 Euro in seinem Umschlag und sagte ihm nur: »Das war doch nicht nötig.« Sie fügte nicht hinzu, dass sein Bruder geweint hatte, als er diesen Brief gelesen hatte, und auch nicht, dass sie sich nicht getraut hatte, ihn zu öffnen. Dann verschwand sie im Verkehr in Richtung der alten Häuser, die sich schon wie ein Teil ihrer Vergangenheit anfühlten.

Kapitel 43

Polignano strahlte vor Schönheit, eingerahmt von einem wolkenfreien Himmel. Chiara ging schnell, sie bemühte sich, den Blicken der Passanten auszuweichen, die sie bereits entdeckt hatten und wahrscheinlich schon anfingen, über sie zu tuscheln. Sie spürte es, achtete aber überhaupt nicht darauf, so euphorisch und leicht fühlte sie sich in ihren endlich flachen Schuhen. Aber sie wusste, wenn ihr Mann sich nicht mit Orlando aussprach, würden ihre Flitterwochen einen bitteren Beigeschmack behalten. Tatsächlich ging sie nach Hause, um ihre Mutter wiederzusehen. Auf der Hochzeit hatten sie kaum miteinander gesprochen – sich nur von weitem beobachtet –, aber Chiara war es ein Bedürfnis, sie zu treffen, um nachzusehen, ob mit ihr alles in Ordnung war. Im Grunde war sie immer noch etwas verwirrt.

Während sie immer wieder nachsah, wie ihr der Ehering stand, klingelte das Telefon.

»Mariangela, bist du wach?«

»Äh … Ciao, meine Liebe. Wo bist du?«

»Ich bin in Polignano … aber wo bist du?«

»In Bari.«

»Und was machst du in Bari?«

»Äh … Pascal hat mich überredet, und ich bin hier bei ihm … wir sind vor fünf Minuten aufgewacht und mein erster Gedanke galt dir …«

»Wie, du hast ihn doch gerade erst kennengelernt?«

»Ist doch nicht meine Schuld, wenn dein Brautstrauß sofortige Wirkung zeigt.«

»Und habt ihr schon …?«

»Also Chiara, was ist denn das für eine Frage … warte mal, Pascal ist hier und will dir auch hallo sagen.«

Chiara konnte es nicht glauben.

»Und, bist du noch so schön wie gestern, als ich gegangen bin?«

»Nein, heute bin ich furchtbar hässlich, Pascal … du musst sofort zurückkommen! Ich werde aber wohl nie wieder in meinem Leben so schön sein wie gestern …«

»Leider ist das wohl wahr.«

»Hör mal, findest du es richtig, einer Fünfundzwanzigjährigen so etwas zu sagen?«

»Du weißt, dass ich immer sage, was ich denke. Wir schauen aber mal, ob wir dich diesem Niveau nicht wieder annähern können, in Ordnung?«

»Ich vertraue auf dich.«

»Deine Freundin grüßt dich und macht mir Zeichen, dass sie später noch mal anruft, damit ihr reden könnt … jetzt hat sie gerade Kaffee gekocht …«

»Okay, und sei bloß nett zu ihr.«

»Ich bin immer zu allen nett.«

Er legte mit einem Lachen auf, das ihr eher Sorgen bereitete, als sie zu beruhigen, aber im Grunde freute es sie für Mariangela. Die Einzige, der sie irgendwann mal von Vito Photographer erzählen würde.

Sie ging durch den Torbogen in die Altstadt, in der sie nicht mehr wohnen würde. Sie wählte den längeren Weg an der Chiesa del Purgatorio vorbei, um die Gassen aus ihrem Hochzeitsalbum wiederzusehen. Es zog ihr das Herz zusammen, diese so eng nebeneinanderstehenden Häuser zu sehen, die

Wäsche, die vor den Fenstern trocknete. Sie ging auf die Piazza dell'Orologio und landete vor der Chiesa Matrice, in der sie am vorigen Tag ihren Triumph gefeiert hatte. »Es lebe die Braut«, sagten die Händler noch zu ihr, »Es lebe die Braut ohne Mann!«, riefen andere, um auf sich aufmerksam zu machen. Sie lächelte und ging weiter, bis zur Gasse, an deren Ende ihr Haus auftauchen würde. Diese Klippen, an die sie sich geklammert hatte, ohne zu wissen, wie wichtig sie für sie waren. Die Signora Labbate stand am Fenster, aber anstatt sich zu verstecken, winkte sie ihr zu und sagte: »Wie schön du gestern warst … Mamma mia, wunderschön«, und sie fragte sich, warum sie so etwas nicht schon früher gesagt hatte. Sie bedankte sich noch einmal für die Schuhe ihres Onkels und klingelte an der Tür, obwohl sie noch den Schlüssel hatte. Sie hatte schon jetzt das Gefühl, dass es nicht mehr ihr Haus war. Sie fand ihre Mutter und Nancy allein in der Küche, sie frühstückten noch. Es wirkte, als hätten sie gerade noch laut gelacht. Nancy hatte offensichtlich beschlossen, eine Diätpause einzulegen, denn sie aß einen Plumcake. Ninella trug noch ihren Morgenmantel und hatte einen benommenen Gesichtsausdruck. Vielleicht war sie auch nur müde. Auf dem Tisch lagen noch die Essensreste von Zia Dora und Zio Modesto, die sich schon auf den Weg nach Castelfranco gemacht hatten, nicht ohne ein paar Tränen und viele Worte.

Chiara erzählte nicht, dass deren Umschlag leer gewesen war, weil sie ihre Mutter kannte und das ein zweistündiges Gespräch auslösen würde, das zu nichts führen würde, und sie musste schließlich zu Damiano zurück. Als sie zugab, dass sie über hunderttausend Euro eingenommen hatten, fasste Ninella sich erschrocken an die Stirn, als habe sie das Geld im Lotto gewonnen. Sie hätte nie eine solche Summe erwartet.

Nancy war nur mit ihrem Körper anwesend, den sie nach

dem Plumcake noch mit Keksen und Mandelbiskuits fütterte, weil sie mit dem Kopf bei Tony war, der ihr nachmittags den Trullo seines Großvaters zeigen wollte. Es war ihr letzter Morgen als Jungfrau, deswegen konnte sie nur noch lächeln, essen und mit Carmelina telefonieren. Irgendwann bat sie ihre Mutter und ihre Schwester, sich aufs Sofa zu setzen, sie schubste sie fast dorthin. Die beiden gehorchten ohne Widerworte, überrascht vom Tonfall der Kleinsten in der Familie. Sie lief in ihr Zimmer und zog sich mit Lichtgeschwindigkeit um – sie wusste, dass Madonna es auf Tournee in 45 Sekunden schaffte – und kurz darauf tauchte sie auf der Treppe auf und sang *Yes Jesus Loves Me*. Sie sang nicht ein Wort falsch und zeigte sich virtuos, sie ließ sich so mitreißen, dass die Vokale viel länger als vorgesehen dauerten. Während des letzten »Yeah« brandete Applaus auf, der sogar das Meeresrauschen übertönte. Nancy bedankte sich mit einer Verbeugung, entschuldigte sich noch einmal für den Flop gestern. Aber Ninella sagte ihr: »Für nichts auf der Welt würde ich diese Interpretation gegen die tauschen, die du gestern in der Kirche geliefert hast … denn heute hast du mit deiner Stimme gesungen und gestern nur mit dem Herzen. Und das hat uns alle berührt.«

Nancy hatte sie umarmt und war in ihr Zimmer geflüchtet. Auch wenn sie sich weiter die Schilder »Nancy Casarano Show Today!« vorstellte, so hätte es ihr genügt, wenn ihre Mutter in der ersten Reihe saß.

Plötzlich nur noch zu zweit in der Küche, wussten Chiara und Ninella nicht, wo sie anfangen sollten, also begannen sie damit, den Tisch abzuräumen, während Nancy die Stereoanlage voll aufgedreht hatte. Eigentlich wollten sie einfach nur zusammen sein. Sie kommentierten nicht einmal die Feier, weil sie meinten, dass sich für eine gerechte Beurteilung erst mal alles setzen musste. Sie sprachen nur über das Problem der Cousinen, die keinen Platz gefunden hatten, und Ninella musste zugeben, dass es ihre Schuld gewesen war. Ansonsten sagten sie nicht viel, als versuchten sie zu verstehen, wie ihr Leben gewesen wäre, hätten sie eine andere Beziehung zueinander gehabt. Aber sosehr Chiara sich auch anstrengte, irgendwann platzte sie vor Neugier.

»Es war schön, dich gestern mit meinem Schwiegervater tanzen zu sehen.«

»…«

»Das muss dir doch nicht peinlich sein, Mamma, komm schon.«

»Hat man gemerkt, dass ich glücklich war?«

»Weil ich dich kenne, habe ich es schon gemerkt.«

»Aber du kennst mich doch gar nicht gut.«

»Das stimmt, aber jetzt ist mir etwas klarer. Und auch wenn du kein Glück im Leben gehabt hast, so war das, was gestern geschehen ist, doch schön …«

»Aber ich hatte doch Glück: Ich habe zwei Töchter, die mich stolz machen.«

»Ist dir also endlich klar, dass du eigentlich doch eine gute Mutter bist?«

Ninella sah sie an und versuchte zu lächeln, als sei sie schüchtern, und stellte dann den Kaffeekocher noch mal auf den Herd. Chiara setzte sich und fühlte sich zum ersten Mal wie ein Gast im eigenen Haus. Sie blieben am Tisch, ohne Eile, ohne Angst, vor ihren Tassen, die sie kaum berührten. Zwei Schachspieler vor den letzten Spielzügen, die sie am Ende aber doch riskieren mussten.

»Hast du dich denn mit Papa nie wohlgefühlt?«

»Wieso willst du das wissen?«

»Vielleicht kann mir das weiterhelfen, sollte ich mich mal in derselben Situation befinden …«

»…«

»…«

»Es gab eine Phase, in der ich mich besser gefühlt habe … als ihr geboren wurdet. Er war so glücklich, dass es für alle reichte … er hätte euch sogar gestillt, wenn er gekonnt hätte. Aber mein Problem ist, dass ich mich auf die wahre Liebe versteift habe. Wenn man in Liebesdingen nur Perfektion sucht, findet man Einsamkeit.«

»Aber wieso ist es zu Ende gegangen? Nur, weil mein Onkel verhaftet wurde?«

»Wenn Mimì es wirklich gewollt hätte, hätte er sich gegen seine Familie stellen können. Andere in Polignano haben das auch gemacht: Sie sind weggegangen und haben woanders neu angefangen. Offensichtlich hat er mich nicht genug geliebt.«

»Oder vielleicht war er zu jung.«

»Vielleicht. Aber das ist jetzt nicht mehr wichtig …«

»Bist du sicher?«

»Nein.«

Für die Antworten nahm Ninella ihren ganzen Mut zusammen, auch wenn sie sich lieber einer Freundin anvertraut hätte als ihrer Tochter. Aber sie hatte keine Freundinnen und sie wollte mit jemandem darüber sprechen. Außerdem war sie in Eile. Sie hatte gerade auf die Uhr geschaut und die Verabredung mit dem Schicksal näherte sich. Deswegen versuchte sie, das Gespräch zu beschleunigen, und stellte die Tassen ins Spülbecken, auch wenn Chiara kaum etwas getrunken hatte.

Don Mimì hatte ihr gesagt, dass er sie unten an der Cala Paura sehen wollte: Die Stelle, an der alles zu Ende gegangen war – dort war Zio Franco verhaftet worden –, musste der Ort des Neuanfangs sein.

Ninella sah Chiara an und musste ihr noch etwas sagen, weil sie sich nicht traute, sie wegzuschicken.

»Und wo ist Damiano?«

»Zu Hause, weil er sich mit seinem Bruder aussprechen muss, du weißt schon, wegen der Szene gestern …«

»Welcher Szene? Ich habe das bei all den unterschiedlichen Versionen nicht richtig verstanden.«

»Als er gesagt hat, dass solche wie er nicht heiraten können und daher alle geglaubt haben, er sei …«

»Er sei schwul? Aber dass er schwul ist, wussten doch alle in Polignano, ich bitte dich. Es war klar, dass diese Daniela ein Alibi war, hast du nicht gesehen, wie steif sie nebeneinanderstanden … von ihrem Kleid fange ich gar nicht erst an … ich habe es sofort begriffen. Aber es war trotzdem gut, dass er sie mitgebracht hat, weil die Leute immer hören wollen, dass alles gut läuft … Außerdem hat er es für Matilde gemacht, da bin ich mir sicher. Meiner Meinung nach hat die heute Nacht nicht geschlafen und das Fest war für sie damit ruiniert.«

»Es ist wahrscheinlicher, dass du ihr das Fest ruiniert hast, als ihr beide getanzt habt.«

»Denkst du, sie hat was gemerkt?«

»Mamma, alle haben es gemerkt. Aber es war schön so.«

Ninellas Brust schwoll mit einer Mischung aus Stolz und Eitelkeit an, aber sie hatte das Gefühl, es runterspielen zu müssen.

»Eine Hochzeit wird nur von den Gastgeschenken ruiniert.«

»Aber nicht von unseren, stimmt's?«

»Machst du Witze? Nicht mal Zia Dora konnte was dagegen sagen … es hat sogar ihr gefallen, wir haben's geschafft.«

Sie lachten, endlich befreit.

»Aber vielleicht ist es besser, wenn du nach Hause gehst, du kannst deinen Mann doch nicht am ersten Ehetag allein lassen. Und hör auf mich: Halt deinen Damiano gut fest, nerv ihn nicht zu sehr. Und auch wenn ihr nicht ausgeht: Mach dich zurecht, mach dich schön! Kauf dir niemals Pantoffeln in Tierform, hörst du! Niemals, geh lieber auf Strümpfen. Denn ein Mann verliebt sich schnell, aber er vergisst auch schnell. Auch wenn es seine Ehefrau ist. Verstanden?«

Und während sie das sagte, schob sie sie fast weg, sie spürte, wie sich die Anspannung auf ihren Atem legte. Chiara lief zuerst noch zu ihrer Schwester, um ihr einen Kuss zu geben, dann verabschiedete sie sich von Ninella, als wenn es ein ganz normaler Tag wäre. Ihre Mutter schaffte es zum x-ten Mal nicht, ihr zu sagen, wie stolz sie auf sie war. Chiara spürte es und hatte sie deswegen noch lieber. Als sich die Tür schloss, drehte sie sich noch einmal um, um das Haus anzusehen. Hinter ihr, tief unten, das Meer. Sie warf ihm eine Kusshand zu, was die Signora Labbate niemals jemandem erzählen würde.

Kapitel 44

Die beiden Brüder tranken Cola auf der Treppe vor dem neuen Haus, als wären sie aus dem »Petruzzelli« ausgeschlossen. Orlando hatte die Tradition nicht brechen und die Schwelle nicht vor der Braut überschreiten wollen, deswegen war Damiano zur Bar gegangen, hatte zwei Dosen gekauft und seinen Bruder dazu überredet, auf dem Treppenabsatz miteinander zu sprechen, der voller Pflanzen stand, die noch in Cellophan verpackt waren.

Beide fühlten sich verlegen. Jeder hatte gegenüber dem anderen ein schlechtes Gewissen, Damiano jedoch etwas mehr, vor allem, nachdem er den Brief gelesen hatte. Aber sein Bruder fing an zu reden. Er weinte nur deshalb nicht, weil er die Hoffnung, dass der Namenlose sich noch einmal bei ihm melden würde, noch nicht verloren hatte.

»Weißt du, Damiano, ich wollte deine Hochzeit nicht ruinieren. Ich war einfach nur verzweifelt und wusste nicht, was ich machen sollte.«

»Und anstatt dir zu helfen, habe ich mir nur Sorgen gemacht, weil der Mann einer unserer Kunden ist … und auch noch verheiratet.«

»Ein bisschen hast du dich für mich geschämt, sei ehrlich.«

»…«

»Das ist doch nicht schlimm, sag's mir ruhig.«

»Vielleicht.«

»Recht hast du, weil ich mich auch für mich geschämt habe. War ich sehr betrunken?«

»Ein bisschen. Glaubst du, du wirst ihn wiedersehen?«

»Was meinst du?«

»Ich sage lieber nichts, du würdest ja doch nicht auf mich hören. Manche Entscheidungen muss man allein treffen … aber ich würde versuchen, ihn zu vergessen … nicht, weil er verheiratet ist … sondern weil er wirklich hässlich ist! Und er passt nicht zu dir, das meine ich ernst.«

Sie sahen einander an, überrascht über die Offenheit, mit der sie sich unterhielten.

»Ich weiß wohl, dass er hässlich ist, aber was soll ich machen? Mir gefällt er eben. Aber es tut mir leid, dass ich mich so blamiert habe. Doch als ich das Mikrofon in der Hand hielt, sah ich plötzlich rot. Du warst glücklich, alle amüsierten sich und ich war allein mit meinem Schmerz.«

»Und es lag auch an dir, dass ich gestern so glücklich war. Wenn du mich nicht mit Alessia erwischt hättest, wenn ich mich nicht so schuldig gefühlt hätte … wäre mir gar nicht bewusst gewesen, welch großen Schritt ich mache. So habe ich verstanden, dass ich mir eine wie Chiara nicht entwischen lassen darf … dass ich es wenigstens versuchen muss. Und vom Finale mal abgesehen war deine Rede sehr schön. Fast so schön wie dein Brief.«

»…«

»Komm her.«

»Wohin?«

»Hier, neben mich, sonst passt es nicht … genau so.«

Er holte sein Handy raus und sie machten ihr erstes Selbstporträt. Keiner der beiden lachte, weil sie zu zufrieden waren.

»Aber Damiano, du musst mir sagen, wie Papa auf meine Rede reagiert hat … danach hat mich Daniela nämlich fortgebracht.«

»Ich glaube, er hat dir gar nicht zugehört. Er war mit den Gedanken woanders.«

»Und was haben die Leute gesagt?«

»Sie haben wohl etwas getratscht, aber das hätten sie sowieso gemacht. Ich glaube, es wäre schlimmer gewesen, wenn der Tempura rivisitato misslungen wäre, wie Chiara sagen würde ...«

Orlando lachte laut. Ein befreiendes Lachen, eher nervös als natürlich, weil er noch immer etwas enttäuscht von sich selbst war. Damiano sah ihn an und hätte ihm gern noch mehr gesagt, aber ihm fiel nichts mehr ein, außer: »Wieso gefallen Kochsendungen eigentlich uns beiden?« Aber das fragte er nicht. Er schaffte es, ihn zu überreden, im Haus ihrer Eltern vorbeizugehen. Dort würde er die Lage klären, vor allem mit ihrem Vater.

Orlando stieg ins Auto, richtete den Spiegel, sah ihn an und sagte: »Danke, Bruder.« Dann gab er Gas und winkte zum Abschied aus dem Fenster und beschleunigte, um sich Mut zu machen. Er parkte vor dem »Scagliusi House«, vor dem noch der rote Teppich auf dem Bürgersteig lag, wenn auch voller Fußspuren. Plötzlich hatte er weniger Angst, als er gedacht hatte, nur einen trockenen Mund. Er öffnete die Haustür, rief den Aufzug, tippte den Kode ein und war kurz darauf im ersten Stock des »Petruzzelli«. Als er sah, wie seine Mutter ihn empfing, begriff er, dass sie »jemand wie ich« richtig verstanden hatte.

»Vielleicht wäre es gut, wenn ich mit Papa spreche.«

»Er ist da, im Wohnzimmer ... er hat mir gesagt, dass er bald in die Firma fahren will.«

»Du meinst also, dass es ein guter Moment ist, um mit ihm zu reden?«

»Es ist nie ein guter Moment, aber ich habe aufgehört, mir

wegen ihm Fragen zu stellen. Jetzt geh schon, sonst ist er gleich weg.«

»Welche Laune hat er denn?«

»Geh jetzt gleich, das ist besser.«

»Willst du dabei sein?«

»Lieber nicht. Ich will ein paar Polpette braten. Ich habe eine Menge Hackfleich gekauft, und es wäre schade, das wegzuwerfen. Du isst doch hier?«

»Es ist besser, wenn ich vorher mit ihm rede.«

Die First Lady schubste ihn fast in den Spiegelsaal. Orlando klopfte, damit man hörte, dass jemand da war. Er fand seinen Vater im Sessel vor dem ausgeschalteten Fernseher.

»Ach du bist's. Umso besser. Deine Mutter ist momentan ein bisschen anstrengend.«

»Sie wird wohl nervös sein.«

»Wir waren alle ein bisschen nervös ... du auch, schien mir.«

»Papa, ich wollte es dir erklären ... gestern ...«

»Mach zuerst die Tür zu, dann kannst du reden.«

Orlando ging und schloss die Tür, er wusste, dass alles Mögliche passieren konnte, aber er hatte keine Angst mehr. Er setzte sich aufs Sofa neben ihn, zwei Schritte vom Tischchen mit den Kommunionsfotos von ihm und seinem Bruder entfernt.

»Ich weiß nicht genau, was zum Teufel du gestern gesagt hast, als du im Saal deine Rede vor allen gehalten hast ... vor der Torte. Es war sicher irgendetwas Skandalöses ... nach den Gesichtern zu urteilen, die ich gesehen habe, auch wenn danach alle so taten, als wenn nichts wäre. Ich habe nicht gut zugehört, weil ich an etwas anderes gedacht habe, aber ich wollte dir etwas sagen.«

»Was denn, Papa?«

»Ich weiß schon lange über dich und deine Beziehungen zu Männern Bescheid. Schon lange bevor ich dich mit Antonino auf dem Klo erwischt habe ...«

»...«

»... und sieh mich nicht so an, ich bin kein Hellseher. Ich habe bloß meine Quellen.«

»...«

»Ich weiß es aber zu schätzen, dass du gestern eine Frau mitgebracht hast. Ich weiß nicht, wer es dir abgekauft hat, auch weil sie so auffällig angezogen war und irgendetwas Seltsames hatte. Dem einen erzählt sie, dass sie keinen Alkohol trinkt, und dem nächsten, dass du sie auf einen Gin Tonic eingeladen hast. Die Leute sind doch nicht dumm, sie zählen ganz schnell zwei und zwei zusammen. So oder so, mir ist das egal. Aber Antonino kenne ich, der ist ein fieser Kerl. Weißt du, wie viele Hörner seine Frau trägt? Und mit so einem musstest du was anfangen?«

»...«

»...«

»Aber Papa, ich hatte nicht gedacht, dass du ...«

»Du darfst übrigens nicht glauben, dass ich tolerant bin. Ich bin nur noch verzweifelter als du. Denn, um meinen Eltern zu gehorchen, um ihnen den Arsch zu retten ... musste ich auf ein Mädchen verzichten, wie ich kein anderes mehr hätte finden können, und wenn ich die gesamte Welt abgesucht hätte. Aber im Leben gewöhnt man sich an alles, um Himmels willen ... und man vergisst alles. Aber es kommt immer ein Moment, in dem man sich selbst gegenübertreten muss und nicht mehr abhauen kann. Deswegen habe ich deinen Mut bewundert, dich zuerst im Klo einzuschließen und dann ins Mikrofon zu sagen, dass jemand wie du nicht heiraten kann.«

»Dann weißt du es also ...«

»Ich weiß doch immer alles. Aber mich interessiert, ob diese Lebensentscheidung ... deine Homosexualität ... etwas mit mir zu tun hat.«

Orlando war überrascht. Es war das erste Mal, dass dieses Wort in ihrem Haus ausgesprochen wurde. Unter der harten Schale seines Vaters verbarg sich jemand, der schon viel im Leben gesehen hatte und der wusste, was Liebe ist, obwohl er viele Fehler gemacht hatte. Er war sich sicher, er hätte diesen Mann seit Jahren an der Nase herumgeführt, doch in Wirklichkeit hatte er ihn längst durchschaut. Und verurteilte ihn nicht einmal, so schien es jedenfalls. Ab und zu löste er den Blick vom ausgeschalteten Fernseher und sah ihn an.

»Papa, du hast nichts damit zu tun ... ich habe es mich selbst auch lange gefragt, warum ich so bin.«

»Und welche Antwort hast du gefunden?«

»Dass ich im Grunde Glück habe. Weil ich wenigstens versucht habe, zu sein, wer ich wirklich bin. Es gibt Leute, die das nicht schaffen.«

»So jemand sitzt vor dir. Warum hast du es mir nicht früher gesagt?«

»Um dich nicht zu enttäuschen, Papa.«

»...«

»Du nimmst meine Entschuldigung also an?«

»Du bist mein Sohn, Orlando. Bei Kindern sind Entschuldigungen überflüssig.«

Er dankte ihm, schaffte es jedoch weder, ihn zu umarmen, noch etwas hinzuzufügen. Er lächelte ihn aber an, und sein Vater lächelte zurück, dabei strich er über seinen Schnurrbart, um zu spüren, dass er noch da war. Dann warf er einen Blick auf die Uhr und begriff, dass er losmusste. Ninella wartete in Cala Paura auf ihn. Er fasste seinen Sohn an der Schulter und fügte nur noch hinzu: »Denk daran, dass man am Schluss immer die Rechnung bekommt. Und je mehr Liebe du gibst, umso weniger musst du am Ende bezahlen.«

Bevor er wegging, verabschiedete er sich noch in der Küche von Matilde, die bereits das Hackfleisch bearbeitete, als sei es ein x-beliebiger Sonntag.

»Ich geh auf die Felder und komme bald zurück.«

»Denk dran, Mimì, es gibt Polpette.«

»Fangt ruhig schon ohne mich an, wenn ich nicht pünktlich komme.«

Dann ging er zu ihr und drückte ihr einen Kuss auf den Mund. Er musste sich dazu zwingen, aber er wusste, dass er schon mal um ihre Vergebung bitten musste. Sie war zwar immer noch wütend, aber akzeptierte es, weil sie keine Wahl hatte. Aus Verlegenheit wandte sie sich sofort wieder dem Hackfleisch zu.

Kapitel 45

»Bin ich zu schwer?«

»Hör schon auf.«

»Man sieht doch, dass du dich anstrengen musst …«

»Das liegt nur am Alter. Aber jetzt mach mal die Augen zu, Chiara.«

Und kurz darauf, mit einer etwas abrupten Bewegung, schaffte Damiano es, die Tür zu öffnen und die Braut ins Haus zu bugsieren. Das Licht beleuchtete ein Wohnzimmer voller Rosen, die Damiano bestellt hatte. Es war ihm wichtig, dass seine Frau wie ein Star empfangen wurde, und Stars stellt man immer Rosen bereit. Sie betrachtete die duftende Wohnung, und sie fühlte sich viel mehr zu Hause als in den Tagen vor der Hochzeit, als sie sie eingerichtet hatten. Sie betrat das Schlafzimmer, um nachzusehen, ob Cosimo sich hineingeschlichen hatte, um sie mit irgendeinem blöden Scherz zu überraschen, aber es war, wie sie es verlassen hatten. Damiano kam zu ihr und schubste sie aufs Bett, vor allem, um das Eis zu brechen. Es war fast, als hätten sie sich gerade erst kennengelernt.

»Kann ich dir also vertrauen?«

»Nur, wenn ich dir auch vertrauen kann.«

»Natürlich kannst du das. Wegen der Umarmung mit dem Fotografen gestern muss ich mir also keine Sorgen machen?«

»Er wollte uns nur zu seiner Hochzeit einladen.«

»Sicher?«

»Sicher.«

»Gut.«

»Und du versprichst mir, dass dieses Haar von der Freundin deines Bruders stammte?«

Er nickte, ohne den Blick zu senken, aber auch ohne laut zu antworten. Die nachfolgende Stille hieß, dass sie sich gegenseitig verziehen. Mit einem Finger zeichnete er ihr Profil nach. Sie berührte seine Haare und bekam Herzklopfen beim Anblick seiner Zähne.

Beide wussten, dass irgendetwas passiert war, sahen jetzt aber darüber hinweg. Von diesem Tag an, und an den vielen weiteren, die folgten, blieb nur ein ganz kleiner Rest an Misstrauen. Abwechselnd beobachteten sie sich aus der Entfernung, behielten den anderen im Blick, ohne sich jemals wieder des anderen zu sicher zu sein.

Reglos lagen sie auf der etwas zu harten Matratze und blickten sich müde an. Sie hatten ein zu großes Schlafdefizit.

»Was meinst du, sollen wir was kochen oder essen gehen?«

»Hast du etwa noch Hunger, Chiara?«

»Hör mal, bei unserer Hochzeitsfeier habe ich kaum was gegessen …«

»Es war ein Fehler. Dass du immer auf Pascal gehört hast.«

»Sag lieber nichts, denn er fängt gerade was mit Mariangela an …«

»Mariangela??? Der Visagist, habe ich das richtig verstanden? Ach komm!«

»Wie auch immer. Lass uns was essen, ich verhungere! Im Kühlschrank sind nur ein paar Sachen, die meine Mutter mir geschenkt hat. Santa Ninella.«

»Deine Mutter ist toll, weißt du das? Gestern war sie ganz aufgedreht …«

»Dein Vater aber auch.«

Das war der einzige Kommentar, den sie zu diesem Thema abgeben konnten. An diesem Morgen schlossen sie eine Art

Pakt, das Geheimnis ihrer Eltern und den Tanz nicht mehr zu erwähnen.

»Was hältst du davon, mal eines der Rezepte, die du immer im Fernsehen siehst, in die Tat umzusehen?«

»Aber ich bin ein schrecklicher Koch …«

»Du hast es nie versucht, das ist was anderes.«

»Aber Amore, wir müssen doch noch Koffer packen … bald beginnt die Kreuzfahrt … vielleicht ist es besser, wenn wir auswärts essen, ich lade dich zu A mère'ndu paèise ein.«

»Quatsch. Wasch dir die Hände, dann legen wir los. Welcher Tag wäre besser geeignet als heute?«

Und so, während sie die Glocken läuten hörten, schnippelte Damiano zum ersten Mal Zwiebeln, schnitt Tomaten und rührte die Soße mit einem Holzlöffel. Es waren nicht die idealen Zutaten für eine Fernsehsoße, aber die paar Dinge aus der Küche mussten reichen. Chiara sah ihn an, als hätte sie ihn eben erst kennengelernt, während sie eine Packung Taralli öffnete. Jetzt, wo sie verheiratet war, wäre sie bereit, sich nur davon zu ernähren. Sie war sprachlos, zu sehen, wie langsam Damiano die Zutaten vermischte und den Sugo rührte. Aber sie zog ihn damit nicht auf, sondern ermutigte ihn lieber, delegierte das Salzen und Pfeffern an ihn und empfahl noch ein bisschen Peperoncino. Er gehorchte und fragte sich, warum er nicht schon früher geheiratet hatte. Und während er versuchte, Chiara abzulenken, indem er sie küsste oder wie ein Fisch ansah, erklärte sie ihm, wie Pasta laut Ninella gekocht wird, immer eine Minute länger als auf der Packung angegeben.

Sie aßen Penne mit mehr Zwiebeln als Tomaten und tranken Peroni-Bier. Aber immerhin von Tellern aus Limoges, die ihnen eine Schwester der First Lady geschenkt hatte.

Sie hatten nichts anderes in der Wohnung, aber die Mahlzeit kam ihnen schöner vor als ihr Hochzeitsessen. Vor sich sah Chiara nicht mehr das Meer wie in ihrer alten Wohnung, sondern einen neuen Menschen: Denn Damiano war innerhalb von zwei Tagen wie neu geboren. Während er half, den Tisch abzuräumen, bemühte er sich, sich an die Gesten seiner Mutter zu erinnern, fragte sich, warum er sie nie fröhlich am Herd gesehen hatte, es gab immer dieselben Gerichte voller Oliven und ohne Herz. Niemand bei den Scagliusi hatte sich je darüber beschwert, sie hatten diese fantasielose Speisekarte ohne Proteste tagtäglich akzeptiert.

Wenn Damiano Matilde jedoch in diesem Moment gesehen hätte, wäre er viel weniger streng mit ihr gewesen. Eine verzweifelte Ehefrau, die versuchte, mit den wenigen ihr zur Verfügung stehenden Mitteln ihren Mann zurückzugewinnen. Denn sie war auch nach dreißig Jahren immer noch aufmerksam, bemühte sich, alles richtig zu machen. Aber in der Liebe alles richtig machen zu wollen kann kontraproduktiv sein. Besser, man verschwindet ab und zu oder macht sich mal rar. Sie hatte so viel Angst, etwas falsch zu machen oder zu verlieren, dass sie nur darauf achtete, brav ihre Pflichten zu erfüllen, wodurch sie natürlich nur noch mehr in den Schatten rückte.

Auch an diesem Sonntag machte sie es so. Der Tisch war für zwei gedeckt, nur für zwei, und es war überhaupt nicht sicher, dass Don Mimì pünktlich zurückkäme. Sie wusste sehr gut, dass er Ninella wiedersehen würde. Sie wusste es, weil sie ihn kannte. Sie wusste es, weil es Schicksale gibt, die größer sind als man selbst. Aber sie hatte sich dem nicht widersetzen können. Sie hatte sich auf ihre einzige Sicherheit gestürzt: die Polpette. Sie hatte zum ersten Mal versucht, das Hackfleisch etwas anders zu würzen, und hatte etwas Muskatnuss dazugegeben, wie sie es in einer der Sendungen gesehen hatte, vor denen ihre Söhne immer klebten. Im Fleisch waren auch ein paar Tränen gelandet. Die Anrufe mit Komplimenten für das Kleid, den Swarovskikronleuchter und die Initialen auf den Gastgeschenken hatten da wenig geholfen.

Das Einzige, was sie gern gehört hätte, war die Aufzugtür, die sich öffnete, um ihr ihren Ehemann zurückzubringen. Die Schlüssel abgelegt, schaut er mit diesem ernsten Blick in die Küche und sagt: »Ich bin wieder da.« Aber der Aufzug bewegte sich nur so selten, dass er ihr nicht mal etwas vormachen konnte. Die Zeit schien nicht zu vergehen, während sie Polpette briet und sich fragte, wo sie einen Fehler gemacht hatte.

Kapitel 46

Der Mistral streckte langsam die Waffen. Wie der Fischer es Don Mimì prophezeit hatte, verschwand er am dritten Tag. Die Böen waren schwächer geworden und die Meereswellen ruhiger. Ninella hatte die Wohnung verlassen, ohne zu wissen, ob sie zurückkäme. Ihre geliebte Kirche schien ihr der letzte Ort, an dem sie sein wollte: Es war Sonntagsmesse und Don Mimì wäre ausnahmsweise nicht dort. Als Matilde ihm gesagt hatte, dass er sich fertig machen sollte, hatte er ihr geantwortet: »Aber das gestern war doch schon eine Messe, ich finde, das reicht für diese Woche«, und es hatte ihr die Sprache verschlagen.

Auch Ninella stand sprachlos vor ihrem Schrank und konnte sich nicht entscheiden, was sie anziehen sollte. Für die Verabredung am Cala Paura wollte sie etwas Besonderes. Sie zweifelte sonst nie, was ihre Kleidung anging, selbst wenn sie es eilig hatte. Sie wusste, was ihr stand, und sie nähte ihre Kleider immer so, dass sie ihre beste Seite betonten – ihr Dekolleté –, ohne dass es ordinär aussah. Aber dieses Mal wollte sie kein Kleid, das ihr gut stand. Sie wollte das schönste. Und nach einigem Zögern war sie sich sicher: Ein leichtes Kleid voller Blumen sollte es sein, das sie sich genäht hatte, weil sie wusste, dass sie irgendwann bereit dafür wäre. Es war schon spät und sie musste sich beeilen, aber dadurch hatte sie keine Zeit, nervös zu werden. Sie schminkte sich, auch wenn sie damit das Risiko einging, noch später zu kommen. Sie wählte Lidschatten in der Farbe des Kleides und trug Ambra auf, weil sie sich damit am wohlsten fühlte. Auf ihren Lippen glänzte nur etwas leichtes Gloss, und sie legte noch einmal die Korallenkette an. Sie verließ das Haus in der Überzeugung, dass niemand sie jetzt aufhalten würde. Die meisten waren zum Glück in der Messe oder beim Kochen. Der Rest wäre eher von ihr eingeschüchtert. Signora Labbate war zwar zu Hause, kam jedoch nicht ans Fenster, obwohl sie die Tür gehört hatte.

Die wenigen Leute, denen Ninella begegnete, waren Touristen, begeistert von der Schönheit der Gassen hier oben. Halb starrte sie auf die Fugen der Pflastersteine und halb schaute sie nach vorn, als hoffe sie, jemanden zu treffen, der die Blumen auf ihrem Kleid bewundern würde. Nur Signora Centrone hielt sie an, um zu fragen, wie es mit Orlando nach der Rede im Saal weitergegangen sei, aber Ninella fertigte sie mit der Aussage ab, zu Hause hätten sie ihn regelrecht gefeiert. Sie ging an Modugnos Statue vorbei und sie war gerührt, andere Brautpaare zu sehen, die sich auf den Klippen verewigen ließen, auch wenn keine Braut so schön war wie Chiara. Die Abtei San Vito im Hintergrund gab ihr den letzten Schubs. Don Mimì wiederzusehen war wie ein Traum, von dem sie nie gedacht hätte, dass er wahr würde.

Einen Augenblick lang überlegte sie, wie er reagiert hätte, wenn sie nicht aufgetaucht wäre, aber der strahlend blaue Himmel gab ihr Hoffnung. Als sie unten am Ende des Abhangs ankam, sah sie ihn. Er hatte noch nie so gut ausgesehen. Die Haare gekämmt, der Schnurrbart perfekt gepflegt, eine grüne Jacke, in der er wie ein General aussah. Er lehnte mit verschränkten Armen am Kofferraum seines Wagens und wirkte so selbstbewusst und sicher, als ob er noch nie in seinem Leben nervös gewesen sei.

Ninella sah sich nach Augenzeugen um und hoffte sogar insgeheim, dass man sie beobachtete. Don Mimì war wieder da, und zwar nur für sie. Aber es war keine Menschenseele in der Nähe. Die Sonne schien klar und lauwarm, der Wind wehte schwach, die Luft roch nach Frühling. Er öffnete die Wagentür für sie, ohne sie auch nur zu begrüßen, als wäre Ninella eine Schmugglerin. Er half ihr mit dem Kleid – dabei berührte er leicht ihre Beine –, dann schloss er die Fenster der noch neuen Limousine und legte den ersten Gang ein.

Keiner der beiden sagte ein Wort, während Sergio Endrigo Liebeslieder sang. Die Musik sprach für sie, bis Don Mimì beschloss, die Stille, die auch für immer hätte anhalten können, zu durchbrechen.

»Und, wie geht es dir?«

»Ich bin durcheinander.«

»Ich dagegen bin glücklich. Ich hätte nicht gedacht, dass ich noch so viel in so kurzer Zeit fühlen könnte.«

»...«

»Was ist?«

»Ich bin ein bisschen nervös.«

»Ich bin auch nervös, Ninella. Aber nur, weil es mir im Grunde gut geht.«

»Wohin fährst du mich?«

»Wohin möchtest du?«

»Irgendwohin, wo wir reden können.«

Er blickte von der Straße und sah sie an wie ein Verführer alter Schule. Er wusste genau, wie er sich ins beste Licht rücken konnte, und bei Ninella spielte er alle Karten aus, weil er sie um jeden Preis zurückwollte und weil er wusste, dass es nicht einfach würde. Auch wenn sie seine Einladung angenommen hatte, hieß das nicht, dass sie auch einen Kuss akzeptieren würde. Und er wollte mindestens das.

Sie hätte sich gewünscht, dass ihr Leben immer so sein könnte: Neben einem Mann sitzen, der in einer Kurve Gas gibt, ohne je die Kontrolle über das Auto zu verlieren. Don Mimì fuhr wieder auf die Straße nach Conversano, in Rich tung Kartoffelfelder. Die Kirschbäume blühten und das verlieh der Landschaft eine gewisse Heiterkeit. Er fuhr wie ein Teenager, der das schönste Mädchen der Klasse beeindrucken wollte. Denn für ihn war Ninella das immer noch. Die schönste Frau von Polignano. Der Beweis seiner Unfähigkeit, sich seiner Familie zu widersetzen. Es ging nicht um andere Zeiten, sondern um Mut. Das Einzige, was er sich jedoch in diesem Augenblick wünschte, war, ihr nahe zu sein. Er parkte unter einem einzeln stehenden Olivenbaum, schaltete den Motor aus und drehte die Musik lauter. Und sie fanden sich beide im selben Lied wieder.

C'è gente che ha avuto mille cose,
tutto il bene, tutto il male del mondo.
Io ho avuto solo te …

Manche Menschen haben tausend Dinge
Alles Gute, alles Schlechte der Welt.
Ich habe nur dich …

Er wollte sie küssen, aber er konnte sie nicht einmal ansehen. Er hatte den Blick fest auf die Felder gerichtet, während seine rechte Hand nach ihr suchte. Sie berührten sich am Schalthebel und dort drückten sie sich. Fest. Fester.

… e non ti perderò,
non ti lascerò
per cercare nuove avventure.

… und ich werde dich nicht verlieren,
ich werde dich nicht verlassen,
Um neue Abenteuer zu suchen.

Sie hatten immer noch nicht den Mut, einander anzusehen, also schlossen sie die Augen, weil sie sich zuerst das sagen mussten, was sie sich noch nie gestanden hatten.

Io che amo solo te.

Ich liebe nur dich.

Es war, als ob sie wieder zwanzig wären. Die überflüssigen Kilo existierten nicht mehr, die Zahnkronen, die schlafferen Muskeln, die ersten Altersflecken waren verschwunden. Ohne die Augen zu öffnen, nahm Don Mimì Ninellas Gesicht in die Hände und zog sie zu sich heran.

Zwischen diesem und ihrem letzten Kuss lagen vier Kinder. Ihre Lippen waren noch dieselben, aber sie erinnerten sich nicht mehr aneinander. Mit der Zeit vergisst man auch den Geschmack der Küsse. Keiner der beiden hatte ein schlechtes Gewissen und keiner hatte es eilig. Sie hatten so oft davon geträumt und wenn der Traum dann wahr wird, muss man ihn langsam ausleben, wie in Zeitlupe.

Don Mimì spürte Ninellas Anziehungskraft, aber er wollte nicht, dass dieser Zauber aufhörte. Also versuchte er, es hinauszuzögern, ließ die Hände nicht tiefer als das Gesicht rutschen. Aber sein Instinkt gewann und er schaffte es nicht mehr, seine Hände stillzuhalten. Sie glitten langsam zu ihrem Hals und wollten unter das Kleid. Da stoppte Ninella ihn.

»Du willst so was doch nicht im Auto machen, Mimì? Wofür hältst du mich?«

Sie reagierte so heftig, weil sie völlig durcheinander war, aber sie blieb sitzen.

»Entschuldige, Ninella … ich dachte nur …«

»Wir sind doch hier, um alles zu klären, oder?«

»Ja …«

»Na, dann, klär mich mal auf …«

Jetzt konnte er sich noch weniger zurückhalten. Don Mimì nahm ihr Kleid, zog es nach unten und bedeckte sie mit Küssen, als gäbe es kein Ende. Aber auch wenn Ninella mittlerweile viele Dinge vergessen hatte, hatte sie ihm noch nicht ganz vergeben. Daher bremste sie ihn noch einmal: »Haben wir es nicht etwas zu eilig?«

Sie öffnete die Tür und stieg aus, um ein paar Schritte auf der Erde zu machen, die für ihre dramatische Vergangenheit verantwortlich war. Er war ein bisschen verblüfft, ließ sich aber nicht aus der Ruhe bringen. Sie war hier und sie würde ihm nicht entwischen. Ninella ging nur fort, damit er ihr folgte. Er ging ihr nach bis zu seinem Lieblingsolivenbaum.

Von weitem wirkten sie wie zwei Brautleute, die Szenen für einen Hochzeitsfilm nachspielten. Aber das hier war kein Film. Es war das Leben. Ninella erwiderte seinen nächsten Kuss, ohne zu zögern. Dieser Augenblick hätte ewig dauern können.

Eine Weile blieben sie so, an diesen großen Baum gelehnt, mit Blick auf den Horizont, und fragten sich, was wohl aus ihnen würde. Keiner der beiden empfand besonders viel Hoffnung, auch wenn sie das nicht aussprachen. Don Mimì versuchte zu grummeln, dass er bereit sei, seine Frau zu verlassen, wenn Ninella es nur wollte. Aber während er es sagte, sah er bereits auf die Uhr, wie viel Zeit ihnen noch blieb. Ninella hatte schon genug Schicksalsschläge erlitten und war zu müde für einen neuen Kampf. Außerdem musste sie an ihre

Tochter denken: Wenn so eine Geschichte herauskäme, bekäme sie Schwierigkeiten. Sie wollte es nicht zugeben, aber sie hatte keine Wahl. Und doch schaffte sie es nicht, sich von ihm zu lösen.

»Es ist spät, Mimì. Es ist zu spät.«

»Aber wir könnten es noch einmal versuchen.«

»Wer sagt das? Wir kennen uns gar nicht mehr. Jeder von uns ist in die Vorstellung verliebt, die er sich vom anderen gemacht hat.«

»Glaubst du das wirklich?«

»…«

»Schau mich an und sag mir ins Gesicht, dass du das wirklich glaubst?«

In diesem Augenblick hatte Ninella keine Angst mehr, glücklich zu sein. »Komm her, Amore mio«, sagte sie und zog ihn an sich. Aber Don Mimì wollte ungern zulassen, dass eine Frau bei diesem Tanz führte. Er löste sich, um Anlauf für den letzten Angriff zu nehmen.

Und sie ergab sich in seine Arme. Er war bereit und wartete auf das Paradies, und er verführte sie mit seiner Geheimwaffe: der Großzügigkeit. Wenn er wirklich Liebe machte, gab er alles, als wäre es das letzte Mal, dass er es tat.

Aus dem Auto, das etwas entfernt stand, drangen neue Lieder, während die Zeit plötzlich raste. Sein Orgasmus weckte Mimì aus dem Traum, ohne dass er Schuldgefühle oder Verlegenheit empfand. Nur die Freude, sich gegenseitig in die Augen zu sehen. Aber das reichte ihm nicht, und er ließ sie immer noch nicht los. »Ich verlasse sie«, wiederholte er ihr, »wenn du es willst, verlasse ich sie und wir gehen weg von hier.«

An dieser Stelle unterbrach Ninella den Tanz tatsächlich. Jetzt hatte sie sich entschlossen. Sie hatte ein Leben gebraucht, um sich zu erholen, und sie wollte nicht neue Jahre vergeuden, um ein neues Trauma zu überstehen.

»Es ist sinnlos, Mimì. Wir haben uns verändert, und unsere Kinder haben an unserer Stelle geheiratet.«

»Aber wir könnten auch heiraten. Ich lasse mich scheiden und wir heiraten.«

»Wir hätten heiraten können, als die Zeit dazu war, als wir noch Kinder hätten bekommen können. Aber es war schön, die Bestätigung zu bekommen, dass du dich im Grunde nicht verändert hast. Ich habe mich nicht getäuscht, wenn ich an dich gedacht habe … Jahrelang habe ich von so einem Moment wie diesem geträumt, aber ich hätte ihn mir nicht schöner vorstellen können. Und dafür werde ich dir immer dankbar sein. Bestimmte Dinge sollte ich nicht sagen, aber ich möchte nicht, dass ich es morgen bereue, sie nicht gesagt zu haben.«

»Versprich mir, dass wir uns wiedersehen.«

»Warum bittest du mich darum?«

»Weil ich weiß, dass du es auch willst. Das spüre ich.«

»Es ist mir schon schlecht genug gegangen und jetzt möchte ich ein bisschen das Leben genießen, Freundschaften schließen, vielleicht einen alleinstehenden Mann finden, mit dem ich sonntags in die Pizzeria gehen kann. Auf dich wartet Matilde, die wird sich schon Sorgen machen.«

»Nein, sie brät noch Polpette.«

»Ja, aber sie liebt dich so sehr, wie ich dich liebe. Das geht nicht vielen Menschen so, glaube mir, also halte es nicht für selbstverständlich. Auch mein Mann hat mich so geliebt, und heute werfe ich mir vor, dass ich mich nicht wenigstens ein bisschen für ihn angestrengt habe. Ich wäre sicher weniger einsam gewesen.«

Als Don Mimì diese Worte hörte, fühlte er sich klein und

verloren. Er sah auf die Kette, die er ihr von seinem ersten Lohn gekauft hatte, und empfand trotzdem Stolz.

»Ich bin froh, dich wiedergefunden zu haben, Ninella. Aber ich werde erst dann glücklich sein, wenn wir uns noch einmal wiedersehen.«

»Wer weiß … aber jetzt bring mich nach Polignano zurück.«

Don Mimì näherte sich ein letztes Mal ihrem Mund. Er küsste sie, wie er einen Engel geküsst hätte, nur mit dem Atem. Der Mistral hatte innegehalten, um sie zu betrachten. Er wollte sie nicht ins Auto steigen und nach Hause fahren sehen.

Danksagung

Ich hätte nie den Mut gehabt, diesen Roman zu schreiben, hätte ich nicht zufällig wunderbare Menschen kennengelernt. Nach einer Lesung in Polignano saß ich an einem Tisch mit Gianni und Annamaria Polignano – Nomen est omen –, wir fingen an, über Hochzeiten zu diskutieren. Ausnahmsweise redete ich nicht, sondern hörte gefesselt zu, und am darauffolgenden Tag vertraute ich ihnen an, dass ich gern eine Geschichte darüber schreiben würde. Und schon hatten sie mich eingeladen zur Hochzeit ihrer Cousine Daniela (mit Giuseppe) – die ich am Tag vor der Hochzeit kennenlernte –, sie überließen mir eine fantastische Wohnung hoch über dem Meer, wo ich schrieb, sie entführten mich auf apulische Streifzüge zum Mittag- und zum Abendessen, und sie ermöglichten es mir, mit jedem zu sprechen, der eine Geschichte zu beichten hatte, bis ich diese hier gefunden hatte.

So ist dieses Buch entstanden.

Deshalb danke ich Daniela und Viviana La Ghezza, Antonella, Valentina und Donatella Serripierri, Giuseppe Facciolla, »Zio« Franco und »Zia« Rosa, »Zio« Enzo und »Zia« Dora (die echte, eine Legende), Massimo, Onofrio, Giuseppe, Antonio, die Zia und die Nonna! Ich liebe euch.

Ein besonderer Dank gilt Annamaria Minunno und Michele Campanella – mein erster Leser –, die mir Zeit und Zuneigung geschenkt und mich durch das Valle d'Itria kutschiert haben.

Dank an Giuliano Sangiorgi, seine Brüder Luigi und Salvatore und an die bewundernswerte Carmelina, in Erinnerung an besondere Tage voller Lachen, Singen und »albicocchéh« (Aprikosen).

Danke Alessandro D'Amico, Giancarlo Showman (den echten!), der Belegschaft der Residenza San Tommaso, Rosanna Laruccia, Antonio Centrone, Francesco Di Turi, Katia Torres, Danilo Cacucciolo, Onofrio Lilla, Gianni Di Napoli, Roberta Russo, Danilo Montaldo, Raffaele Casarano, Marianna Mammarella, Tiziano Russo, Giampiero Pisanello, Pasquale Ladogana, Nicola Cipriani, Mimmo Ricatti, Lorenza D'Adduzio, Francesca Barba, Michele Angelillo, Rocco Caliandro.

Aus den verschiedensten Gründen Dank an Ornella Tarantola und The Italian Bookshop, Benedetta Parodi, Alfredo Gramitto Ricci, Laura Pausini, Gianluigi De Rosa, Giulio Vecchi, Luciana Littizzetto, Mirta Lispi, Claudio Ferrante, Mirko Nazzaro, Mavi Scartozzi, Dose & Presta, meine Freunde bei Radio2, Daniele Ricci, Federico Dado, Carla Ferrero, Laura Antonelli, Isabella Errani, Federico Bucchieri, Emanuele Ciccone (!), La Pina – Verbeugung – und Diego, Maria Pia Coccimiglio, Pietrangelo Buttafuoco und Francesco Merlo.

Dank meinem Verleger Joy Terekiev für den Enthusiasmus, die Hingabe, das Talent und die Leidenschaft.

Danke, Cristiana Moroni, Giovanni Dutto, Raffaella Roncato, Nadia Focile, Loredana Grossi, Nadia Morelli, Marilena Rossi, Mara Samaritani, Camilla Sica und allen Leuten bei Mondadori.

Danke, Barbara Gatti, für die Ideen und fürs Ertragen meiner redaktionellen Spinnereien.

Danke für die Begeisterung, Marco Miana, Kylee Doust, Sosia & Pistoia.

Danke, Simona Baroni, Benedetta Finocchi und Dolce & Gabbana, die mich stets besser aussehen lassen.

Danke, Marco Ponti und Sandra Piana, die mich stets intelligenter aussehen lassen.

Dank meinen Freunden, meinem Bruder, meiner Familie, den Menschen, die an den nicht immer einfachen Tagen da sind. *You know who you are.*

Danke meinen Lesern und den Menschen, die sich immer noch in ein Buch vertiefen wollen. Ihr bedeutet mir viel.

Schließlich, danke, Sergio Endrigo, für das Lied *Io che amo solo te*. Ich erinnere mich noch an den Tag, an dem ich nicht schreiben konnte, weil ich mich am liebsten nur in dieser Melodie verlieren wollte. Ich habe sie in allen Versionen gehört. Ich habe darin einen Schatz gefunden und bin froh, dass Claudia Endrigo sich für die Romanidee begeistern konnte. Ihr aufrichtiger Elan war eine Geste voller Liebe.

PS: Ich weiß, die Liste ist schon zu lang und Danksagungen sind gar nicht mehr in. Aber sie sind das Hochzeitsfest jedes Schriftstellers und die einzige Seite in einem Buch, die tatsächlich gelesen wird!

PPS: Für die Protagonisten habe ich die häufigsten Vor- und Nachnamen der Region gewählt. Ich entschuldige mich bei eventuellen, echten Namensträgern, ich hoffe sogar, Sie bei Lesungen kennenzulernen.